THE SONGAMINUTE MAN

OUR MEMORIES

祖父モーリス

祖母ヒルダ

テッド2歳（1938年）

23歳のテッドと20歳のアイリス（1959年）

デイヴ・トーマス（左端）とテッドとリンダ（1975年）

バトリンズのバリーアイランドの舞台

メトロポールホテルでの大晦日の仮装大会で優勝したリンダ。テッドと出会ったばかりの時期。左はやさぐれたビル（1974年）

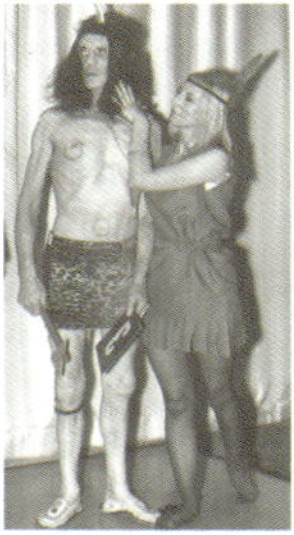

バトリンズの赤コートチーム（1974年）©redcoatsreunited.com

ダーウェンムーアの
二人（1976年）

ポンティンズの優勝トロフィー（1976
年）

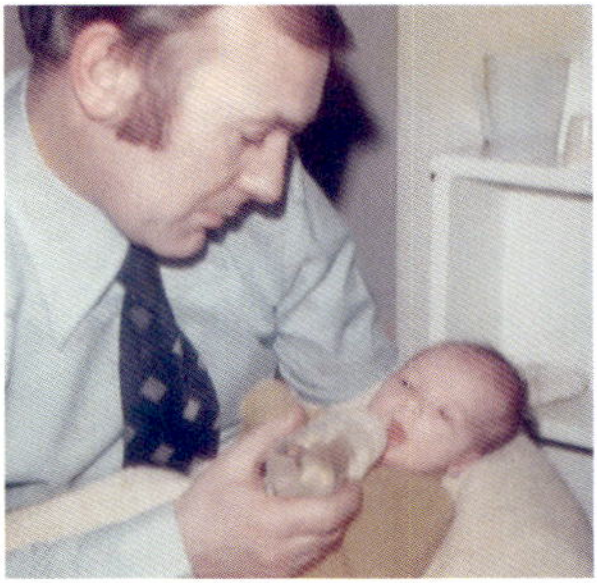

サイモン誕生（1976年）

結婚登記所でのテッド（左から5番目）
とリンダ（その右）の結婚式（1976年）

両親と僕

また別の年のクリスマス

上／父と僕。クリスマスの日に（1977年）
下／祖父母の家で。中央が祖母エレンと祖父ジョージ（1986年）

オーストラリア家族旅行。キュランダ駅（2007年）

上／戦勝記念日式典での父。ウィンザーホールにて（1994年）
下／ある誕生パーティーにて（1998年）

オーストラリア家族旅行（2007年）

ロンドンの僕の家を訪れた両親（2008年）

母70歳の誕生パーティー（2014年）

父80歳の誕生パーティー。父の腕がケーキに

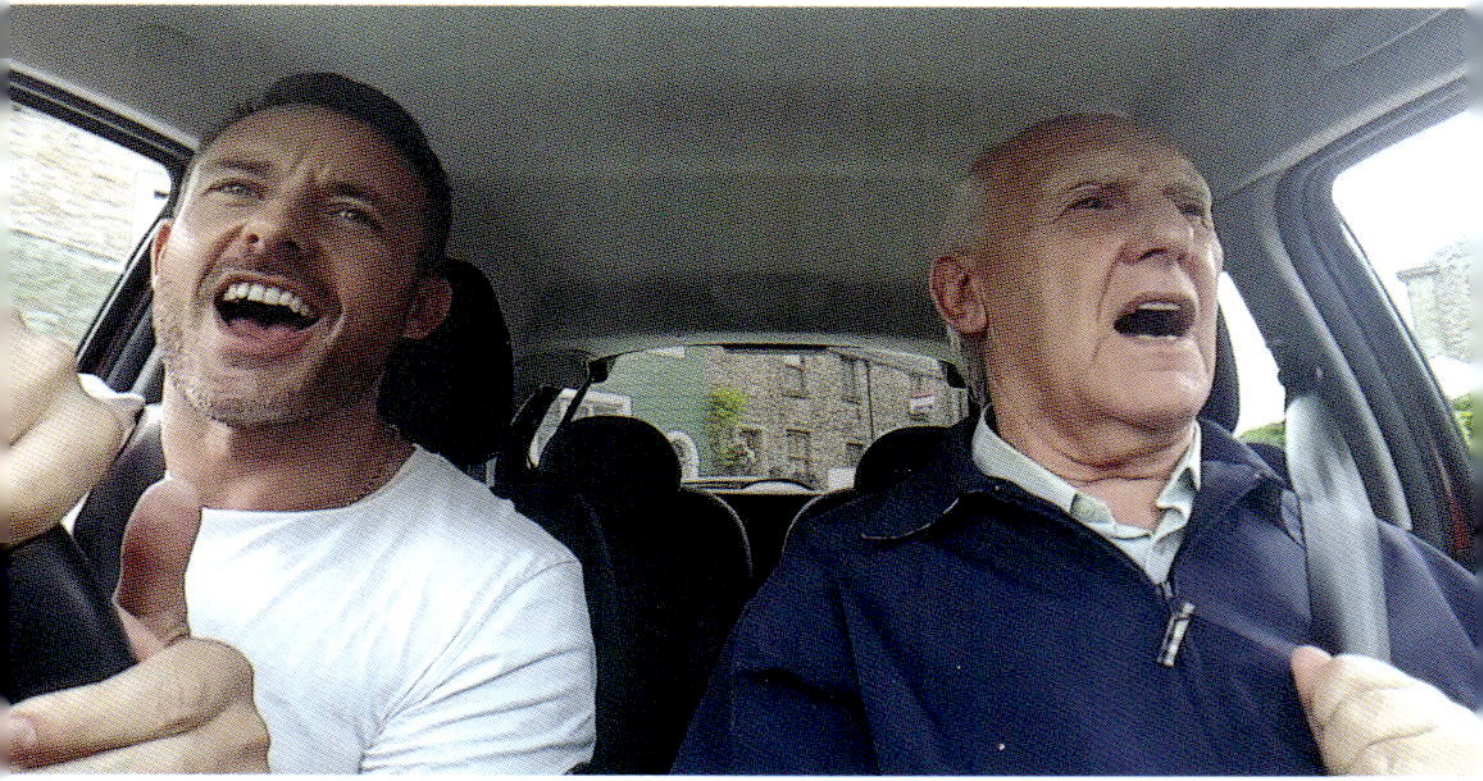

歌いながらリブルヴァレーのドライブ（2016年）

我が家の庭での穏やかな
ひととき（2016年）

エンジェルスタジオでの
録音風景（2016年）
©Decca Records

左／アビーロードスタジオ、正面
（2016年）©Decca Records
右／同ミキシングルーム
（2016年）©Decca Records

英国栄誉賞授賞式。C・リチャード、J・コリンズ、C・ヴォーダマンと（2016年）© Mirrorpix

父と僕の終わらない歌

サイモン・マクダーモット

浅倉卓弥 訳

THE SONGAMINUTE MAN
HOW MUSIC BROUGHT
MY FATHER HOME AGAIN
BY SIMON MCDERMOTT
TRANSLATION BY TAKUYA ASAKURA

ハーパー
BOOKS

THE SONGAMINUTE MAN
BY SIMON MCDERMOTT

Published by K.K. HarperCollins Japan, 2025

父へ

父と僕の終わらない歌

英国栄誉賞《ブライド・オブ・ブリテン・アワーズ》　二〇一六年秋

照明は目に痛いほどだった。

僕はイギリスで最も有名と言えそうな顔触れに囲まれていた。音楽プロデューサーのサイモン・コーウェルにスティーヴン・ホーキング博士、チャールズ皇太子といった面々だ。カメラマンが二人テーブルへ近づいてきて一人が僕の真正面に陣取った。機械には赤いランプが点灯している。もう撮影しているのだと思えば鼓動が速くなった。舞台の上のスクリーンでは、自らもカラオケの番組を持っているジェームズ・コーデンが大映しになり、そのおどけた声が会場中に響き渡った。

「さぁて、いよいよ今夜の栄誉を捧《ささ》げられる車内カラオケ界の大スターの登場だ。いや、残念ながら僕はまだご一緒させてもらってはいないんだけどね。彼は御年八十歳で、なんとあの二十世紀が生んだ大スター、シナトラばりの声の持ち主なんだ。だが本家にならってサンセット大通りを歩くよりは、ランカシャー州はブラックバーンの狭い道を車で流す方がお好みって訳だ。ではご列席の皆様、テッド・マクダーモットとその息子サイモンをご紹介しよう」

映像が父を隣に乗せた僕がドライブしている様子へと切り替わる。父はドメニコ・モドゥーニョの『ヴォラーレ』を熱唱中だ。誇らしさと一緒に胸を締めつけられるような思いが襲う。

そこに見えているのは僕のよく知る、愛してやまない父の姿だ。だが楽しげな本人の顔にはわずかながらもはっきりと、困惑と攻撃性の兆候とがにじんでいる。これこそがこの三年あまり、僕らの日々に重たい影を落とし続けてきたものの正体だった。

次に映し出されたのは両親の若い頃の写真だ。その後には、座ったまま目元を拭う母の姿が続いた。

「こんなことになれば誰だっていたたまれませんよ。自分のよく知る相手が少しずつ消えていってしまうんですよ」

映像の母がそう言った。

さて、僕たちはなぜこんなところまでやってきたのか。

僕の父テッドは二〇一三年、七十七歳の時に認知症を発症した。家族はおろか自分が今いる場所さえよくわからないような状態にまでなった。この狡猾《こうかつ》な病が次第に父を蝕《むしば》んでいく様を目の当たりにして、僕らは途方に暮れるほかなかった。そんな中、ただ音楽だけがどうにか家族を繋《つな》ぎ止《と》めてくれたのだ。

今でも父は自分のレコードコレクションを大音量で鳴らすのが大好きだ。そうやって歌いながら家中を歩き回る。目に映るほかの何もかもがわからないというのに、どの曲のどの一節も間違えずにすらすら出てくる。

認知症なるものを生活の中に抱え込んでしまえば以前と同じ日々など一切失われる。優しい父でいてくれる時間があったかと思えば、ほんの一瞬の後には激しい怒りの発作に襲われて、相手かまわず当たり散らす。腹立ちの理由すらもはや自分でわからないのだ。夕刻ともなれば父は何時間も自宅の周囲をうろついて、大声で母の名を呼び続けるか、さもなければすでにこの世にはいない人々の姿を求めて彷徨《さまよ》い続ける。

そんな中ふと思いつき、僕は父を、近くのリブルヴァレー界隈《かいわい》までドライブへと連れ出してみた。車内では父のコレクションから見つけた古い曲のカラオケテープをかけた。そうすれば落ち着いていてくれるのではないかと考えたのだ。

音楽に合わせて本人が歌い出すまでさほど時間はかからなかった。音程も確かで、一瞬だがかつての父が戻ってきて、混乱も怒りも忘れてくれたかのように思われた。

すべてが最悪だったこの時期、そんなドライブだけが唯一の拠《よ》りどころとなった。僕はその時間を記録しておくことにした。自分自身のためでもあったし母のためでもある。そしてその映像をフェイスブックに上げようと思いついた。同じページからはアルツハイマー協会の基金募集のサイトにリンクも張った。協会は僕らを支えてくれていたから、多少でも恩返しができればいいなと考えたのだ。

するとわずか数週間でこの動画が全世界で数百万回という単位で再生されるまでになった。寄付金が洪水のように押し寄せた。我々のような家族の支援になればと世界中から寄せられた善意の総額は、じき十五万ポンド（二千二百万円相当）を超えた。

今日僕は英国栄誉賞《プライド・オブ・ブリテン・アワーズ》を授与されるべくこの場所にいた。認知症に対する意識を高めた功績を認められてのことだ。いよいよ登壇となって、クリフ・リチャードにジョーン・コリンズという爵位を持つ二人が目の前に現れた時は、とても現実の出来事だとは思えなかった。

「君のお父さんが僕よりレコードを売っているなんて信じられないよ」

クリフの口からはそんな言葉まで出てきた。

父の音楽への情熱は揺らぐことがなかった。まだ少年だった頃から歌い始め、弟妹が総勢十三人もいる一際賑《にぎ》やかな家庭で育てられながら、父はその才能を誰からも認められ、後押しまでしてもらっていた。

もっとも祖父の家は資産家などではまるでなかった。それでも困窮するといったこともなかったようだ。板金工場に勤務していた祖父は実直な働き者で、地元のパブにたくさん友達がいた。一方で祖母は逞《たくま》しく愛情豊かで、近所に暮らす誰のこともつぶさに知っているようなタイプだった。

父の子供時代は当時の典型例だったと言えそうだ。サッカーに熱を上げ、そうでない時は近所の森へ繰り出していたらしい。学業を終えた父が勤めた多くの職場のうちの一つが、一大娯楽施設のチェーン、バトリンズだ。ここで父は一時期、通例赤コートと呼ばれる接客スタッフとして働いていた。

このバトリンズ時代に父は国中を旅して各地の店で歌った。そのうちに通称で通るようにまでなった。ソングアミニットマンというものだ。一分に一曲の男とでもいったニュアンスだろう。実際に父は、リクエストを受ければどんな曲でも心を込めて歌い上げることができた。

父の記憶が失われ始めていることに僕らが気がついたのは本人が六十五を過ぎた辺りだ。最初に兆候を認めたのは母だ。父は自分が今やっていたことや、あるいはごく近しい人の顔や名前まで忘れてしまうようになっていた。

やがて次第に怒りっぽくなった父は、理由もなく周囲に当たり散らすようになった。いよいよこちらも、ひょっとして父という人間がいなくなり始めているのかもしれないと考えざるを得なくなった。

実は以前から僕は、父が自分のことを本に書いてくれればいいのにと考えていた。僕自身子供の頃は語り部《かたりべ》顔負けの父の話に大喜びしていたのだが、それだけが理由ではない。親戚の集まるような場では父はいつも、大勢の従兄弟《いとこ》たちを足元に集めては自身の物語で彼らをすっかり虜《とりこ》にしていたのだ。もっとも中身は大抵大袈裟《おおげさ》に盛られて、演出過剰で時に度を超してもいたのだが、それでも子供たちにとっては目も眩《くら》むような時間だった。

数年前のクリスマスに父にノートを贈ってみた。いろいろなことを書き留めておいてもらえればと考えたのだ。しかし父がその機会に手を出すより前に、認知症が過去の一切を奪い去ってしまった。

そうなると、いよいよこれは息子の僕がやるしかない。父という人が完全に姿を消してしまう前に、可能な限りその輪郭を留《とど》めておかなければならない。

だからこの本は、十四人兄弟の一番上として生まれ育ち、舞台に上がり、やがて恋をした男の人生を綴《つづ》ると同時に、後年本人とその家族に襲いかかった認知症なる病がもたらす、一寸先さえ見えない闇のような毎日の記録ともなっている。さらには僕らがどのように父を繋ぎ止めてきたか、どうやって父の歌声を留め、それを多くの人々に届けることに成功したのかといった内容が記されることになるだろう。

父の生涯はかなり入り組んでいる。だから本人にはもう、自分のことだというのに混乱なしにすべてを語ることは到底不可能だ。そうした理由でこの本は基本、取材のうえほかの人々から聞き出した内容に基づいて起こされている。存命の弟妹らに友人たち、それから十代の頃の交際相手。もちろん四十年来の伴侶である母から聞かされた内容も多くを占める。

長年にわたって父から直接教えられた話も当然数多く含まれている。これらをまとめ上げるのに、自分としては最善を尽くしたつもりだ。同時に、幾つかのエピソードがおそらくは永遠に失われてしまっただろうこともわかってはいる。

僕は今、父が恋しくてたまらない。彼はまだそこにいるし四六時中姿を目にしてもいるが、本人は多くの時間、自分の殻に閉じこもったままだ。とりわけ生涯をかけて愛した相手がそんなふうになってしまった姿を目の当たりにしながらなお、懸命に面倒を見続けようとする母の心中を思えば、胸が激しく締めつけられる。

さらに厄介な問題は、僕が十分に客観的な書き手には到底なれないことだった。僕にとっての彼はとにもかくにも父親だ。家にいて時折こちらを叱りつけ、あるいは時にむらっ気を起こし、しばしば歌うためだけに家を空け、注目を集めることが大好きで、かっとなりもすれば物事を気にし過ぎもし、そうかと思えば変なことで恥ずかしがる。知り過ぎていてむしろ取りつく島がないのだ。

たぶんこの本は父の話であるばかりでなく、僕自身の物語ともなっているのだと思う。幸運なことに執筆の最後には僕も、父という人がどんな人物だったのかがなんとなくわかったような気になれた。この事実だけで天からの贈り物だと言っていい。

父の行動の理由はなんだったのか。欠点と弱さと、そして見えていなかった強さ。そういうものがひいては僕自身にも、はたして自分という人間がどこから来たどういう存在なのかを明らかにしてくれる結果となった。

子供の頃は僕だって普通に、父親こそが世界で最も偉大な人間なのだと考えていた。でもそんな気持ちもしばらくはすっかり忘れていた。しかし今ならば、このテッド・マクダーモットを父に持てたことを世界の誰より誇りに思うと胸を張れる。優しくて気分屋で繊細で我《わ》が侭《まま》でとにかく取っ散らかった華麗なるソングアミニットマン。

これはそんな男の物語だ。

1

ウェンズベリーはバーミンガムとウルヴァーハンプトンとの中間に位置する小さな町だ。ブラックカントリーと呼ばれる我が国の一大工業地帯の一画を成している。父によればこの呼び名の由来は、一八〇〇年代はヴィクトリア女王の治世にまで遡るのだそうだ。

巡察のため鉄道で移動していた女王陛下が近辺を通過する際に、工場群が吐き出した煙ですっかり暗くなった空を見てこう口にされたのだと伝わっている。

「あらまあ、なんて真っ黒なのかしら」

かくしてこの名前が定着したという訳だ。

僕の父テッド・マクダーモットは一九三六年の八月十四日、このウェンズベリーでヒルダとモーリスのマクダーモット夫妻の間に、やがては総勢十四人にも達する兄弟姉妹の一番目として生を享《う》けた。生意気でお喋《しゃべ》りで人見知りなどまるでしない子だったという。戦争という辛《つら》い出来事に邪魔されてこそいるが、子供時代を見れば総じて当時のごくありふれた生活だったと言えそうだ。家族の強い絆《きずな》とそして、日々を精一杯生きていこうという固い決意とに支えられた愛すべき日々だったのだ。

三〇年代当時のウェンズベリーには鉄道と工場がひしめいており、仕事もたくさん見つかった。夕方ともなれば工場の放つ光が数キロ先からでもなおわかるほど空を明るく照らし出していた。

遡ること産業革命期、アイルランドからの移民が、鉱山や炭鉱での仕事を手にするため数百という単位でこの地に流れ込んできた。新しい道路に新しい鉄道と、とにかく何もかもが新しかった時代である。

マクダーモットの一家もこの時期の移民だ。アイルランド西海岸のスライゴという町からはるばる海を渡り、一族を挙げてここ英国へやってきた。代々語り継がれた話によれば、マクダーモット一族はイギリスの支配以前のアイルランド王家の傍流だということだった。後年父は腰を据えてこの歴史を調査しなおし、実はマクダーモットという人物は王に仕えた詩人でしかなかったことを突き止め、その事実を鼻高々に息子の僕にも伝授した。

「まあ要は、お前は詩人の血筋の出だってことだ」

父の両親、つまり僕の祖父母はそんな産業の転換期に生まれ、その中で育った。祖母ヒルダ・カーターは柔らかな赤毛で、性格の方もそれに相応《ふさわ》しいものだったようだ。祖父モーリス・マクダーモットは生涯のほとんどを工場勤めに費やした。物静かで小柄で多少ずんぐりした、生粋のブラックカントリーっ子だったという。ただ友人や同僚たちほどには訛《なま》りはひどくなかったらしい。

祖父は日中を懸命に汗して働き、週末にはほぼ必ずパブへと繰り出して歌っていた。皆と同様、夜はスーツで決めていた。父テッドはその姿を見て育った。

当時の若い恋人たちの多くがそうだったように、ヒルダとモーリスの二人も近場で知り合ってすぐ結婚したくちだった。テッドが生まれたのもほどなくだ。以後ほぼ毎年のように、モーリスにアーニー、フレッドにコリンといった弟たちが続けざまに産声をあげた。

家族の人数がみるみる増えたものだから、一家は一九四二年には町の反対側の、当時開発されたばかりだったフライアーパークはケント通り十八番地への引っ越しを余儀なくされた。ウェンズベリー西側の公営住宅地だ。

新居は贅沢《ぜいたく》さのかけらもなかった。赤煉瓦《あかれんが》造りの小さな建物で、前後それぞれに猫の額ほどの庭を有し、台所の裏手がそのままその小さな裏庭に繋《つな》がっていた。内装も質素なものだったが、祖父母はたちまちその家を、親族たちからのお下がりとそれからヒルダの倹約と逞《たくま》しい目とを駆使して自分たちの城に造り替えた。祖母は役に立ちそうなものなら五十メートル先からでも見つけることができたのだ。そして予算内にまで値切ったうえで手に入れて、たとえばそれが古着であれば継ぎ合わせて窓二つ分のカーテンへと生まれ変わらせた。

なぜ彼女がそこまで必死になるかは当初は誰にもわからなかったが、最終的にこの夫婦がいったい何人を育て上げなければならなかったかを思えばむしろ当然だったと言える。

ヒルダの倹約ぶりは戦時中にも存分に威力を発揮した。マクダーモット家の人数はなお増え続けていたから、ほかの家よりもかなり多い配給切符の支給があったのだ。するとヒルダは多少余裕のありそうな少人数の家庭を相手に取引を持ちかけた。マクダーモット家で消費しきれない分を現金に換えたのだ。

たとえば同じ通りの少し先に住んでいたクック夫人はパン焼き名人だったのだが、ヒルダから支給品のバターを譲り受け、代わりに倍の量のマーガリンを返していたそうだ。食べ物のない時期でもこの手の高級品はとっとと売り払われていたらしい。祖母は十六人分の食事を確保する術《すべ》を十分に心得ていたから、台所ではいつも何かしらの鍋が稼働していた。彼女はまた、地元中の牛乳配達にパン屋、雑貨店の経営者といった人々とも友達になり、誰も彼もにやはり似た取引を持ちかけては、さもそれが本職であるかのような手つきでこの配給切符を捌《さば》いていたそうだ。

月日が経《た》つにつれ家の様子も少しずつ変化した。この家には二階に主寝室とその裏にやはり大きめなもう一部屋、そして一人用の狭い一室と、計三つの寝室があった。ちなみにトイレは屋外で台所の先だった。

人数からすれば小さ過ぎる家だったことは間違いないが、それでもここは自分たちの城だったから、ヒルダはなるべくいつも小綺麗《こぎれい》にしておくよう心がけていた。鷹揚《おうよう》で独創的だった彼女は、住環境と大家族を切り盛りするために、それこそ秒針のように小刻みに働いた。

　実際毎日が同じ繰り返しだった。まずは夫に一日の仕事が全うできるだけの十分な朝食を準備する。彼が出勤するなりただちに、ヒルダの目はほかの家族の面倒と家事とに向けられた。子供たちの体を洗いその日の最初の食事を与え、次にはすぐ、昼食と夕食の両方用の鍋を火にかけた。たまっていた竈《かま》の燃《も》え滓《かす》を一旦きれいに掻《か》き出《だ》し、そこへ今度はまた、庭から集めてきた木切れやあるいは石炭をくべた。

　その後はブラシとちり取りを手にしての終わりのない掃除だ。ベッドも整えなければならなかったし繕い物に編み物もあった。腰のところで結んだエプロンと頭巾代わりの襤褸《ぼろ》布という出《い》で立《た》ちで、ヒルダはこれら雑用に果敢に挑んでいった。

　洗濯の日はまずお湯を沸かし、重たい桶《おけ》を庭へ運んだ。そしてシーツに衣服にオムツといった数々を丁寧に手洗いしては、やはりこちらも手回しの脱水機にかけていった。天気によってそれらの洗濯物は、庭か、さもなければ暖炉のある居間か、そのどちらかに干された。もっとも来客のあった場合に備え、どちらにせよ簡単には目につかない場所が慎重に選ばれた。

　幼いテッドが育った環境というのは大体こんな感じだったようだ。誰もがそれぞれの役割を分担していた。現代の標準と比べればとても快適とは言えないだろう。さらにメアリーにジェーンにジョン、クリスにマリリンにジョイス、マルコム、ゲリー、それからカレンと、また次々に弟妹たちが生まれてきてしまえばなおさらだった。

祖父母は結局一番小さな寝室で眠っていた。真ん中の部屋が女の子たちの領域で、数の多い男の子連中は全員一緒くたに主寝室へ押し込められていた。長男だったテッドだけは一人用のベッドで寝させてもらえていたらしいが、ほかの弟たちは二つきりのダブルベッドを全員で分け合うような有様だったようだ。どの寝室にも小さな窓があり、そこに例のヒルダお手製のカーテンがかけられていた。だがまずは各自の身の置き場を確保することが最優先だったから家具は最小限だった。あまりに寒過ぎる冬の夜には追加の毛布があてがわれることも稀《まれ》にあったが、狭い部屋で身を寄せ合って寝ていれば、大抵はなんとかなった。

こちらもまた現代の標準と比べてしまえば、家はただ取っ散らかっていたとしか言えない。掃除が行き届いていなかったとか然《しか》るべき注意が払われていなかったということではなく、単純に走り回る年端のいかない子供たちの多さのせいだ。玄関はいつも開けっ放しだった。そしてご近所さんや祖母の友人などが立ち寄っては、ただ挨拶を交わしたり、あるいはしばしの噂話《うわさばなし》に興じていったりした。

就寝時間ともなればもうしっちゃかめっちゃかだった。まず女の子たちから寝かしつけたヒルダは、そこでもう辛抱たまらないといった様子で男の子たちの部屋を怒鳴りつけた。

ドアが閉まると男の子らは、それでも母親が階段を下りていくまでは静かにしていた。しかし一旦居間の扉が閉まった音が聞こえると、それを合図に布団代わりの上着とか、枕にするためのコートといった類の争奪戦が始まるのだった。

テッドについては、父親から面倒見のよい性格を受け継いでいて、またこういった結びつきの強い家庭に育ったため、早い段階から家族に対して明白な責任感を持つようになっていたと当時を知る誰もが口を揃《そろ》えている。毎朝仕事へ出かけていく父親の姿を見送っていたことは本人もよく覚えているそうだ。もちろんある程度ではあろうが、家族を養うことの大切さが、少年の日の父の心にも深く刻みつけられたのだろう。

長期休暇なんてものはなかったし、時折日曜にモーリスが鞄《かばん》いっぱいのお菓子を買って帰ってくるのを除けば、贅沢に使える金などなかった。つまりテッドの幼少期、家族はほぼその日暮らしに近い生活だった訳だが、それでもとにかく子供たちは、戸外で何かお楽しみを見つけることにこぞって時を費やした。

雨だろうが晴れだろうが、玄関を一歩飛び出せば友達と一緒に新たな冒険へ繰り出すことができた。裏庭の向こうはブルーベルという名前の森だった。中に池が二つあり、あちこちが野生の命でいっぱいだった。

この森を抜けた先がメタンの浮く汚水溜《だ》めになっていて、さらに進むとサッカー場があり、そこに子供たちがジャングルと呼んでいた、成長し過ぎた白樺《しらかば》が密生する一画が隣り合っていた。テッドも弟妹たちも近所の友人らも夏にはこの場所で遊んだ。隠れ家を作っては悪戯《いたずら》を仕掛け、見つからないようにしながら結果を見届けたりしていたのだ。

お茶の時間にヒルダがまず子供たちを探しに来るのもここだった。そして彼女は、明日また明るくなったら来ていいからと言いくるめてはどうにか息子たちを連れ帰った。子供らの方はここで夜明かししたいのにくらいに思っていたことだろう。

テレビもまだなかったこの時代、若かりしテッドはこれらの自然に魅せられた。半分はヒルダにそう仕向けられたせいでもある。父は一番上だったから、彼が弟妹たちを外に連れ出してくれている間は、祖母も多少の落ち着きと静けさを取り戻せたのだ。これほど多くの子供たちを食べさせていく苦労を幼いなりにテッドも気にかけており、ほどなく何も言われずとも、どのタイミングで弟妹と一緒に姿を消すのが母にとってもっとも好都合なのか察するようになっていた。

それでも彼自身まだ子供だったから、ヒルダは時にこの長男にそっと予備のパン切れを与えて、庭に座って鳥でも寄せて遊んでなさいと内緒でねぎらったりもしたそうだ。言われた通り裏庭の低い石壁に腰掛けていると、なるほど鳥たちは恐る恐る、それでもやがて確実に木の上から舞い降りてきて、撒き散《ま ち》らしておいたパン屑《くず》をついばみ始めた。学校のない日には時に数時間も、父はじっとそこに座って鳥たちを待っていたらしい。

日々は平穏だったが、近所にはアクの強い人々もいて数々のドラマを起こしていた。中でもお騒がせはグランブルなる農場の持ち主だったランブル氏だ。この農場は一面のトウモロコシ畑で、中に鶏や豚の暮らす小ぶりの納屋が点在していた。近所の子供たちは皆このランブル氏を恐れ、決してあの農場には近づくなと示し合わせていたほどだ。そもそも彼は子供が好きではなく、特に自分の私有地に無断で足を踏み入れるような輩《やから》は大嫌いだった。侵入者と見ればどんな子供でもあらん限りの罵声を浴びせて執拗《しつよう》に追い回した。

農場の向こう側は鉄道の操車場となっていて、数百という蒸気機関車が停留していた。当然燃料の石炭も一緒だ。これらはおおよそ地元の炭鉱から掘り出されたもので、この操車場から全国へと出荷されるのを待っている状態だった。機関車の整備なり修理なりといった作業もこの場所で行われた。

町を貫くこの鉄道こそ、北は遙《はる》かクルーから南はロンドンまで、全国各地とウェンズベリーを結びつける貴重な生命線だった。来訪者たちには地面に足を下ろす前からもう、土地の空気に油の臭いが染みついていることがわかっただろう。一年のどの時期でもそれほど大差はなかったが、それでも夏の暑さの中では気配は一際きつくなった。

車両の修理は大方夜に行われていたから、町には住民たちが寝静まった後もずっと、機械の立てる金属音とエンジンをテストする音とが響きわたっていた。この音色こそむしろ、テッドと弟妹たちにとっては夜ごとベッドへ行く時間を教えてくれるものだった。

モーリスは子供たちに無関心ということはなく、それどころかその逆だったのだが、勤めに出ていなければならない時間も長かった。受けられる仕事は全部受けたからだ。もちろん可能な限り余分な稼ぎを家に入れるためだ。

だから家内の切り盛りはヒルダが一手に引き受けていた。毎週金曜にモーリスが給金の入った茶封筒を持ち帰ると、ヒルダはそこから必要な分だけを抜き、残額が幾らであれそれをそのまま翌週の小遣いとして夫に返した。モーリスは大酒飲みではなかったが、それでも息抜きがてらよくパブへと繰り出した。そして機会があればマイクを手にした。

フライアーパークで祖父のような工員たちを雇っていたのは、主にエルウェルズとデリテンドという二つの大工場だ。エルウェルズは農具や庭仕事用の道具のメイカーで、祖父が勤めていたのは刻印等の加工作業を主な業務としていた老舗のデリテンドの方だった。

両工場は地元住民の雇用を保証すると同時に、ウェンズベリーやより遠い地域から多くの人々を招き寄せることにもなった。新旧の労働者たちの間には軋轢《あつれき》めいたものも皆無ではなかったが、これらの業務を安全かつ効率よく維持するにはチームワークが不可欠だったから、訓練の部分のみならず、福利厚生の面も決して疎《おろそ》かにされてはいなかった。

この一環で会社は従業員の子供たちが楽しめるようなクリスマスパーティーを催しており、五歳のテッドはヒルダに手を引かれて出かけていった。大勢が参加するパーティーなど初めての経験だったから、ヒルダはわざわざこの日のために新しいスーツを仕立ててくれた。

会場はすでに走り回る子供たちでいっぱいだった。いつもは灰色に沈んでいた集会用の広間がクリスマスの飾りつけで目も眩《くら》まんばかりとなっていて、テーブルの上にはサンドウィッチにケーキ、それからほかの様々なお菓子が山ほど積み上げられていた。まるで天国みたいで、友達もすぐに見つかった。

「五時にモーリスが迎えに来ますから」

お守《も》り役の女性にヒルダはまずそう言って、それから息子に行儀よくしているよう言いつけると帰っていった。

その先は夢のような午後だった。この日の思い出については父も終生忘れなかったようだ。プレゼント交換や椅子取りゲームなどに興じたのも初めてだったそうだ。最後にはサンタクロースも登場し、お皿のお菓子は随時補充されていたらしく、いつ見ても山積みのままだった。

五時になり父親が迎えに現れた。はしゃぎ過ぎた少年はすっかりくたくたで、モーリスは家までずっと息子を抱えて歩かなければならなかった。けれど玄関をくぐるなり、現金な長男はすぐにぱちりと目を開けた。

「ほんとすごかったんだよ、ママ」

まぶたを開けるなり発した言葉はそれだった。なおも興奮したまま少年は、その午後の様子を懸命に母に報告した。しかしお茶を飲み終えるとすぐ息子がまた今にも寝てしまいそうになったので、ヒルダは彼を二階に運び、着替えさせてベッドに押し込んだ。頭を枕の上に載せた時にはもうテッドは眠り込んでいた。脱がせたスーツを抱えヒルダは台所へ戻った。洗ってしまうつもりだったのだ。そしていつものごとくポケットを検《あらた》めた。

「いったい何よこれ？」

思わず声が出た。突っ込んだ手がゼリーやらクリームやらカスタードやらでたちまちべとべとになったからだ。もちろんスーツはもうダメだった。一度しか使っていないのにと思えば怒りで体が震え出しそうだった。

「あなた全然気がつかなかったの？」

ヒルダは怒りの矛先を夫に向けた。しかしモーリスも首を横に振るだけだ。彼にだって息子がなぜそんなバカげた振る舞いに出たかは見当もつかなかったし、また、かなりの出来だった服が使い物にならなくなってしまったことには彼自身腹を立てていた。

翌朝ヒルダが待ちかまえている台所へテッドが階段を下りてきた。自分のしたことなどさっぱり覚えていない様子だった。

「スーツはもう着られないわよ。ポケットに食べ物を突っ込んだりするから。パーティーでいっぱいもらったんじゃなかったの？」

テッドはたちまち狼狽《うろた》えた。けれどその顔つきにヒルダもようやく、息子がいったい何をしたかったのかに気がついた。

「あいつらの分を持って帰りたかったんだ。僕しか連れていってもらえなかったから」

母の怒りはすでに解けていた。むしろ長男をきつく抱き締め、たとえどれほど弟妹たちのことを思っても、ゼリーとかカスタードみたいなものは二度とポケットに入れないようにと言い聞かせたのだった。

実際この頃のマクダーモット家の家計はひどくつましいものだった。そこで母親から創意工夫の気性を受け継いでいたテッドは家を助けるため、時に突拍子もない方法を思いついた。しばしば彼は友人たちと一緒に裏の金網をくぐり抜け、あの恐ろしきグランブル農場を通り過ぎて操車場まで行き、待避線から各機関車へ運ばれていく途上の石炭をちょっとばかり失敬したのだ。これは冬になるたび恒例のように繰り返された。

「真夜中にはしょっちゅうごそごそやる音が聞こえてきたもんだ」

証言してくれたのはテッドの下の方の弟ジョンだ。

「俺らチビどもがベッドに押し込まれると、テッドと親父《おやじ》と後二番目のモーリスとが、ほかに二人ばかり近所の悪ガキを引き連れて裏庭の金網をくぐり抜け始めるって寸法だな」

この金網こそ最初の難関だったが、それさえ済んでしまえばもう後は出入り自由みたいなものだったらしい。

「おかげで俺らはどうにか無事に冬を越せたんだよ」

ジョンからはまたこんな話も聞いている。

「昔、庭の端にどでかい木が一本生えていたんだが、ある冬、近所の悪ガキ連中総出でそいつを切り倒すのを手伝ってくれたこともあったよ。通りの皆で分け合って薪にした。数ヶ月はもったはずだ」

成長するにつれテッドもまた、学校から帰った後は年の近い仲間たちとつるんで過ごすようになった。玄関で取って返しそのまま遊びに出てしまうような日々だ。男の子たちはいつだって何か悪戯を仕掛ける気満々で、それなりの年齢になると標的なり仕込みなりも一層手の込んだものとなった。

このテッドの仲間というのが、同じ名前のジョーイGとジョーイBの二人にケニーとウォルター、そしてジョージーという面々だった。彼らはいつもあっという間に裏庭の向こうの森へ姿を消し、秘密基地作りに興じるか、さもなければお気に入りの木に登って過ごした。これがかなりの太さを誇っていたのだが、すでに老木であちこち腐り始めていた。そこである午後、やはりこいつも切り倒してしまおうという話になった。

「ケニー、斧《おの》は持ってきたな？」

樫《かし》の林の間を大股でこちらへ向かってくる大柄な同級生にテッドが叫んだ。呼ばれたケニーがにやりと笑い、自分の体よりも大きなその斧をこともなげに振り回してみせた。もちろん父親の持ち物だ。当然黙って持ち出していた。ジョーイGもケニーと並び、こちらは自分のものである小ぶりの斧を肩の上へと振りかざした。ジョーイBはすでに木の根方でスタンバイしていた。仲間うちで一番木登りが得意なのが彼だった。

「よし、ウォルターはケニーに手を貸してやれ」

ウォルターは命じられた通りにし、残りの面々はジョーイBが見張りを務めるべく、楽しげに身を揺すりながら隣の木へ登っていく様を見守った。

かくして一同はその大仕事に着手した。幹へと目がけ順番に斧を振るったのだ。協力すればやり遂げられるはずだった。しかし十分も経たないうち全員汗だくになった。誰一人これほどキツい労働だとは想像してもいなかった。それでも誰も諦めようとは考えなかった。そこへ頭上からこんな声が舞い降りてきた。

「お巡り《コッパー》が来るぞっ」

もちろん見張り役のジョーイBだ。丸くした目を素早く見合わせ、次の瞬間にはもう地上にいた全員が藪《やぶ》をくぐって散り散りに逃げ出していた。

ジョーイBは樹上から仲間たちがとんずらしていく様を見守っていた。あいつらどこへ行くつもりなんだ？　たぶんそんなことを考えていたに違いない。そこで本人も慌てて飛び降りたのだが、しかし自分の骨が折れる音がまず耳に届いて彼はすっかりパニックになった。痛みすら感じる前だった。

実は彼は仲間のクーパーが来たぞと皆に報告しただけだった。ジョーイBには、仲間たちがいつ自分が後を追いかけてきていないことに気づいてくれるものかもさっぱり見当がつかなかった。いよいよ彼らが戻った時、ジョーイBは地面をのたうち回り息も絶え絶えに、早く病院へ連れていってくれと懇願するほかなくなっていた。

脂汗を浮かべた仲間の姿を傍目《はため》に少年たちは額を寄せ合い相談したが、結果突拍子もない行動に出た。何よりもまず、常々あそこには近づくなと言われている場所に自分たちが行ったことをバレないようにしておかなければならないと考えたのだ。

以前一度だけ森のさらに向こうに出たことがあった。サッカー場の裏手に当たるその場所には病院が一軒ぽつりと建っていたのだが、これが伝染性疾患専門の施設で、結核や天然痘、ジフテリアといった病気の患者たちが修道尼らの看護のもと隔離されていた。

ウェンズベリーの子らは全員、日頃から不必要にそこへ近づくことを固く禁じられていた。それどころかあそこは呪われているといった噂まで囁《ささや》かれていた。しかし病院などすぐにはほかに浮かばない。ならばノックだけして後は逃げ出してしまえばいいではないか。少なくともテッドはそう考えたらしい。

しかし当時の彼らはまだ十分にすばしっこいとは言えなかった。そのうえ修道尼の一人が扉を叩《たた》いて逃げていった面々の中にしっかりテッドの姿を見つけていた。すぐさま報告がヒルダのもとへも届けられ、テッドはこの悪行の報いとして母親からしこたま頰を張られ、今度同じことをやったらどうなるか覚えていなさいよときつく戒められたのだった。引っぱたかれるのはめずらしいことではなかった。モーリスもヒルダも愛にあふれた親ではあったが同時に厳格だったのだ。大家族に育った子供はいろいろと見逃されがちだと思われるかもしれないが、ことテッドたちに関してはこれはまるで当てはまらなかった。二人は我が子が万が一ある一線を越えてしまった場合にはきっちり叱った。そんな具合に子供たちはそれぞれに、一歩玄関を出たら家族の代表として振る舞うことになるのだと肝に銘じるようになり、表では身なりよくかつ慎み深く振る舞うように育っていった。

テッドの人生の最初の九年間は、迫り来る戦争への脅威と不安、そしていよいよ本格的に訪れたその現実とに誰もが向き合わされた時期でもあった。少年たちの耳にも遙か彼方《かなた》から飛来してくるエンジンの音がしばしば聞こえた。数分後にはドイツ爆撃機の編隊が空一面を埋め尽くしているのだった。

ヒルダもモーリスも子供たちが日々を普通に送れるよう全力を尽くしていた。しかし現実のすべてを覆い隠すことなど叶《かな》うはずはなく、子供たち自身がそんな毎日をそれなりに楽しんでいた一方で、大人たちの胸中には絶えず爆撃への恐怖があった。

家の裏手に小さな防空壕《ぼうくうごう》が設けられた。開戦直前にモーリスが手ずから作ったのだ。空襲警報が響きわたるたび、ヒルダとモーリス、そして年長の子供たちは大急ぎでまだ赤ん坊の弟妹たちを懸命に宥《なだ》めてタンスの中へとしまい込み、その上から慎重に何枚もの毛布をかけた。その後ようやく自分たちも防空壕へもぐり込んだのだ。

こうした場合ヒルダは必ず半狂乱で玄関前に立ち、皆が家に戻ってきて無事に壕へ入ったことが確認できるまで子供たちの名を呼び続けた。子供たち全員の顔を確かめて、ようやく彼女も我に返ったものだった。

しかし人生というものがそう毎日毎日劇的であり続けられるはずはない。大人たちは戦争による緊張感を絶えず強いられてこそいたが、マクダーモットの家内ではやはり、様々な約束事が変わらず繰り返されていた。子供らには全員にその週の仕事が割り振られ、遊びに出るためにはまずそれらを片付けてしまわなければならなかった。それは台所でのヒルダの手伝いだったり、あるいは絨毯《じゅうたん》の掃除だったり、洗濯物を畳んだり庭を掃いたり、さもなければ近所へのお使いだったり、何にせよ仕事は公平に分担され、それぞれが自身の役目を懸命にこなした。

テッドの弟フレッドは、ある日曜に父のモーリスがヒルダの家事を手伝おうとうろうろしていた場面を覚えている。しかし彼は突然歌い出し、しかも古い曲ばかりを延々と繰り返すものだから、モップをかけ塵《ちり》を集め、ベッドを整え絨毯をはたきしている間中、周りはおろか自分自身の気をもすっかり散らしてしまったのだった。

「雑用が終わらない限り遊びになんて行かせてもらえなかったよ」

これもまたフレッドの言葉だ。

「絨毯を剝《は》がしてきっちり掃くか台所仕事を手伝うか、さもなきゃ庭の掃除って訳さ」

いよいよ終戦が訪れた日には、フライアーパークでも住人全員が通りへ繰り出して盛大にお祝いをした。テッドと仲間たちがあっけにとられる目の前で、近所中の人々がテーブルと椅子を路上に引っ張り出してきて、超特大のパーティーを始めたのだ。ケーキが焼かれ篝火《かがりび》が焚《た》かれ、飲み物もあふれんばかりに振る舞われた。そんな光景はテッドにとっても当然初めてのものだった。今にも感電しそうな何かが空気に満ちていた。

一九四五年が過ぎると、空襲と防空壕とを日常のものとして育った少年たちにも普通の生活が戻ってきた。戦争とそれに伴う一切が忽然《こつぜん》と姿を消したのだ。人々がその話題を口にする場面もどんどん減り、ここウェンズベリーにもかつてのリズムが甦《よみがえ》り始めた。

2

戦争の暗雲は晴れたが、その爪跡は時代の根底に深く刻まれていた。終わった後にも足元の覚束《おぼつか》なさが拭えなかった。それはまだ幼かったテッドも同様だった。

あらゆるものがその場限りに思われた。だからこそ日々を楽しまなくてはならない。そんな自覚を本人がはっきりと持つのにさほど時間はかからなかった。

放課後友達と一緒にもぐり込んだ森で、テッドはうつろいゆく命の不思議を見つけることに夢中になった。ヒルダとモーリスが日々をつつがなく送ろうと奮闘する一方、終戦はテッドの胸に好奇心というものを芽生えさせていた。世界が広がり出していた。しかし、さらに多くを知りたい見たいと願う気持ちとは裏腹に、家族を支えていくことこそがやはり絶対に譲れない最優先事項だった。

中学に上がるかどうかという時期からもうテッドは、今なおお増え続ける家族の食費の足しになればと、手に余らない限りのあらゆる妙な仕事に手を出しては家にお金を入れていた。夜明けと共に目を覚ましては牛乳配達の馬なり車なりを捕まえて配達を手伝い、その一方で、毎週月曜日には古い乳母車を押して通り《とお》中《じゆう》の奥様連中のもとを回っては、夫たちのスーツを集めて少し離れた質屋に持ち込むようなこともしていた。週を過ごす現金を都合し、給料をもらった後の金曜に改めて請け出して夫連中が週末に無事、スーツにブーツといった格好に身を包むことができるようにするためだ。その手間賃を稼いだのだ。

テッドが初めて人生を賭けてもいいと思えるほど大切なものに出会ったのも、この時期になる。生涯にわたる趣味となり、彼を幸福にもし、同時に目標まで授けてくれる宝物、歌だ。ほかの多くの少年たちと同様、彼もまたサッカーには相当夢中になっていた。しかし本当の情熱は専ら音楽へと向けられることになるのだった。

この傾向は、とある土曜にモーリスが、まだティーンエイジャーになるかどうかといった年頃だったテッドを地元のパブへ連れていった時に始まった。店の名はコロネイションといったのだが大抵はコーラで通っていた。三〇年代の初頭に造られた建物で、開業当時はフライアーパークのほかの場所はまだ皆建築中だったほどの歴史を誇っていた。

五〇年代のこの頃、店は毎晩のように満員だった。喫煙室があり子供たちを待機させられる部屋があり、バンドが演奏できる会場があった。ある意味間に合わせの造りではあったが地元のミュージシャンたちを惹《ひ》きつけるには十分で、やがては一つの登竜門として知られるようになっていた。父もやはりこの店で、人前で歌うことの魔法を初めて味わったのだった。

モーリスはまるで義務のようにここを訪れては友人たちと会話を交わし、いつも真っ先にマイクを握った。十八番はアーサー・トレイシーの『マルタ』で観客にも大受けだった。歌が終われば盛大に足を踏みならすアイルランド式の喝采が起きた。席へと戻るモーリスは道すがら次々と背中を叩《たた》かれ握手を求められ、ようやくたどり着いたテーブルには奢《おご》りの飲み物が列をなして並んでいるといった具合だった。そんな父親の姿にはテッドもすっかり驚かされた。

十五になり学校を出たテッドは、モーリスと同じデリテンドの工場で働き始めた。ほどなく上の方の弟たちも後を追い、父に倣い外でのきつい仕事に身を捧《ささ》げた。そしてヒルダが彼らのために、お昼にもまた、午後の時間も十分もつ量の食べ物を準備するようになった。昼休みまでにこれらの弁当を職場へ届けるのは、大抵の場合妹の一人マリリンの仕事となった。工場の従業員たちも皆彼女を知っていたから、誰に見咎《みとが》められることもなく中へ入っていけたそうだ。労働安全衛生法などというものがまだなかった時代であればこそだろう。

そこで彼女は、午前中だけでもう全身汗だくになったまま弁当へと群がる父や兄たちの姿を目の当たりにし、男の仕事がいかにきついものかに目を丸くしたのだった。後年彼女はこのように語っている。

「とにかく汗の量がものすごかったのよ。勤務が終わる頃には皆もう、実は張りついた塩のおかげでまっすぐに立っていられるんじゃないかと思ったくらい」

　家族のために働くという考え方が骨の髄まで染み込んでいたものだから、テッドは可能な限り懸命に働き、家計の足しにしてもらうべく家に入れるお金はもちろん、自分自身のためにに使ってもよさそうな金も合わせて稼ぎ出すようになった。勤務は大体朝六時から午後二時までのシフトだった。それが終わると一旦自宅へ帰り、その後もまだ追加でもらえる作業があるようなら工場へ取って返し、今度は夜十時まで働いた。そして週末には給料袋を持って帰り、残業分をまるまるヒルダへ手渡すのだった。

「ねえテッド、あんただってもう年頃なんだから多少の現金は持っていないと」

　彼女はいつもそう言ったのだがテッドは気にもしなかった。

「いいや母さん、母さんの方がよほど必要だよ。あいつらの食い物は母さんにかかっているんだから。そうでなきゃ新しい靴でも買ってやりなよ」

　そんなふうに答えた彼は、この件について母親がさらに何か言い出す前にそそくさと台所を離れてしまうのだった。

　テッドと友人たちが教会の青年部へ顔を出し始めたのもこの頃だ。この集まりはシャックと呼ばれ、教会併設の宴会場が会場となっていた。基本的には入場無料だったが、時折主催者のターナー氏がバンドなり歌手なりをどこからか招いてきたような夜には、入り口で多少の入場料が徴収された。

こういった日はテッドたちにしてみれば軍事作戦の決行日のようなものだった。一シリングほどの料金を払ってまず会場に入った彼は、そのまま直接トイレに向かい、窓から自分のチケットをそこにいるジョーイＢへと手渡すのだった。次には彼がやはり窓の下で待ちかまえていたケニーに、さらにはケニーからウォルターにと同じことが繰り返された。それぞれの手が順番にこの一枚きりの、いわば不正規のチケットに差し出されたという訳である。

土曜の夜には誰も彼もがそれらしく見える努力を惜しまなかった。週のうちでも一番輝かしい時間だったからだ。テッドの義弟トニーはこう記憶している。

「男連中は全員一張羅を着込んでた。髪はヘアクリームで撫《な》でつけてたな。でもどれほど周りがめかし込んでても一番目立っていたのはテッドだった。クリーム色のレインコートに白のシルクのスカーフを巻いて、入ってくるなり一気に注目を集めてたよ。年なんか関係なしに女性陣は皆今にも卒倒せんばかりだった。手近なアイドルって感じだよ」

当時からテッドはもう、自覚もないまま女性たちを手玉に取っていたようだ。人の目を引く雰囲気がすでに備わっていたのだ。

こと服に関してはテッドもすでに、自分で作って自分で繕うというヒルダの方針に一切を委ねることはやめていた。彼の成長の間も母ヒルダは子供たちの着るもののほとんどを手ずから仕上げていることに胸を張っていて、わざわざバーミンガムの格安市場まで出かけては古着を買い集め、それらを洗濯して縫製を解《ほど》き、改めて縫い合わせたりもしていた。おかげで子供たちの服はほぼ新品に見えていた。

しかしテッドがどんな格好がしたいかをはっきり思い描くようになり、そうやって自分なりのスタイルを追求し始めると、彼だけはこの対象ではなくなった。母親譲りの現実的な視点がこのこだわりを支えていた。何かを手に入れたいと思うなら、まずはそれに見合うよう見えていなくてはならないのだ。むしろ戦いの半分はそこで決する。この考え方が、シャックのような社交の場で自身が人の目にどう映っているべきかといったことをテッドに考えさせたのだ。

この会場はだがひどく狭かった。おまけに椅子もテーブルもプラスティックで、洒脱《しゃだつ》さや豪華さとはまるっきり無縁だったのだけれど、それでもいつも混んでいた。加えてテッドの当時の友人たちは場所のことなど気にも留めなかったし、テッドと違い音楽が最優先事項という訳でもなかった。

彼らがシャックに出入りしたのは女の子とお喋《しゃべ》りするためだった。しかしこのミッションは大抵失敗に終わった。自己紹介の段階からすでに相当がっついていたものだから、女の子たちの方はすぐ、いろいろ透けて見えてくる下心丸出しの態度に愛想を尽かし、その場を離れ自分たちだけで踊り出してしまうのだった。

この集まりで毎土曜夜のお約束だった展開がある。お茶とレーズンパンとを載せたワゴンが会場を回り始めるとそれが開幕の合図だった。ほどなく照明が落ちミラーボールが輝き始め、ダンスタイムが始まったのだ。大抵はテッドの弟のアーニーがまず一番乗りでフロアへ飛び出した。かくしてほどなく兄弟は女の子たちの間でかなりの人気者となった。テッドの方は見た目で、そしてアーニーはこのダンスで。

テッドを際立たせていたのは服装のセンスだけではなかった。ターナー氏が音楽をかけ始めるなりすぐそれに合わせて歌い出したのだ。父親に似て彼もまた舞台に上がることに怖《お》じ気《け》づいたりはまったくしなかった。ヴェルヴェットの声の持ち主として評判を得るにも時間はかからず、客席を飽きさせることもなかった。若者たちは歓声をあげ、手を打ち鳴らしては声援を飛ばし、そうやって彼をさらにのせ、最後には満足げに一緒に歌い出すのだった。ステージに立ち人々を前に歌うことには味わったことのない解放感があった。テッドもすぐこの感覚に魅せられた。

テッドと友人たちがすっかりシャックの常連になったある土曜日だ。ターナー氏が、来週は本物のプロ歌手を呼んだからなと宣言した。これはつまり、当日は六ペンスの入場料が必要になるということでもあった。

さていったい誰が来るのか、そしてはたしてちゃんといつものパンとお茶とダンスといった展開になるのか。そんな話題が誰もの口に上った。効果覿面《こうかてきめん》と言うべきか、当日の会場は着飾った若者たちであふれ、皆問題の歌手が現れるのを今か今かと待ち侘《わ》びていた。

ついにタキシードでめかし込んだ問題の歌手のご登場となった。彼がピアニストに譜面を渡すと、会場は針の落ちる音も聞こえそうなほどに静まり返った。かくして彼が歌い始めた訳だが、その瞬間客席は一気に当惑した。

流れ出したのは甘く気取った歌声でもなければ、誰もが知っているヒット曲でもなかった。純正のオペラだったのだ。会場はさながら鉛の船のごとくただ沈んでいくばかりとなった。テッドの義弟トニーがこの時のことを覚えていた。

「会場にいたのはディッキー・ヴァレンタインとかジミー・ヤングくらいしか聴かないような若造ばかりだったんだ。そこへこいつが歌い出したのはさもお堅いアリアだった。客たちがどういう行動に出たかなんて容易に想像がつくだろう」

つまりは、こんな叫び声があちこちで飛び交い出したのだ。

「おいおい、こいつはいったい何事だ?」

彼らが望んでいたのはこんな夜ではなかった。混乱の中、三曲目が終わったところでついに舞台上の歌手も、少し休憩してくるからと宣言せざるを得なくなった。

「もう戻ってこなくていいぜ」

人混みの中から誰かが追い打ちをかけた。

「また聴きたいなんて誰も思っちゃいねえよ」

この頃にはもうブーイングの嵐で暴動寸前といった気配だった。ターナー氏がなんとか場を収めようとしたのだが、そこへ出し抜けに声が飛んだ。

「テッド、お前が歌ってくれよっ」

たちまち会場からコールが起きた。

「テディ・マック、テディ・マック、テディ・マック！」

そしてオペラ歌手が苦虫を嚙《か》み潰《つぶ》したような顔で舞台を下りようとしたその時だ。

「ピアニストも一緒に連れていっちまえ」

どこからかそんな声まで上がった。野次《やじ》はもう飛び放題だったのだ。

ピアニストとオペラ歌手は尻尾を巻いて退散した。ターナー氏が二人を追いかけていって平謝りに謝ったことは言うまでもない。そしてテッドがマイクを手に歌い出すなり、割れんばかりの喝采が起きた。

結局テッドはそれから一時間以上ステージにいた。まるで世界の天辺《てっぺん》にでもたどり着いた気分だった。聴衆は熱狂し、声援を飛ばし、盛大な拍手を繰り返した。彼こそがこの夜の救世主だったのだ。しかしそれよりも重要なことは、この瞬間テッド自身もまた、これこそが自分が生涯を賭けてでも追い求めたいものなのだと気づいたことだった。

この栄光の瞬間以降、テッドは毎週土曜の夜には必ず舞台に上ることになった。しかも彼が歌うとなればそれだけでシャックが満員になるようにもなった。ところが兄弟や友人たちはすぐ、実はテッドがこの機会にこれほどやる気を見せるのは、客席に見かけた一人の少女に目を奪われてしまったせいでもあると気づいたのだった。

事実彼らの見抜いた通りだった。混み合った会場にアイリスという名前の少女を見出《みいだ》したその瞬間から、テッドはすっかりこの相手に打ちのめされていたのだ。

濃茶の髪のアイリスは美しくセンスもよく、テッドより三つ年下だった。彼女を目にした瞬間、彼の頭からは仲間たちのことなど消《き》え失《う》せた。それどころかあらん限りの勇気を振り絞って彼女に近づいていったテッドは、そのまま自己紹介さえやってのけた。

当時十七歳のテッドが若々しい魅力にあふれていたことも間違いないだろう。もっともヒルダは、あの子は父親から口達者なところまですっかり受け継いでいるのよねえなどとしばしば口にしていたらしいが、とにかくまあ、テッドは手を差し伸べて彼女にダンスを申し込んだ。そしてまっしぐらにアイリスを口説き始めたのだ。弟のモーリスがこう証言してくれている。

「上手《うま》くいくのに時間はかからなかったよ。二人はシャックで会えば一緒に踊り、笑い合い、最後にはテッドが送っていって彼女が無事家へ入っていくのを見届けるようになっていた。そんなことが数週間続くうち、誰にも気づかれないうちに正式につき合い出していたらしい。もっとも母さんだけは勘づいてたんじゃないかな。母親は何でも知っているもんだしな」

二人の気持ちがすでに通じていたことも疑う余地はない。テッドは気配りの利くタイプで、紳士的でしかも優しかった。アイリスもすぐ、ああ、この人私のことが好きなんだとわかったはずだ。自由になるお金などほぼなかったにもかかわらずテッドはデートのたび必ず彼女にささやかな贈り物を渡した。それが板チョコ一枚だったとしても一シリングは使っていた訳だ。

ラジオの『キャロル・リーヴァイスの才能発掘』という番組が出演者を求めてバーミンガムまでやってきたのがこの時期だ。五〇年代にはこのキャロル・リーヴァイスなる人物は、エンターテインメント界の第一人者で、スカウトに興業にラジオのDJにと手広くやっていた。彼にはスターに必要な資質というものがわかっていたし、たとえ数キロ先からでもその有無を見極めることができたのだ。

ほどなくテッドの耳にもこの番組が、原石と呼べる才能を探しに回ってくるらしいとの噂《うわさ》が届いた。自分も挑戦しようと決めた彼は、当日は午前中の仕事を休んでオーディションへと足を運んだ。

単身ウェンズベリーからバスに乗り込みバーミンガムへ出た。まだ十七だったにもかかわらずテッドはもう人前で歌うことに恐れを抱いたりはしなかった。これこそが自分の得意分野だとわかっていたのだ。

首尾よく審査員を圧倒したテッドは二次審査に進めることになった。ところがこれがロンドンで収録されるラジオ番組に出演するという内容だったものだから、残念ながらついに実現はしなかった。妹のジェーンはこんなことを教えてくれた。

「もうずいぶん昔だから本当のことは誰にもわからない。だけどもし二次審査に出かけていたら兄さんの人生はすっかり違っていたんじゃないかと思う。噂だと出演者たちは番組に出るため、幾ばくかの保証金みたいなものを支払わなければならなかったらしいのよ。でも兄さんにはそんな余裕はなかった。それで行かなかったんじゃないかと思う」

こうしていずれプロになって歌うという目標はまずこの段階で、追い求めることすら叶《かな》わない遙《はる》かな夢として一旦宙吊《ちゆうづ》りにされたのだった。

テッドと働き出した上の方の弟たちも家にお金を入れ続けていた。ヒルダとモーリスにはありがたいことだったし、おかげで幼い弟妹たちが、ある意味穏やかに、それぞれの子供時代を楽しめていたことも事実だろう。

彼らは皆サッカーが大好きで地元のチームに加わっていた。テッドが音楽に夢中になっていったのと同じように弟たちもサッカーに身を捧げていたのだ。しかしここで問題となったのは年嵩《としかさ》の面々が使えるシューズが一足しかなかったことだ。これがしばしば兄弟同士の大喧嘩《おおげんか》の引き金ともなっていた。家は相変わらず賑やかだった。

一方父のモーリスは長男と一緒に働けることを大層喜び、しかも息子が着々と仕事のコツをつかんでいく様を鼻を高くして見守っていた。ヒルダも嬉々《きき》として二人分の朝食と着替えをまず朝一で準備していた。

ところがそんな微笑《ほほえ》ましい日常とは裏腹に、両親は二人が二人とも、十八を迎えればテッドも兵役に行かなければならないのだとわかっていた。

長男が家からいなくなることを思えば家族の全員が身の縮むような思いだった。様々な意味でテッドは家族を繋《つな》ぎ止《と》める役割を担っていたからだ。なお家事も助けていたからヒルダにとっては大きく当てにできる存在だった。同時に彼女は、息子が目の届く範囲にいなくなってしまったらどうなるのだろうと不安でもあった。

テッドとアイリスの交際は順調に続いていた。デートは大抵ライブかダンスパーティーといった、とにかく音楽のある場所だった。そして行き帰りのバスではしっかりとアイリスの手を握り締め、その美しさを延々と褒《ほ》め称《たた》えるのだった。

「君は僕が今吸っている空気だ。なくちゃならないってことさ」

テッドの口からは繰り返しそんな言葉がこぼれ出した。

「もう、恥ずかしいから冗談はやめて」

そのたび彼女はそんな返事を返したものだ。当時のことをアイリスはこう語る。

「テッドはいつだって自分の気持ちを言葉にすることに躊躇《ちゅうちょ》なんてしなかったの。だけど私はまだ子供だったから、言われるたび恥ずかしくてたまらなくなっちゃった。だから、バスで彼に手を握られて座りながら顔を真っ赤にしてたって訳。彼は気持ちを通じ合わせたかっただけなのにね。でも本当に紳士的だったわ。いつも、きれいだよって言ってくれた。今になれば恥ずかしがったりせず素直に受け止めていればよかったのになぁとも思うけど」

　ほどなくアイリスの姿は毎晩のようにケント通り十八番地でも見かけられるようになった。テッドの仕事終わりを待っていたのだ。こちらはテッドの弟ジョンの話だ。

「皆アイリスのことはすぐ大好きになった。いつのまにか家族の一員みたいになってたよ。特に母さんが彼女がいてくれることを喜んだ。できる時には家事を手伝ってくれてたしね。俺らチビどもの面倒まで見てくれたんだ」

　アイリスの育った環境というのはテッドとはずいぶんと違っていた。両親はすでに二人とも亡くなっていたのだ。父親は彼女がまだよちよち歩きの頃に脳腫瘍で、そしてアイリスが十一になった時、母親が結核を患って夫の後を追ってしまった。そういう訳で彼女は当時、祖母の家で面倒を見てもらっていたのだ。

　両親ともとても仲がよく、しかも大家族の愛すべき生活が大好きだったテッドからすると、そんな事態は思い描くだけで胸が痛んだ。アイリスとの出会いによってテッドの感受性もまた深まっていったのだ。アイリス自身もこの点については以下のようにコメントしている。

「私には両親がいなくて祖母と暮らしていたから、その点には彼はいつもものすごく同情してくれていたんだと思う」

もちろん時には感情の行き違いも起きたが、若い二人はそれぞれ互いのうちに特別なものを見出してほどなく離れられなくなった。それぞれ友人にも恵まれてはいたが、テッドの方は仲間たちと飲みに出かけるようなことはあまりしないタイプだった。

「正直に言うと、あの人は一晩中だって私の隣にいられたんじゃないかと思う。その日自分が何をしたか、それから週末はどう過ごそうかなんてことを話しているだけでね。そうしているのが好きだったのよ」

アイリスはそうも言っている。

彼らはかくもたやすくお互いの世界の深くまで入り込んでいった。彼女の友人たちは、年上で愛情細やかで、そのうえいつも気を配ってくれる彼氏を見つけられるなんて、まるで金鉱でも掘り当てたようなものだと羨《うらや》んだ。テッドの方の友人たちはアイリスのことを絶世の美女だと考えていた。

アイリスはテッドのサッカーチームにも受けがよかった。毎土曜には競技場にやってきて、サイドラインから懸命にテッドに声援を送っていた。地元の市場で買い込んだオレンジを鞄《かばん》いっぱいに詰め込んできて、ハーフタイムにはチーム全員に配ったりもしたそうだ。

しかしとうとう兵役の時期がやってきた。誰一人心の準備などできてはいないのに、彼にさよならを告げなければならなくなったのだ。行く先はリッチフィールドの駐屯地での、十六週間に及ぶ訓練だった。ヒルダは心配を胸に取り残され、アイリスの方は再会できるまでの日数を指折り数えて待つことしかできなかった。

行く手に何が待ち受けているのかも定かではなかったろうに、本人は見送りの皆に勇猛果敢な表情を浮かべてみせた。弟モーリスに向かって後を頼んだぞと叫び、ヒルダにお別れのキスをすると、彼は新たなる一章を始めるべくケント通りを進んでいった。

戦禍の中で暮らした経験から、予期せぬことというのはいつだって起こるものなのだと誰もが学んでいた。角を曲がったところに何が待っているかなど誰にもわからないのだ。

3

「荷物はベッドの下だ。しまい終わったら各自五分で検査の準備を済ませろっ」

兵舎の門をくぐったテッドにいきなり浴びせられたのがこの怒号だった。いかにも軍隊らしい歓迎である。

軍には数多くの規則と制限があったが、すぐそれらが、基本はヒルダが家で課していたルールと非常に似ていることがわかって、テッドも少なからず落ち着いた。テッドはしばらくは口を閉ざしたままでいた。直立した軍曹なる人物が鍛錬場に響き渡る大声で自分たちに命令を下しているというこの不可解な状況を、まずはじっと観察してみようと決めたのだ。

最初の数日間はとても長く感じられた。昼夜を問わず、今頃家族はいったいどうしているのだろうとばかり考えていた。ヒルダが皆に夕食を配り、モーリスは口笛を吹きながらお皿を回すのに手を貸していることだろう。それからきっと父は、またコーラに行って一杯だけひっかけてくる、などと言いながら出かける支度を始めているに違いなかった。

テッドにはまず環境の変化に適応することが一苦労だった。家での彼は長男で、疑う余地なくヒルダの一番のお気に入りだった。しかしここでは彼自身、どうにかしてまともな方法で周囲から目立とうと手ぐすねを引いている若者の一人でしかなかった。そもそもがきつい環境のうえ、しかも現実には、彼ら新兵同然の下士官らに目が向けられるのは、基本誉《ほ》められたり認められたりするような状況では決してなかった。

それでもゆっくりと、だが確実に、マクダーモット家特有の不思議な魅力がその効果を発揮し始めた。あいつはいつもベストを尽くすやつだという評価が徐々に広まったのだ。

体力的にもテッドには兵士としての適性があった。子供の頃から弟たちとのサッカーで鍛えられてきたことが、野外一周のランニングといった機会ともなれば覿面《てきめん》に威力を発揮した。息一つ乱さずトップで戻ってくることもしばしばだった。

かくして彼はここ兵舎でも家にいた頃と同じような評判を築いていった。信頼が置けかつ面白く、優しくてしかも驚くほど芸達者だというものだ。最後の一つが周囲に明らかになったのは入隊から数週間が過ぎた土曜日のことだ。将校とその妻たちが集まるクリスマスパーティーで歌うように命じられたのだ。

人前に立つ心の準備を整えながらアイロンをかけたスーツを引っ張り出すと、自《おの》ずと数年前父モーリスが、得意満面で自分をコーラへと連れていった夜が思い出された。父は歌い上げ、そして聴衆を平伏《ひれふ》させた。テッドはその様を間近で見ていた。

この夜は彼の番だった。もちろん人々はこの演《だ》し物《もの》を気に入った。

家族からは切り離されアイリスと会うこともままならなかったが、テッドはすぐ新しい生活に馴染《なじ》んだ。何事に対しても気合いたっぷりに挑む彼は軍隊生活の厳格ささえ楽しんだのだ。身体能力を見込まれクロスカントリーのチームにスカウトされたし、誰にでも気軽に話しかけられるという特技にも助けられ、ほどなく兵舎にも友達ができた。

とりわけ親しくなったのは将校づきの運転手だったフレディ・ハイドだ。二人はよほどウマが合ったらしい。ユーモアのセンスも似ていたし、何よりこの状況でどこまで楽しめるかといった姿勢が特に通じ合ったようだ。

ほどなくテッドは厨房《ちゅうぼう》の担当に落ち着いた。ある意味で組織の心臓部を担っているのだと思えば格好よく思えたし、この職務は残り物にありつける一番の早道でもあった。

時を経ずして彼は将校やその妻たちの間でも人気を誇るようになった。食堂で催し物がある時には必ず歌うよう求められた。しかしそれらは大抵の場合週末だった。テッドにすれば、ケント通りに帰って家族やアイリスと会える本当に数少ない機会で、むしろその日のために毎日生きているようなものだった。

そもそも最初の帰宅が許可されたのすら入隊から丸々一月が過ぎてからだった。まずは環境に慣れさせようという軍の方針があったからだ。そしていよいよその日が迫ると、テッドは胸の高鳴りを覚えるのと同時に些《いささ》か神経質にもなった。弟妹たちとずっと言葉を交わしていないというのがまず実に奇妙な感覚だった。風呂に入る順番で揉《も》めることもしていない。認めるのは情けない気もしたが、自分で思っていた以上に家族が恋しかったのだ。

だが十八番地へ戻ってみると、それもお互い様だったことが判明した。弟妹らも最初のうちは、テッドのいない家で日々が過ぎていくことがなんとも不思議に思えたらしい。彼らもまた兄の不在が淋《さび》しかったのだ。もっとも数晩経《た》ったところで弟たちは、ベッドが一つ丸々空いて寝られる場所が増えたことを喜んではいたのだが。

寝る場所の問題はともかくとして、いよいよ久しぶりに帰ってきた際の家族の興奮ぶりといったらなかった。弟妹たちは午前中ずっと全員で窓のそばに陣取り、兄が歩いてくる足音も聞き逃すまいとしていた。かくしてテッドがドアに鍵を突っ込んだ瞬間には、扉が開くと同時に弟妹たちがあふれ出してきてすっかりもみくちゃにされる羽目になった。

一通りおかえりなさいのやりとりが終わるとまずテッドは鞄《かばん》を開け、大量の戦利品を家族の前に披露した。果物にバター、チーズに肉の缶詰といった諸々《もろもろ》だ。一家は目を疑った。ことにヒルダは縮み上がって悲鳴のような声をあげた。

「すぐ返してきなさい。さもないと捕まっちゃう」

しかし息子は笑って応じた。

「心配ないよ。全部捨てるやつなんだ」

常に楽天的な倹約家だったテッドは、軍の厨房でもすぐさま、そこでどれほどの無駄が行われているかを見て取った。勤務の交替のたびにまったく問題ない状態の食料が惜しげもなく捨てられていたのだ。明確な理由も特になさそうで、この点はむしろテッドには好都合に思われた。ゴミ箱に入るはずだったものが行き先を変えただけなのだから、盗みにならないという理屈である。そんな具合に毎週末には家族の口に入りそうなものを可能な限りテッドが持ち帰ってくるというこの儀式が始まった。

この手の傾向は子供の頃から変わらなかったようだ。ヒルダもしばしば、それでもまあ、上着のポケットの代わりに鞄を使うようになっただけマシねと冗談を飛ばしていたようだ。

平日は兵舎で不足のない生活を送っていた訳だが、そんな間もテッド自身は家に帰れる日のことばかりに思いを巡らせていたようだ。二度目の帰宅の際には、弟のジョンとその友人たちを驚かせてやろうと思いついた。当時まだ十歳にもなっていなかった彼らが森でキャンプする計画を立てていたのを知っていたからだ。

当人たちは決して認めようとしなかったが、子供らは内心、屋外で夜を明かすことにすっかり怖じ気《おけ》づいていた。その証拠に闇の中どこからか物音が聞こえてきた時、彼らの誰一人テントから顔も出せなかったのだ。

「真っ暗な中から突然何やら聞こえてきたんで、全員縮み上がったよ。何かが辺りを動き回っているらしかったが、そのうちこれがよりによってテントの真正面で止まったんだ。息を殺してじっとした。で、そのうちそのまま皆眠っちまったんだ。朝になって目を覚まし恐る恐るテントから這《は》い出《だ》してみると、そこに兄貴がいたって訳だ。軍用のオーヴァーを着て背嚢《はいのう》を枕代わりに眠ってた。帰ってきた兄貴はきっと親父《おやじ》から、俺らが怖がってるから見張っててやってくれと頼まれたんだと思うよ。だけど自分が表で夜明かしすることもないだろうになあ」

ジョンはそんなふうに言っている。

モーリスとヒルダとがテッドを含めた子供たちに常々言い聞かせていたのは、人の目のある場所で振る舞いを慎むことだった。これについてはテッド自身もまた、機会があるごとに弟妹らにきちんと教え込むことにしていた。やはりジョンが覚えていた。

「兄貴はいつもキメていたよ。特に軍隊に入ってからは、身なりや言動にやかましくなった。サッカーチームの入部テストの時なんて、何時間もズボンのプレスの仕方を叩《たた》き込《こ》まれてからやっとグラウンドに立たせてもらえたくらいだ。兄貴はいつだって俺たちに目を配ってくれていたんだ。あの人が間違ったことをしでかすことは一切なかった」

テッドは帰宅のたび自分が家族の暮らしにちょっと素敵な何かを持ち込めるのをひどく喜ばしく感じていた。軍隊での経験でさえ、できれば家族と分かち合いたいと願っていたものだから、ほどなくフレディを連れてきて皆に紹介したりもした。

軍の友人を家に招待したいと切り出すとヒルダは大層喜んで、丁寧に掃除をし食事もきっちり準備した。子供らは全員みっともなくないよう体を洗われ、小ざっぱりした衣服へと着替えさせられた。そして弟妹たちは例のごとく窓枠に列をなしてぶら下がり長兄の帰りを待った訳だが、そこでヒルダが不意に息を呑《の》むような音を出した。

「おやまあ、あんな大きな車、うちの前でいったい何のつもりかしら」

誰か車でやってきそうな人々を思い出しながらヒルダは、それにしてもこんな豪華な車を近所の人たちが目にしたらなんと言うだろうと考えて、ふと戸惑った。その時ゆっくりと車の窓が下りた。現れたのはにやけたテッドの笑い顔だ。思わず彼女は叫んでいた。

「なんてことっ。見つかったらあの子たち二人とも捕まっちゃう！」

しかしモーリスと子供たちにはなお何が起きているのかさっぱりだった。助手席に座っているのがテッドその人だということもまだわからなかったのだ。ほどなく玄関にノックの音がした。もちろんそこにいたのは、スーツに身を包んだテッドとフレディ・ハイドだった。

彼らは磨き上げた将校の車で、しかもご丁寧にも先頭に複数の旗まで立ててやってきた。子供たちが目を疑ったことは当然として、玄関で威勢よく笑い出した若者二人にヒルダは今にも暴れ出さんばかりになった。

車だけではなく、明らかに自分のものではないツイードの上下で帰ってきたこともある。この時にもヒルダは驚くやら腹を立てるやらでこう叫んだものだった。

「とっとと脱ぎなさい。さもないと懲罰房行きになっちゃう」

しかしテッドはどこ吹く風だった。将校らは週末にはほぼ休みを取っていたから、テッドは彼らのスーツを無断借用し、毎回違った服で帰ってくるようになった。しかもその格好のままパブへと繰り出し、我が世の春を楽しんだ。数ヶ月後には完璧な礼装で登場した。黒のネクタイに真っ白のシャツ、しかも帽子つきといった具合だ。テッドの軍隊時代の仲間が次のように証言してくれている。

「確かに誉められた話ではないが、将校たちの方にもわざと目をつぶってくれているところがあった。きっと服を戻す俺たちが、どうやらバレなかったなと考えているだろうとか想像してほくそ笑んでいたんだと思うよ」

かくしてこういった事件がほぼ恒例行事みたいになった訳だが、土曜の夜テッドがアイリスを連れ出す時はなおさらだった。息子が盗みの罪で牢屋《ろうや》に入れられるのではないかという不安はどうにか乗り越えたが、ヒルダはなお、こういった着飾った姿を目にするたび胸騒ぎを禁じ得なかった。しかしモーリスの方は気にかけるふうもなく、その時読んでいた本や新聞から顔を上げこんなふうに冷やかすのだった。

「おう、頭でっかちのテッド閣下のお出ましだ。みんなよぉく見ておけよ、こういうのを我が物顔と言うんだ」

しかし胸のうちでは彼もこの息子の姿が誇らしく、やはりクラブへと出かけていっては友人たちに、我が子がいかに上手《うま》くやっているか、そしてどれほど運命の神様に愛されているかを鼻高々で口にしていたのである。

ほどなくフレディ・ハイドもまた家族の一員のようになった。とりわけヒルダが彼を気に入った。実際彼はいつも小さな贈り物ととびきりの笑顔とを準備してドアをノックし、彼女の頬にキスまでしていたらしい。一度などは手を取ってこう申し出もした。

「マック夫人、ウスターまで私がドライブにお連れいたしましょう」

そのまま本当に二人で外出し、フレディは運転手としてヒルダを繁華街まで連れていくと、最後には荷物を持つのを手伝ってまた車で帰ってきた。高級車で走る二人の姿があちこちで目撃されたものだから噂《うわさ》好きの隣人たちはひどく興味を掻《か》き立《た》てられていた。

テッドの方も同様にアイリスを車で連れ回し、やはり周囲に強烈な印象を残した。土曜の夜こそは二人がようやく一緒に過ごせる時間だったのだが、彼らは相変わらずコーラに顔を出していた。この店でテッドはいつしかほとんど英雄的な扱いを受けるまでになっていた。とりわけ人々に乞われて何曲か披露するような機会にはなおさらだった。

たとえるなら冬至前の二週間のような穏やかな日々だったと言えよう。そしてその最後の仕上げとして訓練課程修了パレード《パッシングアウト》の日がいよいよ訪れた時、家族はすっかり鼻高々でこれを迎えたのだった。

ヒルダの胸は、息子が無事訓練期間を終え、国への務めをしっかり果たしたのだという誇らしさで満たされていた。パレードがウェンズベリーの中心街を通り過ぎていく頃には家族全員がほとんど興奮状態だった。弟妹たちがこぞって行きたがったのも、この行事のため学校が休みになったという理由からだけではなかったはずだ。

当日大通りは車両通行止めとなり、両側の歩道には見物客たちが押し寄せた。誰も彼もが国家の結束を祝うために駆けつけていた。空気は終戦のあの一日のそれとよく似ていた。

ヒルダはお気に入りのワンピースでめかし込み、子供たちにもできる限り見苦しくないような身なりをさせた。彼らはまた、とにかく行儀よく振る舞いなさい、そして兄を誇りに思いなさいと強く言い聞かせられてもいた。もちろんジョンも当日は一緒に会場に足を運んだ。

「その頃俺は七つくらいだったかな。皆で揃《そろ》ってテッドの晴れ姿を見に出かけたんだ。アイリスも一緒だったよ。母さんは一番いい場所で見られるようにしてくれてた。そのうちブラスバンドの演奏がどこかから聞こえてきて、楽隊が表通りを進んでくるにつれ音の方もどんどん大きくなってきた。興奮で全身が震えたよ」

ついに兵士たちが登場すると、ヒルダは全員に、とにかくテッドを探しなさい、と叫んだ。本人が目の前に現れるなり家族は一斉にこの長男の名を繰り返し呼んで激しく手を振った。通り過ぎがてらテッドはウィンクを投げ、笑顔のまま去っていった。ほんの一瞬の出来事だった。ヒルダに話しかけようとジョンが振り向くと、母は目元を拭っていた。

「母さん、どうして泣いてるの？」

彼は尋ねた。

「泣いてなんかないわよ。ただ幸せなだけ」

テッド自身も揚々とした気分だった。ヒルダにアイリス、そして弟妹たちが揃って自分の名を呼んでいるのだ。その声を耳にしていれば、ちょうどステージに立った時と似た興奮が全身を駆け巡った。

パレードの後は兵士らの家族も招いた盛大なパーティーが将校用の大食堂で催された。食べ物も飲み物もふんだんだった。テッドは仲間にアイリスを紹介して回り、あちこちで短いやりとりが交わされていた。

しばらく経つと将校の一人がヒルダに話しかけてきて、やがて隣の小さな部屋へと連れていった。初めて会う人物だった。

「楽しんでいただけてますかな、マクダーモット夫人」

「ええ、もちろんです。ありがとうございます」

笑いながらヒルダは答えた。

「テッド君ですが、さぞご自慢の息子さんなんでしょうな。我々にとっても立派なチームの一員であり、しかも素晴らしい歌い手だ。あの声といったら」

しばらくはそんなやりとりが続いたのだが、そのうちヒルダも、どうやら相手には何か切り出したいことがあるらしいと勘づいた。中身もおおよそ察しはついた。訊《き》くのは怖かったが、最後には彼女も真っ向から触れてみるよりなくなった。

「それで軍は、あの子を海外へ派遣されるおつもりなのですか？」

「ありえないことではないですな、マクダーモット夫人」

この答えにヒルダは言葉を失った。ようやく自分が今話している相手の見当もついた。そこで彼女はこう続けた。

「そうなさらないでくださることを望んでいますわ。テッドには十三人もの弟妹がいて、私自身もあの子をかなり当てにしておりますの」

「断言はできませんが、考慮はします」

彼はそれだけ口にした。

おそらくはこの一件が、軍隊時代のテッドが海外派遣とそれに伴う昇進といったコースに進まなかった最大の理由である。予備役を終えた彼は派兵される代わりに将校づきの当番兵に任じられた。仕事の内容は細々とした雑用で、洗濯に食事の配達、さらには衣服の整理などが含まれていた。要するに、重要ではあるが危険はまったくない役割だ。

同時にそこは、他者との軋轢《あつれき》や彼らから蒙《こうむ》る損害といった現実の厳しさからはすっかり切り離された世界でもあった。しかもこの役割はテッドの見た目へのこだわりを増強しもした。彼の靴はいつでも一際輝きを放ち、そして本人も同様に、ノリの利いたスーツとネクタイという格好でなければ夜も日も明けぬといった状態になっていったのだ。

この日々にテッドが最愛の音楽をどうにか持ち込めていたのも、幸運に助けられてのことだった。週末には舞台に立ち続け、数ヶ月が過ぎるうち本人の自信も周りからの名声もいよいよ確固たるものとなり、アイリスも自分の恋人の才能をますます誇らしく思うようになった。二人の間は至極上手くいっていた。もう誰もが認める恋人同士で、彼らはすでにヒルダとモーリスに連れられて出かけるまでになっていた。四人連れの彼らの姿がコーラでもよく見かけられたものだった。

毎土曜の夜七時、店に入るには人々はまず列に並ばなければならなかった。演奏していたのは地元のミュージシャンで構成されたスキッフルバンドだ。もっとも実情に即して言えば、手製の楽器を演奏できさえすれば誰でもかまわなかった訳だが、とにかくテッドの弟のアーニーがベースを抱えて舞台に上がり、ドラムセットの前にはその相棒が座り、さらに誰かしらピアノができる人間がここに加わるという形だった。

こういった夜はアイリスには特別だった。いつだって愛にあふれた大家族というものに憧れていたからだ。

「皆すっかり着飾って出かけたものよ。私もテッドも、それから彼のご両親もね。テッドの格好といったらいつだって信じられないほどだった。お店はいつも満員で、決まってモーリスが最初にマイクを持っていたわ。彼もまた素晴らしい美声の持ち主だったの。曲は『誰かに愛されるまでは《ユア・ノーバディ・テイル・サムバディ・ラヴズ・ユー》』とか、そんな辺りだったかしら。やがてテッドも自分でこの曲を歌うようになったわ。あの人ったら、もし君の姿を見失ったら、時計が十一時になったのを確かめてこの曲を歌い出すことにしよう、なんて歯の浮くような台詞まで言ったのよ。それで私はお店の人に頼んで、その時間にこの曲のレコードをかけてもらわないとならなくなった訳」

アイリスはまた、舞台へと向かう直前にテッドが見せる、自信の陰にひそかに隠れた不安の兆しにも気がついていた。いよいよ自分がスポットライトの中に立つのだと身構えればそれなりの緊張が襲ってきたに違いない。そうなるとテッドは鼻の頭の辺りをしきりにこすり出すのだった。

この仕草は不安と興奮とが全身に襲いかかってきていることの証拠だった。もっとも決して気後れしていた訳ではない。実際テッドは、たとえ見も知らぬ観客しかいない会場だろうと、いつでも舞台に上がれるだけの気合いは持ち合わせていた。

それは本人にも上手く制御できないエネルギーの発露みたいなものだったのかもしれない。少なくともアイリスはそう考えた。だから彼女は、このテッドのステージ前の不思議な兆候に気づいたことでむしろ彼を一層理解できた気持ちになった。ひとたび舞台を下りてしまえば、テッドは容易に控え目な、それどころか沈着と言っていい性格になることもわかってきた。

テッド自身もこのような制御不能の興奮をどうにか押し込めようとしていた。特に五〇年代というこの時代、そんな浮ついたとも取られかねない言葉なり行動なりを表に出すことは、決して男らしい振る舞いではないと見なされていたのだ。努力の賜《たまもの》か、軍隊を離れ仕事に就いてから後は似たような兆しが表に出てくることもすっかりなくなったようだ。

だがアイリスには、テッドが自身の平衡を保っているためには、深い愛情と安心が不可欠なのだとわかっていた。だから彼女は一層彼を気にかけた。しかし二人の関係それ自体が確固としたものだった訳ではなかったから、時に彼はむらっ気を起こし、彼女の忍耐力をとことん試したのだった。

三年間のつき合いの中では口論もあった。それでもテッドはいよいよアイリスを妻に迎えようと決意した。それが二人の関係を平穏なものにしてくれると考えたのだろう。

元々一際ロマンチストだった彼は、プロポーズするなら目一杯気取り、相応《ふさわ》しい機会に劇的にやりたいものだと考えた。そこでこの五六年のクリスマスをその日に選んだ。一番上の息子がいよいよ身を固めるということでヒルダも大層喜んだ。ヒルダ自身アイリスがそばにいてくれるのは嬉《うれ》しかったし、すでに彼女は家族の一員のようなものだった。

ところが指輪が指にはまっても、二人の問題や、あるいはアイリス自身の懸念が一気に収束するまでには残念ながら至らなかった。

「あの指輪ねえ。あれはたぶん、私の指にあったよりも庭に転がっていた時間の方が長かったんじゃないかしら」

アイリスはそう笑う。

「彼、結構嫉妬深かったの。確かもらって二週間後くらいだったかしら、いきなり返せって言われちゃった。その頃は彼の友達もよく私のところへやってきて、やあアイリス、今日も可愛《かわい》いね、なんて声をかけてくれていたの。それがテッドを苛《いら》つかせることをわかっていたのよ。そんなのに引っかかるなんてバカな真似《まね》はやめてよって私は何度も言ったのよ。でも彼はむしろ、私の方から気を引いていると思って拗《す》ねちゃったの」

アイリスとテッドは正式に婚約し数年間その状態でいた。しかしこれは、残りの生涯を共にしようと決めたカップルにとっては明らかに長過ぎた。結局二人は六〇年代が始まった頃に別れてしまった。テッドが二十四の時だ。

それから数十年という歳月が経った今も、アイリスにはこの愛が終わってしまった本当の理由など見当もつかないようだった。

「どうしてダメになったのかって？　私にだってさっぱりよ。いつもの喧嘩《けんか》になったことは確か。彼は独占欲が強くて、私がほかの男とデートしてるんじゃないかっていつもいつも心配してた。ただこの時の口論は普段より激しくて、しかも長く続いたの。そのままおつき合いもやめちゃった。それから少しして今の主人と出会ったの。テッドがいなくなり夫が現れたという訳ね。主人は車も持っていたしいい仕事にも就いていた。だから一年後には結婚していたわ。子供の頃は何もない暮らしだったから違う人生が欲しかったの」

ところがこの破局に関するテッド側の言い分はやや食い違っている。ただし、アイリス本人も口にしていたように、彼女がほかの男のもとへ行ってしまうのではないかという不安にはどっぷり身を浸していたようだ。その頃にはテッドも除隊していて、デリテンドの工場で朝六時から夜十時までほとんど二人分のシフトに入るような毎日だった。一方のアイリスは昼間は飲食店に勤め、夜は映画館で仕事をしていた。

ある日普段よりずいぶんと早い時間に帰宅してきたテッドは、ヒルダが軽食を準備している間に風呂に入ると、そこでウェンズベリーまで出向いてアイリスの顔でも見てこようと思いついた。気分が優れなかったからげんなおしのようなつもりもあったのかもしれない。当時持っていたピンク色のスクーターで出かけた彼は、すぐ声はかけず彼女の仕事場の前で待ちかまえていることに決めた。驚かせてやろうと考えたのだ。

ところがだ。もちろんこれはテッドの言葉でしかないが、映画館から出てきたアイリスは、そのままテッドの軍隊時代の友人のバイクの後部座席に跨《また》がってしまったというのだ。またも喧嘩となった訳だが、いよいよあの婚約指輪はリッディング通りの一番端にあった庭園の壁に放り投げられ、結局見つからなくなった。家に帰ったテッドは玄関をくぐるとすぐ、誰にも何も話さずにまっすぐベッドへともぐり込んでしまった。

翌日朝食の準備のため目を覚ましたヒルダは、そのままいつもの山のような家事へと雪崩れ込んだ。まずは男の子たちの部屋へ向かって例のお手製のカーテンを開けたのだが、そこでようやくテッドがまだベッドの中にいることに気がついた。どうして息子はこんな時間になっても仕事に出ていないのだろう。テッドが眠ったふりをしているのもかまわず、とにかく問《と》い質《ただ》してやるべく身構えた。

ところがちょうどそのタイミングで家の前で乱暴に門が閉まる大きな音がした。その人物はそのまま玄関のドアも激しい勢いで叩き始めた。カーテンの隙間から確かめると、アイリスの祖母だった。階下に下りたヒルダは落ち着いて迎えに出て、とにかく話をしようとした。しかし一言も発せぬうちに相手がまくし立てた。

「テッドに会わせなさい。あの男がアイリスに何を言ったのか知りたいのよ。あの娘《こ》すっかり泣き腫らして仕事にも行こうとしないんだから」

ヒルダにはいったい何が起きているのかよくわからないままだった。とにかく二階のテッドに、下りてきて自分で説明するよう声をかけた。肌着にズボンだけといった格好で現れたテッドは冷静にも見える様子で上着を羽織り、玄関前で立ち尽くす女二人の傍らを抜けながらこう告げたのだった。

「その話はしたくない。悪いけどもう出かける」

これ以降実に三週間、ヒルダも家族もテッドの姿を一度も見なかった。アイリスですら彼と会ってはいなかったので、誰もが心配で取り乱さんばかりになった。もっともアイリスは、直前の喧嘩についてはヒルダにも一切を打ち明けることはしなかった。

土曜日の夕食時のことだ。テッドの祖母が家に現れ、本人が今自分のところで無事に過ごしていることをヒルダに教えて帰っていった。ヒルダが漏らした安堵《あんど》のため息はきっと通り中の人々の耳に届いていたに違いない。

「まあ、こういうのは時間がかかるから」

ヒルダは自分に言い聞かせるようにそう小さく呟《つぶや》いた。それでも結局翌日にはウォルソールの祖母の家まで出かけていき、とにかく帰ってくるよう息子の説得を試みた。しかし前庭を近づいてくる母親の姿を目にした途端、テッドは家の裏側に隠れ出てこようとはしなかった。情けない姿を母親の目に晒《さら》したくはなかったのだろう。

さらに何度かの似たような失敗の末、最後にはどうにかヒルダも息子の説得に成功した。もちろん彼女は事前にケント通りの全員に、テッドの前では決してアイリスの名前は口に出さないよう釘《くぎ》を刺しておくのも忘れなかった。

いよいよテッドが帰還した夜、家族全員がやはり居間に顔を揃えてはいたのだが、ドアを開け中へと入ってきた彼は誰に声をかけることもせず、まっすぐ寝室に姿を消した。さらに数日間は部屋から出ようとさえしなかった。

そんな長男をただ見守るしかできなかった間、家はかつてなかったほど重く沈んだ。妹のジェーンがこの時期のことをこう思い出してくれた。

「そのうちに乗り越えたんでしょうね。兄さんが本当に人生を楽しめるようになったのは実はこの後からだったんじゃないかと思うこともあるわ」

しかし二人の関係の破綻がテッドにどれほどの影響を及ぼしていたのかをほかの面々が理解できたのは、それからさらに数年が過ぎてからだった。

4

少なくとも表面上はテッドの毎日もすぐ通常に戻ったかに見えていた。兵役期間は十八ヶ月で満了し、彼がそこからさらに前へ進んでいこうとする姿勢に皆が胸を撫《な》で下《お》ろした。しかし家族は、楽天的な態度に隠された陰については見落としていた。テッドがともすれば不安定になりがちだと気づいていたアイリスの観察は正しかったのだ。

テッドには自分以外の全員がきちんと人生を選び取っているように思われた。仕事に伴侶に子供たち。着々としかもはっきりと、彼らは前に進んでいた。一方テッドの足元は今や見る影もなかった。軍隊で十分な訓練を受けた訳でもなかったし、車も家も、何一つとして自力では手にしていなかった。財産と言えばレコードのコレクション程度だ。蓄財の類に情熱を向けられるタイプではないことは自分でもわかっていた。

彼にとっての日々の喜びは、ほかの人たちを幸福な気持ちにさせることによってのみもたらされた。楽しませ世話を焼き、そういうことだ。しかしこうした姿勢は物事が次第に厳しさを増し、人はそれぞれ自分のために生きていくものだという考え方が広まりつつあった当時の風潮の中では、あまり一般的ではなくなり始めていた。

五〇年代の終わりから六〇年代の初頭にかけては、国全体が比較的順調に経済成長を続けられていた時代だった。それでもなお、多くの一般家庭では収支の帳尻を合わせるというそれだけのことがひどく難しかったのも本当だ。モーリスとヒルダは相変わらず一ペニーたりとて見逃すまいといった勢いで、テッドもまた余分な稼ぎは全部家に入れようと決めていた。

軍隊を去ったことが一つの打撃ともなっていた。工場に戻って多くの顔見知りに囲まれながらただ家計を回すためコツコツと働いていると、単に後戻りしただけに思えた。やがて弟妹たちは順調に成長し一人ずつ家を離れていった。それでも日々はなお慣れ親しんだ繰り返しの中にあった。ただ一つ同じではなかったのは、アイリスがもう彼のガールフレンドではなくなってしまったことだった。

とはいえ、テッドがかつての関係に通じる扉をきっちりと閉ざしてしまうのは実質的にはまだ不可能だった。アイリスはなおも時折ヒルダに会いに家を訪ねてきた。女たちの間には強い絆《きずな》が生まれていて、テッドと別れたとはいえ双方が双方とも、相手との関係を断ち切る準備などとてもできてはいなかったのだ。

テッドの方もどうにかこの状況を冷静に受け止めようとした。それでもアイリスの訪問は基本彼が仕事から戻る前に済まされていたから、おかげで胸を撫で下ろすことができたのも事実だった。しかしながら別れて一年ほど経《た》ったある日、この傷口が開いてしまう事態が起きた。テッドが仕事から帰ってくるとまだアイリスがいたのだ。

　夜帰宅した時にはいつもそうしていたように、テッドはまず台所へ向かいやかんを火にかけ全員分の紅茶を淹《い》れて、そして家族のそれぞれに湯気の立ったマグカップを配って歩いた。厳密には、アイリスを除いた全員に、だ。

「私の分はないの？」

　尋ねた彼女にテッドは答えた。

「やかんの中にある。自分で淹れればいい」

　テッドとアイリスとの溝はとりわけテッドの側に深く刻まれていた。ほかの彼女でも探そうかといった気持ちにはとてもなれなかったようで、代わりに弟たちと一緒にクラブへ出かけたり、あるいはただ辺りをぶらついたりして過ごすことが増えた。弟のジョンが証言する。

「軍隊を辞めてからの兄貴は目一杯時間をかけて靴を磨いていたよ。ピカピカで顔が映り込んで見えるほどだった。学校の行事でどこかに出かけるような時にはネクタイの結び方から教えてくれた。そんななりで出かけるつもりか、ネクタイをちゃんとしてやるからこっちへ来いとか言いながらさ。そうやって向かいに座って手本を見せてくれたんだ」

　その本人が一番気合いを入れて臨んだのが金曜の夜である。この時ばかりはすべてが完壁でなければならなかった。ハンカチにもしっかりとアイロンをかけ、きっちり整えたラインを上着の胸ポケットから覗《のぞ》かせた。出かける直前には必ずヒルダにチェックしてもらっていた。

「この格好どうかな」

「完璧よ、テッド」

ヒルダがそう返しても、テッドはまた二階へ取って返し、最後の仕上げを試みるのだった。数分後彼は、ハンカチをさっきとは違った形にたたみなおして台所へ戻ってきた。今度はスリーピークスだ。

「こっちの方がいいと思わない？」

尋ねる彼にヒルダがさほどの注意も払わぬまま返事する。

「いいと思うわ」

こんなやりとりはしばしばモーリスが新聞から顔を上げこう吐き出すまで続けられた。

「あのなあ、そんなのは所詮ただのくだらねえハンカチだ」

しかし言葉とは裏腹に、彼は息子が一端《いっぱし》に見えていることを内心とても喜んでいた。前庭を歩いていく後ろ姿を見送りながら妻に振り向いてこうもつけ加えるのだった。

「見てみろよ。まったく自分が百万長者にでもなったと思ってやがる。ポケットには一ペニーだって入っちゃいないだろうに、歌いながら口笛まで吹いてる。世間がどう言おうと知ったこっちゃないって感じだな」

やがて手入れの行き届いた身なりはテッドの代名詞ともなった。より完璧な見た目を追い求める彼の冒険は留《とど》まるところを知らなかったのだ。もしイメージに合うジャケットなりが見つけられなかった場合には、コーディネイトを仕上げるためなら躊躇《ちゅうちょ》なく弟たちの衣服を拝借した。弟のコリンのクローゼットが主な標的となった。

「いつだったか給料が入ったんで、土曜に町まで足を延ばして新品のシャツを買ったんだ。帰ってきてお茶を飲んでいるとテッドが顔を出して、半ポンドばかり貸してもらえないかと言うんだ。しょうがないから、かまわないさと答えたよ。

それから俺は、友達と一緒に遊んだ後パブに行ったんだ。そこに誰がいたと思う？　テッド兄貴さ。小ぶりの葉巻をくわえて半分飲んだギネスを前に置いて、しかもシャツは俺が買ってきたばかりのやつだと来てる。呆《あき》れて言葉も出なかったよ。ただもう一杯何か飲むかいと訊《き》くくらいしかできなかった。翌朝母さんにも確かめた。兄貴のやつ、昨夜俺の新しいシャツで出かけたのかよってさ。そんなことないわよというのが返事だった。あの人はいつも兄貴を庇《かば》ったんだ。兄貴の方も母さんの前では決して悪いことなんてしなかったしな」

実際ヒルダには、テッドが弟たちの衣服を拝借しようかという段になると、窘《たしな》めるどころか喜んで唆《そそのか》してしまうところがあった。もしテッドが今度はコリンのスーツに袖を通そうとでも思いつこうものなら、彼女は前日にこれをきっちりブラッシングした挙げ句、表に陰干しまでして準備を整えておくのだった。

今やコーラやそのほかのウェンズベリーのパブの常連となっていたにもかかわらず、テッド自身はほとんど酒を飲まなかった。

「たとえば兄貴にシャンディーのハーフを奢《おご》ったとする。でもその夜の終わりには、半インチでも減っているかどうか確かめてみないとって感じだった」

こう証言するのはジョンだ。

「歌うつもりの夜にはグラスに紅茶を入れて前に置いておくんだ。そうすりゃ皆ウィスキーでも飲んでいると思うからな。兄貴がいつだってしゃんとできていた理由はこいつさ」

こうしたテッドの洒落《しゃれ》っ気《け》に関しては冗談が飛び交うこともあったが、いずれにしてもマクダーモットの一家にとっては家族への忠誠こそ何より重んじられるべきもので、そしてテッドこそが、皆が不当に扱われることのないよう道をつけていったその人だった。工場での仕事もきちんとこなし軍隊時代にもそれなりの記録を残し、さらには界隈《かいわい》のパブを席捲《せっけん》する美声の持ち主でもあった彼は、地元では年相応に、多少の影響力を持ち合わせ始めていたのだ。

軍隊から戻って何年か後のことになる。テッドは姪《めい》のロレインを庇うことで、自分がこの伝統をしっかり守り続けていることを改めて周囲に誇示してみせた。

ロレインは弟フレッドの娘で幼い頃から弱視に悩まされていた。治療のため、眼鏡と眼帯を併用する場合もあった。ある日彼女が友達のところに遊びに行った。スプーナーという家で、テッドが子供の頃からすでに同じ通りに住んでいた家族である。両家の子供たちは悪さも一緒にした幼馴染《おさななじ》みで、両親の方も毎金曜日に必ずコーラに顔を出していたくちだった。

しかしロレインが泣きながらこの家から飛び出してくるのを目撃した瞬間、テッドには両家の歴史など一切関係なくなった。たまたま居間にいた彼は表に向かって叫んだ。

「いったい何があった?」

最初はロレインも頑として口を開こうとしなかったのだが、家族の説得に最後は折れた。どうやらスプーナー家の一人がロレインに、お前の悪い方の目で直接見られたら家の中によくないことが起こると言ったらしい。

テッドは姪の説明を最後まで聞き届けることもしなかった。足早に相手の家まで行ったかと思うと嵐のような勢いでドアを叩《たた》き、何事かとスプーナー氏が顔を出したその途端、見事なパンチを顔面に一発決めたのだった。気を失った相手をそのままにして半分まで引き返してきたところで振り向いた彼はさらに吐き捨てた。

「うちの子供たちに二度とそんな口をきくんじゃないぞ!」

数週間後、テッドとスプーナー氏はコーラで顔を合わせた。そして一緒にビールを飲み音楽に耳を傾けた。問題はすでに片がつき遺恨もなかった。しかしながら、誰であれマクダーモットの家族に対しては慎重に接するべきだという警告はすでに周知のものとなっていた。

権威を前にして身をすくめるといったこともテッドにはありえなかった。だから家族への侮蔑を働いたのが地位のある相手でも容赦しなかった。末の方の弟であるマルコムがまだ十二か十三くらいだったある日のことだ。このマルコムが顔中に食べ物をこびりつかせたまま泣きながら帰ってきた。聞けば給食の野菜を残さず食べるのを嫌がったところ、教師に顔を皿に押しつけられたのだと言う。みるみるテッドは真っ赤になり、その足で学校まで大股に歩いていった。もちろん問題の教師を探し出し、弁明を聞こうという腹づもりだった。ところが角を曲がると警官二人の姿が見えた。どうやらこちらを待ちかまえているようだ。案の定彼らは手を上げてテッドを宥《なだ》め始めた。

「ちょっとそこで止まってくれ、テッド。いったいどこへ行くつもりかな？　いや、お前さんがここにいる理由はもう大体わかってるんだ。少し落ち着いた方がいい」

後から明らかになったところによれば、問題の教師は自分が手を出した相手がマクダーモット家の少年であったことに気づくなりすぐさま校長に相談し、揉《も》め事《ごと》に備えとにかく警察に連絡しておくことに決めたのだった。親族を守らんとする彼の名声はそれほどまでに響き渡っていたのである。

今でも同じだと思うが、子供たちは学校でのトラブルやあるいは体罰についてあまり積極的に報告しようとはしない。大抵は学校で味わわされた同じ痛みをまた親たちから耳の辺りに食らうことになるだけだとわかっているからだ。しかしこの時は勝手が違った。行き過ぎもあったし相手も悪かった。問題の教師もテッドに平謝りこそしたが遅かった。テッドは答えた。

「あんたが謝る相手は俺じゃない。ちゃんと弟に申し訳なかったと言ってくれ」

問題がどうやら解決を見たところで、テッドの友人でもあった二人目の警官が彼を脇へと引っ張り寄せた。

「なあ、もし俺がお前の立場だったら後で待ち伏せするなりして一発食らわすぜ。弟やガキが同じ目に遭わされたら二度としないと誓うまで許さねえ」

しかしテッドはすでにやるべきことは終わったと考えていた。妹のクリスは胸を張る。

「兄さんには暴力的なところなんてなかったもの。いつでも正しくあることにこだわっていただけ。たとえなんと言われようとかまわなかった。私たちが不当に責められたままにはしたくなかったの」

二十代を迎えたテッドはフライアーパーク中のパブというパブで、機会さえあれば椅子から腰を上げ歌い出すことで知られていた。昼間は工場勤めに戻っていた訳だが、時々こうした場所で軍隊時代の友人と出くわすこともあったようだ。やがてそのうちの一人のトミーが、テッドの人生をまた違った方向へ進めていくこととなった。

ある夜二人は飲みながら、さてどうすれば人々の暮らしはよりよくなるかといった議論に興じていたのだが、その時トミーがテッドには到底聞き逃せない話を口にした。彼の父親はウォルソールのサッカー場で働いていたのだが、そこで試合の実況をする人間が必要になったというのだ。

テッドはこれに両手《もろて》を挙げて飛びついた。小金が稼げそうなうえに特技の声も活《い》かせるし、ただで試合を観《み》られるかもしれないのだから当然だった。

大急ぎで音響機器の使い方をマスターしたテッドはすぐ、試合のある日は必ず実況を任されるようになった。普通の実況に加え、時にはレコードをかけながらサッカーくじの結果を読み上げるなどして観衆たちを楽しませたりもした。まさに水を得た魚だったのだ。ほどなく彼の名は経営陣にも浸透していった。歯に衣着《きぬき》せずに、クラブがどうすればよくなるかといったアイディアを次々提案したからだ。

「もっと女性客を増やした方がいいですよ。そうすれば男連中は勝手にくっついてくる」

確かにいい考えだった。クラブはすぐさま試合後は定期的に小洒落たビュッフェを開くことに決めた。もちろんそういう場には音楽が欠かせない。こうしてテッド自身もまた、ほかの大がかりな演し物《だしもの》たちと肩を並べてこの機に歌を披露できることになった。

地元のパブに比べれば舞台もよほど頑丈で広く、かつ聴衆の数も多かったから、神経は自《おの》ずと研ぎ澄まされた。全身を巡るアドレナリンも同様だ。しかもこの成功でテッドは正規採用となり、宣伝を任されるまでになった。いよいよ工場を離れることが叶《かな》ったのだ。

この事態は弟のジョンにとっても夢の実現の一つの形となった。ずっとサッカーに夢中だった彼は、兄がこの職に就いたことで自分もいつでもクラブに出入りできる立場になったと考えたのだ。あながち間違いではなかったようで、テッドの正規の勤務が始まってから数ヶ月経ったある夜のこと、家に戻ってきた彼がジョンに叫んだ。

「おい、急いで靴を履けっ。選手に一人欠員が出た。お前に来てもらって二軍の試合に出てもらわないとならん」

駆けつけたジョンは腰を下ろす暇もなく、目も眩《くら》まんばかりの緑色をしたその芝に立ってプレイした。しかも大活躍で、クラブがその場で契約したがるほどだった。

しかしそうしてしまえば、今の定職には就いていられなくなる。しかもジョンはこの時実は結婚を目前に控えていたのだった。

当時はまだサッカー選手が十分な俸給を手にできる時代にはなっていなかった。ジョンもまたマクダーモット家の男らしく、自分の夢は一旦保留し、まずは愛する者たちの頭上に屋根を確保することを優先した。マクダーモットの男たちは自ら重荷を曳《ひ》くことを決して厭《いと》いはしない。どんなに厳しい時代でも職を失《な》くすようなことは絶対にしなかった。ヒルダもまた、彼らをそのように育て上げたことを常に誇らしく思っていた。

子供たちが成長していくにつれ、ヒルダが一日の始まりに最初にやらなければならないことは、彼らをベッドから引きずり出して学校へ向かわせることから、その日のきつい仕事にも十分持ち堪えられるような朝食を準備し、身なりを整えさせたうえで職場へ送り出すことに移っていった。さらに男の子たちが一人ずつ結婚し家を出ていき始めると、その責任もまたそれぞれが選んだ妻たちへと引き継がれていったのだった。

アーニーとモーリスとフレッドは工場以外の場所から稼ぎを得ていた。三人は大手の食肉処理場に勤めていて週に千頭もの豚を加工していた。中でもアーニーは家にちょっとしたお土産を持ち帰ってくるテッドの小技を受け継いでおり、何切れかの肉を掠《かす》めてきては、母親と弟妹たちが食べていくその助けになろうとしていた。

兄弟は快活でしかも一生懸命働いたから、多少の上前をはねる程度のことでは誰も目くじらを立てなかったことも本当だ。これはしかし、家計のやりくりに苦労していた当時のどこの家庭でも大体同じようなものだったのではないかと思う。この時代はまだ従業員たちが進んで残業でも申し出ようものなら、雇用主の側はほかのことなど喜んで目をつぶってしまうような空気があった。繋《つな》がったままのソーセージを腰に巻きつけ、それがバレないようシャツの裾を出して上からかぶせて帰ってきたなんて話なら幾らでも見つかった。

そのうえこの食肉処理場の現場責任者が実はマクダーモット家の大ファンで、金曜日の帰り際にはフレッドによくこんなふうに言ってくれたらしい。

「ほら、こいつを親父《おやじ》さんのお茶の時間用に持って帰ってやんな」

そして週末に十分間に合うだけのなにがしかの切れ端を手渡してくれるという訳だ。

「うちじゃあ誰も飢えたりはしなかったのさ」

フレッドはそう胸を張る。

アーニーとモーリスは一時期ほかにもやや変わった仕事に手を出している。だがそれらは純粋に家族のためで、できることはとにかく試してみて、叶うなら父モーリスと母ヒルダの背中にのしかかってくる重圧を少しでもやわらげたいと考えたからだ。

生涯にわたって続けられそうな仕事が見つかると自分も周りも安心できるものだが、六〇年代後半の特にこの時期、テッドたちがいたような世界では必ずしもそうではなかった。むしろ何であれつかめそうなものなら素早く手が出せる身軽さが必要だった。物事はそれほど目まぐるしく変化していた。

そのうちサッカークラブでの仕事が干上がってしまったものだから、テッドは再び仕事を探した。給料は少なくても歌うことの邪魔にならない仕事を近場に見つけるか、あるいはもっとちゃんとした定職に就くべきかといった選択に頭を悩ませた。最終的には安定の側が勝利を収め、テッドとフレッド、モーリスとアーニーの四人はウィンペイという建設会社に就職した。同社はミッドランドの各地で宅地造成を手掛けていた。

現場監督となったテッドは、例によって面白く愛すべき人物だとの評判が立った。セメントのミキサーに頭を突っ込んで一曲歌い、どんなふうに聴こえたかな、などと周囲に尋ね回るようなことをしていたのだ。彼はいつも歌っていて、そして軍隊時代と同様、常になにがしか別のことを夢見ていた。

仕事は確実に覚えたし同僚や上司への敬意を欠くことも皆無だった。だが同時に、自分が音楽以外の何ものにも本当には真剣になれないこともすでにわかっていたのだろう。だから仕事というものは、彼にとっては神様がたまたま目の前にぽんと与えてくれた贈り物でしかなかった。どこか自分とはかけ離れた場所にあった。

さて、この現場というのがちょうど実家からまっすぐ道を下った場所にあった。そうなると何もかもが予定通りに動いていることを確かめてしまえば、仕事中でも坂を上って家に戻り、新たな歌を練習したり、あるいはテレビを観たりといったことも不可能ではなかった。当時はテレビもまだせいぜい一家に一台といった時代だったから物珍しさはなお健在だったのだ。

すべてが上手《うま》くいっているように思えていたある日のことだ。テッドが椅子か何かに足を乗っけてすっかりくつろぎ、昼食をとりながらやはりテレビを観ていた時、近所の子供が激しくドアを叩きながらこう叫んだ。

「火事だ、火事だってば」

とにかくまずは足を引っ込めたテッドは、最初はきっと弟たちの一人が自分を呼び戻すため子供を使ったのだろうと考えた。しかしまさにその時、家の前をサイレンが走り抜けた。全生涯においてこの時ほどテッドが速く走ったことはない。そうやって現場に戻ると本当に火事になっていた。まったくの災難だったのだが、弟たちはこの一件が、実はテッドのあのような監督下で起きていたことをうっかり父親に報告してしまった。

モーリスがテッドに対し心底怒り狂ったのはこの時を含めわずかしかない。確かにこればかりは人柄や魅力といったものでなんとかできる事態ではなかった。両親は彼にひどく失望させられたことを隠そうとしなかったし、上司も同様だった。最終的には収まるところへ収まりこそしたが、彼がこの一件から重い教訓を得たことは間違いなかった。

ほどなくテッドの辣腕振りは伝説の域にまで迫った。しかしやはり際立っていたのは、現場の仲間と賭け事をするような機会だったようだ。現場監督のテッドとジョージーの二人はほかの作業員たちに比べて自由に現場を出入りできたものだから、ギャンブル命といった連中に代わってちょいと抜け出し馬券を買ってくるようなことをしていたらしい。

ある日仲間の一人がいつもの倍の賭け金を預けて寄越した。しかしテッドは男の言った馬など絶対に来ないと主張し、結局馬券を買わずにこの金額を二人して懐へ入れてしまった。レイ・バーンズはこの時テッドと同じ現場にいて、しかも彼が馬券を買わなかったことまで知っていたものだから、必死の思いでレースの推移を見守っていた。そしてこのレイが、のんびりとお茶を飲んでいた休憩中のテッドの部屋へ飛び込んできてこう叫んだ。

「テッドテッドやばいっ。あの馬十二・五倍の倍率がついちまった」

彼らは大慌てで売り場に駆け戻り、次の出走のその馬が勝たないことを必死に祈った。結果は鼻差で写真判定へと持ち込まれた。テッドとジョージーはもうパニック寸前だった。それぞれの一月分の給料が吹っ飛んでしまいかねなかったのだ。二人には幸運だったことに、結局この馬は負けた。これもまた、まさに危機一髪だったと言っていい経験だった。

その後もテッドは様々な職業に手を染めた。公園の管理人もやったし水道局にも勤めた。その間もずっと年少の子供たちに余分な現金を家に入れるよう教えることもやめてはおらず、道路の溝などには落ちている金がないか油断なく目を配るよう言い聞かせていた。もちろん自分でも抜け目なくそういった機会を捕まえては鼻高々で逐一彼らに報告するのだった。

週末はなおもテッドの時間だった。髪を撫でつけ、少し年齢がいったおかげか手元にも多少の余裕があったから、この頃にはコーラよりもう少し遠くにまで足を延ばし始めてもいた。

そういう夜はまずウェンズベリーのバスターミナルへと向かい、運転手たちにこのバスはどこ行きかと尋ねることから始まった。もしブラックプールやウスターといった魅力的な答えだったら即座に予備の席を買ってそのまま乗り込んだ。計画と呼べそうなものはない。ただ風に身を任せるようにして動くことに満足していたのだ。

他人に話しかけることに気後れするタイプではなかったし新しい冒険を求めてもいたから、一緒になった乗客たちともすぐ友達になり、最後には初めて訪れたそのクラブなりバーなりでマイクを握った。すると店の方が客からお金を集めてくれて、それを手に、翌朝の最初のバスで帰ってくるといった具合だった。

しばらく経つとドライバーたちの間でも彼を知らぬ者はほぼいなくなり、後部座席で黙って眠らせてもらえるようにもなった。定時を多少ずらして彼の帰りを待ってくれる運転手まで出てきた。界隈の住民にとって特にブラックプールは、なるほど休みを過ごすには格好の行楽地だが、距離が中途半端で一泊するのはやや気が引けるという感じの場所だったからだ。

歌える場所を見つけるため遠出することに関しては、テッドは気の咎《とが》めなど一切感じてはいなかった。時にはコンテストの類に飛び入りして優勝をかっさらいもしていた。ヒルダにはもはやテッドが帰ってきているのかどうかもよくわからない状態だったが、少なくとも朝彼のベッドが空っぽなのを見つけても気を揉んだりしないことはどうにか覚えたようだ。

「あの人は人生の悪い面を見ない人なんだよね」

こう教えてくれたのは義弟のトニーだ。

「あの人と一緒だとどんな話題でも暗くなるということがなかったんだ。まるでこの世界のどんな厄介事も自分なら背負えるし、それでもなお笑っていられるとでも思ってるみたいだったな。心配なんてものとは無縁な人だよ」

テッドは早い段階で、もしこの先歌を本職にできることはないとしても、多少でもお金にすることは不可能ではないと考えるようになったのだろう。弟のモーリスによくこんなふうに言っていたらしい。

「舞台に出て楽器を弾くなり歌うなりといったことができるなら、特に現金なんか持たずに出かけても大丈夫なんだ。最後には店が客からお金を集めてくれる」

とりわけこれはコーラによく当てはまった。同店の客は立派な歌い手に対し相応の敬意を示すことを決して厭わなかったのだ。テッドが歌うたび必ず相応の金額が集まったことが、この事実を雄弁に物語っているだろう。

5

弟たちが結婚しそれぞれに家を出て自分たちの暮らしを始めてからも、テッドはなお彼らと近しい関係を保っていた。特に親しかったのがアーニーなのだが、二人の武勇伝の多くは語られることのないままとなっている。アルツハイマーによる父本人の記憶の荒廃と、そして二〇一二年にアーニーを襲った肺癌《はいがん》による早過ぎる死とにすっかり飲み込まれた形となってしまったのだ。

テッドの内面を誰より深く知っていたのはたぶんこのアーニーだろう。二人の絆《きずな》はとても強く、それゆえアーニーは、兄の陽気な性格と物事のいい面だけを見ようとする姿勢の背後に隠されていた何かにも気づくことができていたようだ。

アーニーの友人たちはテッドのことを、どんな会話にも容易《たやす》く加わり、しかもそれをさらに盛り上げてしまえるタイプだったと記憶している。しかしアーニーに対してはテッドも、その先の部分についても見せていたのではと想像されるのだ。自分の情熱を本職にできないことにきっと苛立《いらだ》ちや落胆も覚えていただろう。年齢を重ねるほどチャンスがどんどん遠退《とおの》いていくようにも感じていたはずだ。

明らかにテッドは時代の先を行っていたし、夢を追いかけてかまわない資格が十分あった。だが現実的な責任というものが彼の目の前にそびえ立ち、それからは決して逃れられないことも同時に明らかだったのだ。

けれど現実がどれほど肘を張り出し邪魔してきても、テッドは音楽に関わることを絶対にやめようとはしなかった。新しいレコードが出たと聞けば必ずウェストブロムウィッチまで足を延ばし、レコードと譜面の両方を買い求めて帰ってきた。楽譜はパブに持参して、ピアニストに伴奏を頼むためだ。

お気に入りのレコード屋の一つがアル・クーパーの店だった。店主とも知り合いで、よく顔を出していた。アルは店に、取り立てて懸命に売る必要のない古いレコードばかりを並べていた。今ならばレアアイテムとでも呼ばれそうなこれらには2d《タペンス》と書かれたシールが貼られていた。貨幣制度改正以前のこの値段は大体ビール一杯くらいの金額になる。

テッドは時にこの店で数時間過ごし、アルのコレクションを聴かせてもらいながらお茶を飲み、それらに合わせて歌っていた。たぶん理想的な一日の過ごし方だったのだろう。

アルの店なり自宅なりで音楽をかけていれば大抵のことは丸く収まった。金などほとんどないという事実ですらそうだった。しかし彼のこの習慣は家族を、特に父モーリスを時にひどく怒らせた。同じ曲を何度も途中で止めてはまた頭からかけなおすからだ。もちろん歌詞の一行一行を自分の手で書き留めるためだ。そうすればきっちり覚えられ間違えずに歌えるようにもなれたのだ。モーリスはしまいにこう叫ばざるを得なくなった。

「まったくこのデカブツめ。またそいつをかけるのか」

毎週土曜は新曲を覚える日だった。それが終わってようやくテッドは衣装を決めてコーラへ向かい、初お披露目と洒落込《しゃれこ》んだのだ。流行に敏感だった彼は同じ曲を二度歌ったりなんてことは本当はしたくなかったらしい。これから流行《はや》るだろう曲も確実に聴いておきたいと考えていたようで、妹のジョイスに現金を持たせお使いを頼んだりもしていた。もちろん新しいレコードを買ってきてもらうのだ。お駄賃には割れたビスケットの一袋などが準備されていたそうである。

家族からはすでに〈あの忌々《いまいま》しいレコードプレイヤー〉と呼ばれていたこの機械が、実際にあわや家中を吹っ飛ばしかねなかったような事態もひそかに起きていた。当時二階にはコンセントがなく、テッドは照明の脇の穴を通して電線を自室に引っ張っていた。つまり、天井にぶら下がった電灯のすぐ横を裸の銅線が通っていたのだ。これがいかに危険かに誰も気がつかなかったのはむしろ幸運だったかもしれない。常に最新の音楽に通じていたいという彼の欲求を満たすにはこの方法しかなかったからだ。

テッドが可能な限り家族を助けようとすることは皆わかっていたのだが、それでも絶対に手出ししてほしくないと思われていた唯一の領域が日曜大工だった。ヒルダなどいつも、彼が何かを修理すると言い出すのではないかとびくびくしながら毎日を送っていたものだ。

ヒルダもこの頃までには、たとえ台所に不都合があったとしても絶対に口を閉ざしていることを覚えていた。こと電化製品に関してはなおさらだった。もし何か問題があることをテッドに気づかれてしまえば、途端に彼は何もかもを放り出し腕まくりをし始めるのだ。

「さて母さん、僕に何をしてほしいって？」

本人の意気込みとは裏腹にもう家族の全員が彼のとんでもなさは熟知していた。まだ家にいた下の子たちは揃《そろ》って扉の陰に身を隠し、笑いをかみ殺しながらテッドが作業を始める様子を見守っていた。大抵はちゃんとしたコンセントさえ準備せずに始めてしまい、やはり剝《む》き出《だ》しの銅線を直接ソケットに突っ込んで、何本かのマッチ棒でそれを支えるということさえ平気でしてしまうのだった。

まるでマンガみたいな話だが、最大の犠牲者となったのはマクダーモット家にやってきた洗濯機だった。中古品だったものだから正規の修理に出すことができず、しかもよく故障し、そのたびにテッドが腕まくりをして現れた。そして全部の部品を分解し、バラバラに床に広げてしまうのだ。作業がすべて終わるには大抵数時間かかり、そのうえ必ず部品が余った。それでもヒルダは、これもまたテッドが家族の役に立ちたいという気持ちの表れだと思えば黙って見守ったのだった。

テッドがバーミンガムのペブルミルというスタジオに出入りするようになったのが同じ

一九六四年のことだった。ＢＢＣの拠点の一つである。この場所で彼は自分と同じく音楽を愛する数々の偉大な人物と出会うことになったのだが、その中に特別と言える面々がいる。ベン・ビアーズにジェフ・トンプソン、そしてフレッド・ティミンズの三人だ。

彼らは皆テッドと似た境遇の持ち主だった。とりわけベンがそうで、彼は妻と三人の子供を養うため、ウェンズベリー近くのダーラストンという町にあったウィルキンズ＆ミッチェルという会社で昼間は機械技師として働いていた。同時にアコーディオン奏者でもあった彼は、その技術で臨時収入を得てはローンの支払いの足しにしていたのだった。

やがてドラマーだった三十歳のジェフがベンと意気投合し、二人はフリストンのパブで定期的にライブに出始めた。さらにそこへ二十二歳のギタリスト、フレッドが加わり、かくして彼らはスターライナーズというバンドになった。ベンはアコーディオンにマイクを取りつけアンプに繋《つな》ぎ、ベースラインを自分の楽器で担当できるようにした。この工夫がバンドの音を独特なものにした。

さらにはフレッドにギターを弾きながら歌わせもした。これらの努力は次第に報われ、バンドはフライアーパークにある労働者《レイバー》クラブという店で毎週木曜にレギュラーで出演させてもらえるようになった。

評判はそこそこだったがまだ熱狂的なファンがつくほどではなかった。フレッドの歌は悪くはなかったのだが、決してすごく素晴らしくもなかったのだ。彼ら自身、この弱点が自分たちの足を引っ張っていることもわかっていた。

何より必要なのは歌詞をきっちり曲に乗せられる本物のフロントマンだった。しかしある夜ついに幸運の女神が微笑《ほほえ》んだ。ステージの途中休憩を挟んだタイミングで、髪も着るものもきっちり決めたなかなかの好青年が舞台へ近づいてきて切り出したのだ。

「なあ、一緒に歌ってもかまわないかな？」

無論テッドその人だ。

こんなふうに歌わせろと誰かがバンドに詰め寄ってくることはしばしばあった。しかし多くの場合、見知らぬ相手がリハーサルもなしにしっかりと歌い切れることなどまずなかった。それでもテッドのまとった雰囲気に自信に似た何かを感じ取った三人は、やってみる価値はあるかもしれないと考えた。

「Cのキーで『匕首マック《マック・ザ・ナイフ》』はできるかい？」

前奏が終わるなりテッドは器用にこの曲を歌い出した。三人は彼の声とそれから言葉の操り出し方の巧みさに啞然《あぜん》とした。曲の後半には客席も総立ちで、最後には大きな拍手が起きた。それまでの彼らのステージではなかったことだ。ベンはテッドに振り向いた。

「お前、仕事が欲しくはないか？」

「そうだな。やってみてもいいかもね」

テッドが応じ、それで話がまとまった。ベンは言う。

「だからあの夜こそ、俺らの人生がすっかり変わった瞬間だったんだよ」

翌週からベンはパブの一室を確保してテッドを加えてのリハーサルを重ね、ヴォーカルの入るレパートリーを固めていった。同時に持ち運び可能なオルガンを買い入れ、サウンドの全体を一層完璧にしようと試みた。

「でも、どの曲も一回通せば十分だった。あいつはきっちり乗ってきた。歌詞もすぐ頭に入っちゃうんだ。だから練習なんてそれほど必要もなかった。魔法みたいだったよ」

もちろんこれもベンの言葉だ。

二週間ばかりをかけて演奏を磨き上げた後、バンドは地元のエンターテインメントクラブという店の仕事に応募した。これは大好評を博した。しかしよいことばかりという訳ではなかった。ドラマーのジェフの技術が十分でなく、これがバンドの足枷《あしかせ》になっていると判断したベンは、知り合いだったロニー・コックスに電話をかけ、結局その彼がジェフに代わって新たにメンバーに加わった。

ところがこのロニーとテッドとが実は昔からの知り合いだったことが判明した。同い年の二人はほんの数町違いの住所に育ち、幼少期には幾つかの喧嘩《けんか》にタッグを組んで挑んだ仲でもあったのだ。二人は即意気投合した。

ロニーは根っからのひょうきん者で、テッドはいつも彼の冗談に腹がよじれるほど笑わされていた。ジョークを連発し場の雰囲気を盛り上げる役目を他人に預けられるというのは、テッドには初めての感覚だった。

同時にそれはテッドが歌に集中し全力を出せるということも意味した。化学反応は完璧で、テッド自身もそれを楽しんでいることは誰の目にも明らかだった。舞台の上でロニーがテッドに何事か話しかけると、次の瞬間には彼はもう、ちゃんと立っていられないほど腹を抱えて笑っているといった具合だった。

バンドはさらに数ヶ月をかけて労働者クラブで定期ライブをやりながら腕を磨き、新たなレパートリーを増やしていった。しかし彼らは、そういったいわば地区限定の、すでに自分たちのファンとなってくれている聴衆ばかりではなく、より多く、より目の肥えた観客の前で力を試してみたいと考え出していた。

仕上がりが完璧に近づいたと思えたところでいよいよ準備も整った。すべてが自分たちスターライナーズにさらにもう一歩を踏み出すよう促している。そんなふうに思われた。手始めに彼らは地域の幾つかのクラブのオーディションを受けた。

六〇年代半ばのこの時期、ほかのバンドは大抵ビートルズかシャドウズのコピーをやっていた。しかもこういったグループは多くの場合、テッドやほかのメンバーたちに比べれば十近くも若いメンバーで構成されていた。彼らの方は全員が二十代の後半か、あるいはすでに三十の大台を超えていた。バックグラウンドのまったく異なる彼らのサウンドは様々な意味で悪目立ちした。しかし一旦はまればその破壊力は抜群だった。

この点が決定的に明らかとなったのはラグレーマイナーズというクラブでの公開オーディションの時だった。このイベントは中部娯楽協会なる団体が月に一度開催していたもので、同組織は各地のパブやクラブで演し物《だしもの》を手配する、その責任者たちで構成されていた。そういった面々が一堂に会するオーディションであれば、主催者側にとっても潜在的な才能を自分の目で確かめられる格好のショウケースとなっていた。だからバンド側も、各店の意思決定の権限を持ったスタッフたちの目にわずかでも留まるべく、列をなしこぞって参加していたのだった。

メンバーは舞台袖で待機していた。その夜の彼らの出番は三番目で、直前のグループはやはりずいぶんと若いバンドだったのだが、この彼らが観客を総立ちにすることに成功していた。見た目からしていかにもな感じで、最高級のギターに最高級のドラム、そして最高級のアンプといわば武装も完璧なうえ話術にも秀でていた。袖で観《み》ていたスターライナーズも、この連中がビートルズとシャドウズの曲をかき鳴らし出した時には少なからず言葉を失った。

若いグループが引き起こした反応にやや圧倒されもしたが、テッドと仲間たちも同じ程度には準備万端だった。ステージが空くや否や彼らもまたスタンバイを始めた。

前のバンドも彼らの演奏を見物することに決めたらしく、自分たちの撤収を終えると舞台袖へ戻ってきた。違っていたのはフレッドが最初のコードを鳴らした途端全員が笑い声をあげ、始まったのが『匕首マック《マック・ザ・ナイフ》』だとわかるなり今度は全力で野次《やじ》を飛ばしてきたことだった。敵意があからさまだった。

「おいおいおい、そいつはいったいなんだ？」

しかしテッドはリズムを崩すこともなく、バンドもまた、曲終わりまで一切しくじりはしなかった。嘲笑などものともせず結局最後に笑ったのはスターライナーズの方だった。演奏が終わった時、観客は立つどころかすっかり踊り出していた。喝采もその夜一番だ。これで幾つかは仕事が入りそうだなとベンは考えたのだが、はたしてその通りになった。

ステージを下りたバンドがバーへ向かおうとしたところ、途中ですぐ、エージェントらの一群に行く手を遮られた。メンバーたちを囲んだ彼らは、こぞって複数回の出演契約を求めてきた。それからの一時間のうちに舞い込んだ仕事の数は実に六十四件に上った。ウエンズベリーとブラックカントリーのほとんどのクラブからだったといっても過言ではない。一方で高級機材を手にしたもう一つのバンドは、一件のオファーももらえず、すごすごと退散していった。

まさしくこれはテッドがかねてから夢見ていた道への大きな一歩だった。歌うことが仕事としてより安定したものとなる可能性が一気に現実味を帯びたのだ。彼らが出演した会場は一つの例外もなく再び日程を押さえたがった。成功率一〇〇％という訳だ。

スターライナーズの絆は強固で、そのうえ彼らは今や音楽と同様見た目の方もきっちり磨き上げていた。真紅のジャケットを揃いで着て、袖口の飾りと襟元は落ち着いた黒、パンツも同じ黒でその上は純白のシャツ、仕上げにはボウタイを締めた。ただギターをアンプに繋いで舞台を動き回るだけのバンドにはなるまいと決めていた。

彼らは皆をあっと言わせたかった。最初の数秒で客の心をつかめれば、後はその夜中彼らが自分たちのものになることもわかっていた。幕があるステージであればそれは必ずもったいつけてゆっくり上げられ、まずはバンドの演奏からスタートした。そしてテッドが躍り出て、マイクをつかんだかと思うとすぱーんと歌を叩《たた》きつけるのだ。まず最初に洒脱《しゃだつ》な衣装にはっとした観客があげた歓声も耳に届いていた。

しかもスターライナーズはどの世代のどんな曲でも演奏できた。正確なテンポ、昔懐かしきダンススタイル。ラテンだろうがロックンロールだろうが厭《いと》わなかった。

時に周囲から笑われていたスタイルこそが今や彼らの最大の武器だった。そのうえ、この六〇年代に不意に巻き起こった社交ダンスブームが強烈な追い風となった。

多くのバンドがロックへ傾倒していた時期だったから、この方面のニーズに応えられるグループはほかにはほとんどいなかった。つまり、テッドとメンバーたちが好んで取り上げた音楽の流麗さが、クイックステップやフォックストロット、あるいはワルツといったダンスにうってつけだったのだ。

スターライナーズがほんのちょっとテンポをいじれば、どこであれその場に最も相応《ふさわ》しい音楽がこぼれ出してきた。ライブは常に満員で、聴衆たちは年齢を問わずもっともっと騒ぎ立てた。もはやオーディションを受ける必要はなかった。

メンバーは皆野心的で、しかもテッドは実は創造性にも富んでいた。音符一つ一つのことだけでなく、仕事のそれぞれやあるいは誰が何を着るべきか、はては観客の前で各々がどの位置に立つのがいいのかといったところまで徹底的に考え抜いた。すべては最大級のインパクトとできる限り最高のショウを届けるためだ。時に自分たちのテイストを強調するため古典に大胆なアレンジを施したりもしたのだが、こちらもまた大受けだった。

この手の分野ではテッドはその才能を遺憾なく発揮したのだが、一方でことビジネスの方面となるとまるで頭が働かないのは自分でも十分認めるところだったらしい。この役割はベンが背負った。日々の細かな段取りを回しスケジュールの管理をし、稼ぎを公正に分配するといった仕事を切り盛りしたのだ。

さらには遠方からの出演依頼が舞い込んでくるようにもなった。マンチェスターにリーズ、あるいはリヴァプールといった地域の店々までもが出演を打診してきたのだ。四人には昼間の仕事があったから、どれくらいの距離までなら受けても大丈夫かを全員で取り決めた。最大で半径六十五キロ以内ということになった。

この時期までにバンドの主なリハーサル場所は、ウィレンホールにあったセントジャイルズ教会の集会場に落ち着いていた。彼らの前の時間にはイン・ビトウィーンズという名前のグループがよくここを使っていて、二つのバンドは顔を合わせれば、この前はどこで演《や》ったとか、次はどこへ行く予定なんだといった他愛ないお喋《しゃべ》りを交わすようになった。

「あのバンドは大化けしたんだ」

これもまたベンの証言になる。

「ノディ・ホルダーってやつが中にいてさ、つまりあいつらがあの七〇年代のグラムロック界のスーパースター、スレイドになったっていう訳さ」

クリスマスの時期こそ書き入れ時だった。実際十二月は毎晩どこかの舞台に立っていたとベンは言う。

「いったいどうやってこなしてたかも今となっちゃよくわからないよ。確か二十六とか二十七とか、あの一ヶ月でそのくらいの回数ステージに立ったはずだ。真夜中の二時頃ようやく帰ってきてそのままベッドにもぐり込み、七時には仕事に行くためまた起きて、夕方の五時頃もう一度家に戻ってきた。それから一時間だけ仮眠を取って、支度して今度は夜七時に着けるようにその晩の会場へ向かったんだ。実際稼ぎも信じられないほどだった。一晩で今の金額にして千五百ポンド（二十二万円相当）近くはもらえていた」

さらに彼はこうもつけ加えていた。

「あの時期俺たちは半端でなく有名になり出していたんだ。どこでライブをやっても店の前に到着すれば必ず満員御礼の告知が出てた」

実際スターライナーズは大きなファンを獲得し始めていた。そしてテッドはいつだってご婦人方に大人気だった。

「時にはあいつを裏口からこっそり抜け出させて駐車場まで連れ出さなくちゃならないこともあった。終演後も女性客がやつを追って押し寄せてきたもんでな」

これもまたベンの証言だ。

「電話番号を書いた紙が続々ステージに飛んでくるんだぜ。でもやつが実際に手を出したことはほとんどなかったと思う。当時はちゃんとつき合っている相手でもいるんだろうなと思ってたよ。それにしてもあのグルーピーって連中はちょっとやり過ぎだったな。本当に体ごと投げ出してくるんだ。見ててあんまり気持ちのいいものではなかったよ」

そういう訳でそちら方面でもいろいろなくはなかったはずだが、テッドがそれを誰かに打ち明けることは一切なかった。バンドのメンバーは決まった相手がいるのだろうと考えていたのだが、当たらずとも遠からずだった。一方友人や家族たちは、彼が今なおアイリスと連絡を取り合っていようとは思いもよらなかったようだ。

「別れた後も決して会わなくなってしまった訳ではなかったの」

アイリスはそう言っている。

「もちろんもうそういう関係ではなかったわよ。ウェストブロムウィッチとかその辺りで時々お茶を一緒にした程度。彼は自分の近況を教えてくれたわ。どこで歌ったとかどの曲を演ったとかそういうこと。喋り出すと止まらなかった。別れてしまった後で、実は彼は私にこう言ったの。もし僕と話したくなったら土曜の午後一時には商店街の時計のところにいるようにするからそこへ来ればいいってね。だけどそのまま一年くらいは会うことはもちろん連絡すら取らずに過ごしたわ。その後たまたま土曜日にウェストブロムウィッチを通りかかったのよ。そうしたら、時計のそばに彼が立ってるじゃない。呆《あき》れるやらびっくりするやらだったわよ。そんなことがそれから何年か続いたわ。ほら、当時はまだ電話も十分にはないような時代だったから。私はだから時々一時に、いるかなあと思って時計のところへ行ってみた訳。すると大概そこに立っていたのよね。そういうのが何年も続いたの」

またベンはこんなことを教えてくれた。

「ブロックスウィッチ・メモリアルっていう、全国規模で有名な連中ばかりが演るような大きな店でのことだ。そんな場所の連中さえあの頃はもうテッドの言いなりだった。あいつの歌がすごかったからだけじゃない。もう立派にバンドの顔だったんだ。MCも手慣れたものでね。その夜はちょっと乗り過ぎて時間が押したもんで、終バスが気になり出した客が席を立ち始めた。そしたらいきなりテッドのやつが『ロンサム・ロード』なんて古い曲を歌い出しやがったんだ。観客の足は見事に止まったよ。終わった後は割れんばかりの拍手だった。あの瞬間は忘れられない。音楽をやっていて最高の夜だったと言える」

彼はさらに続ける。

「それから何週間かして、電話が一本かかってきた。ウォルソールのサッカーチームのオーナーからで、新しい団体を立ち上げたんでその披露パーティーで演奏してくれないかって話だった。俺らは結構サッカーチームにも名前が通ってて、そこでもすでに何度かライブをやっていたんだ。この時のメインアクトはケン・ドッドで、スターライナーズは彼の前座という訳だ」

ちなみにこのケン・ドッドとは、当時ミュージックホールで活躍していた大物の漫談師で、出っ歯とそれから擽《くすぐ》り棒と自ら称していた羽根ばたきを使った芸で有名だった。この夜もまたベンにとっては忘れられない一夜となったようだ。

「俺らはトップバッターで一時間くらいの出番をもらった。その後は地元のバンドやコメディアンが続いて、夜の十時頃いよいよケン・ドッドの出番になった。彼はそれから二時間舞台に立ち続けたよ。会場も大爆笑で沸きに沸いてた。彼が持ち歌の『ハピネス』と『ティアーズ・フォー・スーヴェニアズ』を歌う時には俺らがバックを務めたんだ」

収益は全額慈善団体に寄付された。ケン・ドッドその人もギャラを返上していたらしい。

「あの人は本当に素敵な人だったよ。人を見下すように振る舞うお偉いさんってのはよくいるけど、ケンは誰にでも公平だった。ああいうことはなかなかできない」

翌朝ケント通りの家で子供らが目を覚ました時、彼らは居間一杯にあの擽り棒が積み上げられているのを見つけて狂喜することとなった。テッドがお土産にもらってきたのだ。子供たちが勇んで学校まで持っていき、鼻高々で皆に見せびらかしたのは言うまでもない。

このケン・ドッドとのステージの後、スターライナーズにはさらなる出演依頼が洪水のように押し寄せてきた。バンドは完全に波に乗っており、フライアーパークの労働者クラブで最初に客席からステージへ進み出た時から追い続けてきた、歌を本職にして生きていきたいというテッドの夢もいよいよ実現に近づいたかと思われた。

やはりそうしたエージェントの一人がバンドに電話を寄越したのもこの時期だ。ドイツ駐留の米軍基地をツアーで回ってもらえないかという依頼だった。大きな仕事で日程も数週間に及んだ。テッド自身よもや自分たちが海外遠征までしようとは考えてもいなかった。実際彼が家から離れたのはせいぜい遠くてブラックプール止まりだった。

まさに人生を一変させる出来事で、すぐさま彼もこの報《しら》せを家族に聞かせた。自分たちのテッドが海外まで行くことになるとはすぐには誰も信じられなかった。特に子供たちが皆実家近くに家をかまえてくれたことを喜んでいたヒルダには、このニュースは胸が高鳴ると同時に絶望的にも響いた。

しかしテッドのこの野望は具体的な検討に入ることすらなく潰《つい》える結果となった。この件でベンがメンバー全員を招集したのだが、その場に着くとテッド以外の誰もがまるで浮かない表情をしていた。何かがおかしかった。とてもではないがその空気は、ドイツまで行って自分たちの一番好きなことをやってみないかと持ちかけられた男たちのものではなかった。

　俺たちは行けない。この痛ましい結論を口にする役目はベンが担った。ほかのメンバーには仕事がありローンの支払いがあり、そして面倒を見なければならない家族があった。彼らはテッドほど身軽ではなく、責任があり、そこまで家を空けることは難しかった。

　これはテッドにはまさに痛烈な一撃だった。バンドにとってもまるで夢から覚めてしまったような瞬間だった。自分たちがテッドを押さえつけてしまったことは彼らにも十分わかっていた。上手《うま》く回り始めていたようだった歯車がたちまちその動きを止めて、むしろ逆向きに回転し始めた。しかも彼らは、緊密だったバンドに外部の人間を迎えるという間違いまで犯してしまった。

　六八年までにはロニーの父親であるジャックが日程を管理するようになり、また、送迎の車のハンドルを握るようにもなっていた。奥さんと子供が家で待っているベンには、責任の一部でも誰かに預けられることはありがたかったのだ。

　しかし問題は、このジャックが次第に、自分には権力があるのだと思い込み始めてしまったことだった。やがて彼はステージを回しているのはあたかも自分であるかのように振る舞い始めた。テッドに対してもああしろこうしろと口を出すようになったのだ。

　この新たな布陣をテッドが気に入っていないことは明白だった。しかしベンはなるべく波風は立てたくないと考えていた。ジャックが機材を運んだり車を運転したりしてバンドを手伝ってくれていることに変わりはなかったからだ。

「悪い人ではなかったんだ。ただたまに遠慮がなさ過ぎたんだよ」

ベンはそう述懐する。

傷口がとうとう開いてしまったのは、ウェンズベリーでのステージの夜だ。スターライナーズはいつもの圧倒的なパフォーマンスで観客を熱狂させた。終演後何杯か飲んでから、バンドは機材を片付け始めた。

例によってテッドはほかのメンバーに冗談を飛ばしながら作業していたのだが、たまたまその時スタンドからマイクを外そうとして落としてしまった。ベンはこんなふうに覚えている。

「本当にそれだけのことだったんだが、ジャックがいきなりテッドを怒鳴りつけ始めちまったんだ。もう少し注意深くなれとかなんとかさ。だが明らかに言い方がひどかった」

テッドの方もこればかりは腹に据えかねた。ジャックであれ誰であれ、他人からそんな口をきかれたことなど一度としてなかったせいだ。しかも相手はそれまでにも、マイクをどこに挿せといった些細《ささい》なことまでずけずけと口を出してきていた。次の瞬間テッドは自分のコートをつかんでこう吐き捨てていた。

「もうやめる」

そしてそのまま店を出ていってしまった。

すぐさまジャックは解雇となり、ベンはバンドの顔に、どうか戻ってきてくれるようにと説得を試みた。しかし手遅れだった。テッドからすれば痛手など、とっくに蒙《こうむ》っていたのだ。

以後バンドにはテッドからの連絡が来ることはなかった。あるいは彼は名声と未来と、それからまた毎晩舞台に立てる機会をどこかほかの場所に求めようとしていたのかもしれないが、少なくともそんなふうに事態を見ていた人間はいなかった。要は主義主張の違いだろうと言う人もいるし、ヒルダなどは、息子のいつもの頑固さがまた出てしまったのだろうくらいに考えていた。アイリスは、彼が内側に抱えていた何かが壊れ、それでやる気もまったく出てこなくなったのではないかと推察していた。

ベンもまた荒れた。数週間くらいでテッドが頭を冷やしてくれることを心の片隅で期待してはいたが、留《とど》まってくれとは頼まなかった。最終的にはほかの歌い手が加入を打診してきて、結局テッドの代わりを務めることとなり、以後バンドは二十年近く活動を続けた。

ベンはだがもう昔と同じではなかったと認めている。

「戻ってきてくれと頼むべきだったのかなとも思う。振り返ってみればあれが人生で唯一の後悔だと言えるかもしれない。あいつはすごかったんだ。お世辞じゃなくて、あいつ以上に、ああ、一緒に演りたいなと思わせてくれたやつは一人として現れなかったよ。皆あいつが大好きだった。鼻にかけるところも一切なかったしな。でもあいつ自身は自分がどれほどすごいか気づいていなかったんじゃないかと思う。ただ楽しんでいたかっただけなんじゃないかって。いや、息子のあんたならきっとわかってるだろうが」

数ヶ月後、テッドがまた土曜のコーラに顔を出し始めたらしいと聞きつけたベンは、彼に会うためひそかに足を延ばして店を訪れた。テッドは楽しげに見えた。舞台を切り回し時には観客をステージに引っ張り上げて歌わせもし、そして自らもあの特別な歌声を惜しげもなく披露していた。

店は満員だったがテッドはベンが入ってくるなりすぐに気づき、いつもの満面の笑みを浮かべてみせた。遺恨を抱え込むような人間ではなかったから、単純に旧友との再会を喜んだのだろう。

ベンは実はこの時だけは、戻ってきてほしいと頼んでみるつもりだった。しかし相手が水を得た魚のように活《い》き活《い》きとしているのを見て取り、その言葉は胸にしまっておくことにした。二人の間には決して譲れない男同士のプライドのようなものもあったのだ。

ベンは、テッドの加入以前のバンドが実際何ものでもなかったことを認めるのにどんな躊躇《ちゅうちょ》も見せなかった。テッドこそが特別で、おかげでバンドは目をみはるほどの稼ぎを叩き出せたのだ。ほどなくベンは、妻が万が一のために貯《た》めていた預金が家のローンをすっかり払ってしまえる金額に達していることを教えられた。

しかしテッドには、こうした私生活での責任というものが一切なかった。毎日やってくるその日その日をただ生きていた。どんなことに対しても、願わくばいつまでも続いてくれればいいと望むことさえなかったのだ。

「もうずっと長いこと、あいつは今頃どうしているかとは思ってたんだ」

ベンは最後に教えてくれた。

「それが去年の九月だ。テレビを観てたら車の中でやつが歌ってる映像が流れてきた。思わず椅子からずり落ちそうになったよ。そいでかみさんに叫んだんだ。おいおいおいおい、ありゃあテッド・マクダーモットだぞってな。あいつならいつかやるだろうとは思ってたよ。しかしなあ、本当にやりやがった。それも八十なんて歳《とし》になってからだ。信じられないよ」

6

六八年にスターライナーズを離れたテッドは再び毎週土曜の夜にコーラのステージに上がるようになり、時折はほかの店にも姿を見せた。しかしもちろんバンド時代ほどの収入を得ることは叶《かな》わなかった。

この時期テッドは実家に多少の家賃と生活費とを入れるためパートタイムの仕事にも幾つか手を出している。モーリスとヒルダが長男がまだ家にいることを内心喜んでいたのもたぶん間違いはないが、同時に一層気を揉《も》ませる状況だったことも確かだろう。

年少の弟妹たちの何人かはまだ夫婦の家で生活していた。だが皆学生かせいぜいそれに毛の生えた程度だったから、テッドとはまるで事情が違う。長男はすでに三十代へ突入し、しかも目標を見失っていた。ミッドランドでも一番の人気を誇るバンドで歌える立場を自ら放り出してしまった彼は、不規則な時間に不規則な仕事をこなし、金銭的な帳尻だけをどうにか合わせて生きていた。モーリスが新聞に目を通している傍らで、ヒルダは今やすっかり増えた孫たちのために縫い物をしながら、はたして自分はいつテッドの子供のために同じことをしてやれるのだろう、そもそもそんな日がちゃんと来るのだろうかと訝《いぶか》らざるを得なかった。

あるいは息子はなお情熱に従おうとしているのかもしれなかった。しかし彼らからすればテッドは最初の子供なのに、三十二にもなってまだ実家で暮らし、車どころか彼女も仕事も持っていないのだ。弟や妹たちは皆近くを選んで家をかまえ落ち着いてくれているのに、テッドはよく言えば現状にしがみついたまま、むしろ後戻りしているようだった。加えてテッドは煙突みたいに煙草《たばこ》を吸うようになっていた。これがまったくの金の無駄にしか思えなかった父親は時に火のように怒り狂った。

建築家としての職を得てすでに結婚もし、しかも自分の車までちゃんと持っていた弟の一人フレッドが、こと移動の問題に関してだけは解決策を思いついた。兄が歌いに出かける際の運転手を買って出てくれたのだ。おかげでテッドは交通費を節約できただけでなく、機会を最大限に捉えることができた。

スターライナーズを離れたにもかかわらずテッドにはなお熱烈な誘いがあった。本当ならそれを収入としなければならないことは本人にもわかっていた。しかし、ほどなくフレッドも、彼が一回のショウに見合う請求をまるでしていないことに気がついた。個々のオファーを七ポンドとか八ポンド程度で受けていたのだ。才能の意味でも相場からしても、少なくともその倍はもらって当然だった。

しかしことステージに立てるとなると、テッドは押しつけがましく出られなかった。大抵の場合ほかの出演者たちの出番を自分の前に据えていたほどだ。本人はその日のリストの一番最後に載るということだ。

ところが、たとえば司会者が客席を温めるのに手間取り過ぎたような夜には、まったく歌わないで帰ってきてしまったりもした。現実問題、彼にはこういったビジネスの部分を任せられるマネージャーが必要だった。そうすれば歌により集中できるはずだった。

しかし本人はちゃんと自立した男でありたかったらしい。時間こそかかったけれど、家族も事ここに至ってはテッドが本当に真剣になれるのは歌だけなのだと認められるようになっていた。とりわけフレッドは先々でそれを痛感した。それがオーディションならなおさらだった。時には小さな店に出演することもあったのだが、そんな折にはテッドの『匕首マック《マック・ザ・ナイフ》』やほかの古き良きナンバーを耳にすべく、店を含んだ一区画を取り囲むほどの行列ができていたらしい。

フレッドは自分がテッドの新たなマネージャーになろうと決意し、日程を管理し、店々の招聘《しょうへい》担当者が集まるような機会にも積極的に連れていった。最初のうちはフレッドも六ポンドとか七ポンドといった額から交渉を始めていたのだが、兄を確保するため担当者たちが列を作るのを目の当たりにし、すぐさまこの最低ラインを引き上げた。

「十ポンドでいかがですかね」

フレッドが切り出すと相手はまずこんなふうに応じた。

「ちと高過ぎじゃないか？　そうだろう？」

「そうですか？　でも兄貴にはそれだけの価値はある。違いますかね？　それくらい出せないなら旦那はどうしてこの列にお並びになったんです？」

フレッドは引かなかった。最後には向こうが折れた。

「わかったよ。その金額で二十分を二回やってくれるな？」

フレッドはただちに抜け目ない交渉役となった。こういうのは何より計画が肝心だ。そこで各会場で彼はまず、そこの招聘担当者と友達になるところから始めた。テッドが歌い始めて会場が沸いたところで彼らにビールを一杯奢《おご》り、そして盛り上がりがピークに達するのを見て取るなり切り札を切った。

すなわち、テッドならば倍のギャラでも価するると切り出して、もしもう一度やるのであれば二十ポンド以下の金額では受けないと申し渡したのだ。テッドがステージを終えるまでには彼はすっかりこの交渉を終えていた。そして兄に飲み物を手渡しながら、次の契約を求める連中が本人へと近寄ってくる前に自分が話した内容を逐一耳に入れておいた。二人は基本ギャラは二十二ポンドの線で行くことも合意した。値引きが必要な場面でも下限は十八ポンドまでと定めた。それまで彼が要求していた九ポンドという額に比べればましどころの話ではない。

フレッドは自分がこの難しい交渉事を切り回せることを喜んでもいたが、何よりも、一番上の兄が素質に相応《ふさわ》しい報酬を受け取れるようになったことを嬉《うれ》しく思った。とてもではないがそれまでがひど過ぎた。

しかし金銭感覚の隔たりはあまりに大きく、蜜月も長続きはしなかった。やがて長く家族の間で語り継がれることになる事件が起きる。その夜もやはり終演後、店の担当者が本人をねぎらいに近寄ってきた段階ではギャラ増額の下交渉はすべて終わっていた。しかし、この先六ヶ月間は出てもらいたいんだと言われたテッドは有頂天になり、次にいったい幾らでやってくれるんだと訊かれ、まばたき一つせずに九ポンドと答えてしまったのである。

フレッドが懸命に自分の価格を吊り上げる努力をしてくれていることは知っていた。その弟から、依頼してくる相手は皆十分な金額を払う準備があると聞かされるたび、嬉しい驚きと共に感謝の念を覚えてもいた。にもかかわらず、かつての倍の金額を払ってほしいと自ら申し出ることがテッドにはどうしてもできなかったのだ。

仕事という観点からすれば弟がまっとうであることもわかっていた。歌で食べていこうと思えば当然だったし、しなければならないことだった。だができなかった。フレッドはこう言っている。

「兄貴はたぶん心も魂も舞台で吐き出しちまうんだ。それがいわば兄貴が世界と分かち合いたいものだったんだな。しかし金銭の問題となるとからっきしだった。本当はただで歌いたかったんじゃないかと思うくらいだよ」

　腹を立てたフレッドは以後、二度とテッドの運転手を務めることはなかった。独りよがりな兄が自身を安売りする姿などもう目にしたくなかったのだ。

「なあフレッド、どうしたんだ？」

「どうしたかって？　どの口がそれを言う？　あんたは内臓をすっかり吐き出すような仕事の仕方ばかりで、俺がそのゲロみたいな金をなんとか集めてやろうと遥々《はるばる》車で運んでやってるのに、それに見合う金額さえ欲しくないって言うんだ。欲しがることすらまともにできないならいったい兄貴はどうやってこの世知辛い世の中で自分が食っていけると思うんだ？」

　さらにフレッドは、ヒルダがまだ兄の衣装を洗濯しアイロンをかけてやっていることにも触れた。余裕があればクリーニングにも出せるのだ。

「金っていうのはそういうものなんだ。ところがあんたは歌だけ歌って、対価も欲しがらないと来てる」

　吐き捨てたフレッドは家で兄を降ろし、二度と迎えには現れなかった。

　これ以降テッドはライブに関しても自身のやり方を貫いていたようだ。そういった店の多くにとってなお彼は望ましい演し物《だしもの》ではあったが、しかし車がなければ行ける範囲は極端に限られた。兄弟たちが仲裁に入ろうとしたけれどフレッドはもはや呆《あき》れ果《は》てていて、ほどなく家族全員そうなった。歌うことしかないのになぜ本人はそれを最大限活用しようとしないのか、と考えるようになったのだ。そしてヒルダはといえば、アイリス以降テッドの人生に特別と言える相手が一切現れないことばかりを気にかけるようになっていた。

前夜金曜の晩にはしたたかに飲んでいたに違いないテッドのコーラでの友人たちが、その週末大挙して家へやってきた。地元ダドリーでは有名な、とあるミュージシャンの主催によるパーティーにテッドを連れ出そうという算段だった。穏やかに切り出した彼らは、最後には本人の首を渋々ながら縦に振らせることに成功した。後にはテッド自身も行ってよかったと考えたようだ。というのも、この機に彼はジャネット・カンと出会うことになったからだ。

ジャネットは子供の頃からショウビジネスの世界で働いてきた女性だった。父親がアコーディオン弾きで、歌えるジャネットとヴィブラフォンができる妹とを舞台へ引っ張り上げていたのだ。しかしジャネットが本当に興味を持っていたのはバンドで歌うことだった。テッドとは十近くも年が離れていたのだが、相手もまた舞台の上に立つ人間であることに興味を引かれた彼は、その夜のほとんどを二人きりで話して過ごした。のみならず、次の週末に予定されていたテッドのライブでまた会おうという約束まで交わした。それが二人の最初のデートだった訳だが、バンドが演奏を始めテッドの口が開き歌声が飛び出してきたその瞬間に、ジャネットはたちまち恋に落ちてしまったのだった。

当時ジャネットは昼間は放送局で秘書として働いていた。そしてテッドと同様、夜には界隈《かいわい》のダンスホールでバンドと一緒に歌っていた。

二人は音楽の好みも共通していて、最終的には〈マック&ジャン〉という名前でデュオとして活動するまでになった。ミッドランドをライブで回っていた頃にはジャネットの父親がフレッドに代わって二人を送り迎えしてくれた。関係は一気に真剣なものとなり、ほとんどすぐ彼女を家まで連れてきて家族に紹介したりもしたらしい。ジャネットもアイリスと似て小さな家族しか知らなかったものだから、大勢の家族が台所でからかい合うような息の合った親密さには大層驚かされたそうだ。

しかし、テッドの好意やロマンティックな演出の数々にもかかわらず、彼女の方は友人たちに対し、ちゃんとしたデートにも連れていってもらえないと文句をこぼしていたようだ。家で家族とテレビを観《み》るか、せいぜいクラブへ出かけて人混みの中で夜を過ごすか、そのどちらかだったらしい。明らかに恋愛らしい要素が足りなかった。しかもテッドはしばしば美しきアイリスの話をし始めさえした。新しい恋人に聞かせるのに相応しい内容だとは到底言えない。

「今思い出すと互いに傷ついた心を慰め合ってただけみたい。実は私もちょうど別れたばかりだったの。彼の方がまだアイリスに未練たらたらだったことは言うまでもないしね」

もちろんこれはジャネットの言葉だ。

ジャネットはまた、テッドの本人にも十分制御できない興奮しがちな傾向にも気がついていた。気分の変わりやすさにそれが顕著だったようだ。それでも二人は二年間つき合い続けたのだが、最後には彼女の方からおしまいにした。二人の間にはどんな計画も、実は愛情さえないように思われたからだ。あるのはただ歌だけだった。

テッドは二人一緒の未来なんてものにまったく興味がないようだったが、彼女は安定が欲しかった。ところが丸々二年の間一度として、昼間どんな仕事をしているかも教えてもらえず、こちらの希望を尋ねられることもなかった。

ジャネットは普通の恋愛関係を望んでいた。だがテッドが人生において愛せるものはたった一つだった。歌だけだ。

「公園を歩きながら一緒に歌ったわ。それからベンチに座り、次はどこに行ってどの曲をやろうかなんて話をするの」

ジャネットはそんなふうに思い出す。

「だけど時々遅い時間に突然現れて、これからライブだから今すぐ一緒に来てほしいなんて言い出すのよ。そういうのにうんざりしちゃったの」

かくしてヒルダとモーリスはまたもや、長男が身を落ち着けることができないという相変わらずの問題について声をひそめて話し合わなければならなくなった。テッドはどこか自分を押し殺しているかのようだった。奥底では本人もそれをわかっているらしく、いつも物憂げだった。心底欲しい歓《よろこ》びがさっぱり見つけられなくなってしまっていた。ジャネットとの関係はそんな状況の生《い》け贄《にえ》となったようなものだろう。表面的には彼女は完璧だったのだ。音楽への情熱を共有もできた。それでも上手《うま》くいかなかった。

そこから先の数年は暗中模索の時代となり、家族の心配もさらに募った。時たまコーラの舞台に立ちこそしていたが、それ以外は彼がどこでどう過ごしているのか、働いているのかどうかさえ誰にもわからなかったのだ。

テッドは、自分のお金を賭け事やピンボールに費やすようになっていた。それは時に一回で十ポンドとか十五ポンドといった額になった。日ごとに自分を見失っていくようで、午後中ずっとテレビの前に座り込み煙草を吹かし続ける日すらあった。

ヒルダとモーリスはある種伝統的な役割へと自らをあてはめることとなった。母親はやきもきしながら物事が上手く運ぶようなんとか日々を切り回し、父親は息子が、神様がせっかく与えてくださった恩寵《おんちょう》に背を向けたことに苛立《いらだ》って、同情など一切見せようとはしなかった。彼からすれば望外な人生を手に入れることもできたはずなのに、それをみみすつかみ損ねたようにしか見えなかったのだ。

弟妹たちの同情の程度も異なっていた。ただ彼の賭け事や、自分たちが皆働きに出ているというのに本人はまるまる午前中をベッドで過ごしているような事態については決してよくは思っていなかった。それでもヒルダはやはり彼の味方だった。

「あんたたちだって覚えているでしょう？　お兄ちゃんは最初に働き出した頃、自分の給料をほとんど家に入れてくれていたのよ。みんなそれで食べてたんだから」

ヒルダにとってテッドはなお自慢の息子だったから、批判に耳を貸すつもりなどさらさらなかったのだ。

やがてこれは一つのお決まりのパターンとなるのだが、テッドは危機に直面してようやく次の一歩を踏み出すことができるようになるのだった。そして、父親の死より大きな試練などありえなかった。

モーリスはずっとテッドにとってのお手本だった。大人になってからはしっかりとした職を得て働き詰めに働いて、運命の相手を見つけて結婚し、子供たちには可能な限りのチャンスを与えた。同じ家に三十年以上も住み続け、それなりの給料を持ち帰り、自分の世界はと言えば地元の店で若い頃からの友人たちとビールを嗜《たしな》む程度に留《とど》めていた。ヒルダさえ傍らにいてくれるなら人生を楽しむのにそれほど多くを必要とはしなかった。

この姿勢はまさしく最期まで貫かれたと言っていい。本人にとっては幸いなことに、もちろんヒルダにしてみればいたたまれないものだったろうが、彼はそれこそあっという間に息を引き取ってしまったのだった。

もう数ヶ月気分が優れない状態が続いていた。しくしくとした胃の痛みが消えず、そのせいですっかり消耗した。何度も病院に足を運び痛みに効くという薬をもらってきてはいたが、どれもが役には立たなかった。仕事から帰ってくるなりモーリスは椅子に身を沈めてぐったりとした。食欲もほかのどんなやる気も起きず、そのまま眠ってしまうことが頻繁になった。体重が減り顔色も悪くなっていくばかりだったからヒルダは気が気ではなかった。何を作っても手を出そうとしないなんてまるで彼らしくない。お気に入りのプディングを作ればたとえ満腹時でも口に放り込んでしまうのがモーリスという男だったのだ。

最後にはヒルダが医者のところへ引きずっていき、翌月には診査のための手術を受ける段取りとなった。当日彼女は早くに目を覚まし、宿泊用の一式を鞄《かばん》に整え、そして結婚以来ずっと毎日そうしてきたように、きちんと洗濯したその日の衣服を準備した。

じゃあ行ってくるなといったやりとりを交わし、ヒルダは居間の窓から夫に向かって手を振った。病院までは子供たちの一人が車で送ってくれることになっていたから、モーリスは妻には大人しく待っているようにと命じたのだ。家でのんびりしていられるのだから一緒に来て落ち着かなくしていても何の得にもならないと説き伏せたのである。

ヒルダの方も何かあれば誰かがすぐ駆けつけてくれるとわかっていたからさほどの心配はしていなかった。そもそもが体調不良の原因を突き止めるための手術だったから、決して重篤な事態にはならないはずだったのだ。

とにかく頭の中を空にすることに決めヒルダは洗濯にとりかかった。一方のモーリスは娘の一人ジェーンに付き添われて手術室へと入っていった。彼女とほかの数人がそこに留まり何らかの報せ《しら》を待つつもりでいた。

しかし、幾らも経《た》たないうちに看護師が再び姿を見せ、話があるからとその場にいた全員を小さな一室へと急《せ》き立《た》てた。最悪だった。モーリスの胃はすでに癌《がん》で穴だらけだったのだ。もはや手の施しようもなく、執刀医もそのままもう一度閉じるしかなかった。そして、あるいはお別れを告げてもらった方がいいかもしれないとまで言われたのだった。

事態の展開は目まぐるしいほどだったが、いずれにせよ誰かが行ってこの報せをヒルダに告げなければならなかった。しかし母親はあまりの衝撃に立ち上がることもできなくなり、病院へ向かうなどとても無理だった。モーリスの方も手術室から再び出てくることすら叶わず、誰も彼もが最期が近いことを覚悟せざるを得なかった。ジェーンはこのように言っている。

「ただもうおしまいなんだって。それだけわかったのよ」

重苦しい空気がのしかかった。それでも命があるうちは希望もそこにあるはずだったから、子供たちは慌ててその場に駆けつけた。テッドは今自分にできるのは普段と変わらない明るい態度を貫くことだと決意した。背筋の凍るような思いを抱えながら病室へ入ったテッドはまっすぐベッドに行き、傍らに腰掛けて眠ったままのモーリスの前髪をそっとかき上げた。そしてまだ子供だった頃、自分たちをベッドに押し込んだヒルダが毎晩必ず全員にやっていたようなやり方で父の額にキスをし、こう囁《ささや》いた。

「大丈夫だよ、親父《おやじ》」

そうしてモーリス・マクダーモットは世を去った。少なくとも子供たちは皆、父親が逝ったのはまさにこの瞬間だったはずだと信じている。彼はテッドの手をヒルダの手と思い込んで握り返し、別れを告げるべく懸命に唇を動かしたのだった。享年六十三だった。

誰もが口を閉ざしていた。まるで家族というものからいきなりその心臓が毟《むし》り取《と》られてしまったかのようだった。ヒルダは悲しみに暮れた。モーリスがいないままどう生きればいいかなど皆目わからなかったのだ。二人が夫婦として送ってきた年月は三十八年に及んでいた。よい時も悪い時も互いにすぐ傍らにいた。彼の遺体がまだ病院にあると思えば心は一層痛んだ。別々の場所で夜を過ごしたこともそれまでほとんどなかったのだ。

子供たちは皆ヒルダのもとへやってきた。居間に置かれた今や主を失ったモーリスの椅子から母親が必死に目を背けようとしている様を目の当たりにしてしまえば、打ちひしがれたその姿に、ひょっとして、というさらなる恐怖を抑えられなかったからだ。

テッドは動揺は決して表に出すまいと決めていた。それゆえほかの誰かの前では涙をこぼすこともしなかった。結婚式だろうと葬式だろうと、毅然《きぜん》として顔を上げて乗り越えるのだという自らの主義を貫いたのだ。一方でまだ若かったアーニーとコリンは文字通りほぼ泣き通しだったそうだ。

モーリスはヒースレーン墓地の二人分はありそうな区画へ埋葬された。家には悲しみが満ちた。通夜と葬儀が終わってずいぶんと経った後からも、時に思いもかけない遠いところから弔問客が訪れた。モーリスは皆に好かれていたのだ。ただパブで知り合った相手であれ歌う姿を見た者であれ、あるいは職場の同僚であれ、モーリスは誰からも本物の紳士だったと認められていた。

テッドにとっても悲しみの中で日々を送ることは非常に辛《つら》い経験だった。しかし、休暇村の経営で有名なバトリンズが舞台に立てる人間を募集しているという広告を見つけた彼は、その殻を自らの手で見事に切り裂いたのだった。

ヒルダを放り出す形になることは確かに気がかりだった。しかし同時に、自分がいつまでも同じようにただのたうち回っていては、決して父も喜ばないだろうことは明らかだった。今こそ前へ進む時なのだ。

ヒルダはほとんど家から出なくなっていた。友達と会う機会も減り、しかもついこの前糖尿病と診断されたばかりでその症状にも苦しんでいた。少しずつ弱っていく母親の姿を見続けることは、テッドには我が身を削られる思いであったに違いない。むしろ離れてしまえば、物事は何も変わっていない振りができるのではないかといった甘えもあったのかもしれない。

食事も寮もついている仕事だったから経済的にも旨《うま》みがあった。日々の暮らしや移動にかかるお金は最小限で済む。数日間悩んだ挙げ句、ヒルダにも探りを入れたうえで、いよいよ応募を決意した。それでも書類を投函《とうかん》した後は、それについてはなるべく考えないようにした。もし採用されれば、人生が後戻りできない形で様変わりするだろうことも十分にわかっていたからだ。

夜小さなライブに出演するために自力で移動し、昼間はあまり好きではない適当な仕事に身を費やすこともなくなるだろう。その代わり毎夜多くの聴衆の前で舞台に立ち、それぞれに技術の向上に邁進《まいしん》しているほかの演者たちと生活を共有するようになるはずだ。

家からは遠く離れたままになる。一人暮らしでさえ彼には初めての経験だ。確かに兵役には出たがさほど遠くではなかったし、毎週末には家族の顔を見に帰ってこられた。実家との距離は開くばかりかもしれず、さらに言えばもし帰ってこられたとして、その時にはモーリスの不在と真っ向から向き合わなければならなくなる。

応募については誰にも明かさなかった。神様に任せようという気持ちもあったし、そもそも選考にどれくらい時間がかかるものなのかもよくわからなかったからだ。

バトリンズは、休日に家族全員が楽しめる場所というのをモットーに掲げていた。就職というものが決して生易しくはないこともわかっていた。それでも応募書類を書いただけで、自分がいかに切実に変化を求めていたかを自覚できた。

数週間後、選考を無事通過し、晴れて採用となり南ウェールズのバリーアイランドという海辺のリゾートへ配属されることになったという手紙が届いた。新たな一章の開幕である。これまでずっと同じ繰り返しだった毎日が出し抜けに、この先何が待ち受けているのかさえわからない状態になったのだった。

　家を出る準備を進める間も、仕事についてヒルダとゆっくり話すことはなかった。彼女の方も、よもやモーリスの死からこれほどすぐ息子までいなくなってしまうという事態に耐えかねている節があったのだ。それでも彼女は、夫と夜更けに長男の将来についてずいぶん長く話し合ったこと、そこで二人でどれほど気を揉んだかも忘れていなかった。その息子が自分の手でチャンスをつかもうとしているのだ。それも十分理解できた。

　ある意味でテッドは、モーリスが我が子に抱いていたその夢を実現しようとしているのだと言えた。周囲が期待している自分自身をいわば放り出し、ただ好きなものを追いかけようとしている。ヒルダはその機会を自ら創り出した息子を誇りに思った。誰もがお別れを言いに顔を出した。そしてテッドがいなくなることを悲しんだ。確かに難しい局面ではあったが、それは同時に胸が高鳴る出来事でもあったのだ。

　バトリンズの休暇村は海岸線と小さな町とを一望できる岬の上に建っていた。ここバリーアイランドにもほかの拠点と同じ設備がすっかり揃《そろ》えられていた。ピッグ&ホイッスル・バーにお祭り劇場《ゲイエティー》、ダンスホールにテニスコート、ビリヤード台に様々な店舗にレストランといった具合だ。見ているだけでお腹《なか》がいっぱいになりそうだ。施設全体が優雅な海辺のリゾートで、海岸線は遥か先まで見渡せた。

到着したテッドもまずは我が目を疑った。どこもかしこも海の匂いがして、野暮ったい工場などは見当たらない。初日から数日間は目にするすべての美しさに圧倒され、外へ出るたび大きく深呼吸したものだった。

一旦落ち着いてみると、家を離れるということはまず、友達を作るところから始めなければならないのだとわかった。そこでただちに可能な限り多くの人と知り合おうと試みた。テッドが最初に親しくなった一人が通称ワーディーことブライアン・ワードだ。コメディアンで、お祭り劇場でのショウのほとんどの司会を務めていた人物だった。この気立てのいい北部出身者はネクタイなしでは決して人前に出なかった。

バリーアイランドでは構内アトラクションの一つとして、赤コートと呼ばれる、昔の英国兵の格好をした場内スタッフによる子供向けの寸劇が定期的に催されていた。ここでテッドはまさに水を得た魚となった。

大抵はワーディーが悪役で、舞台に登場するや否や、食っちまうぞといった叫び声をあげ子供たちを震え上がらせた。テッドの役割はロビン・フッド然とした緑のタイツ姿で書き割りの森から飛び出して、ブラックカントリー訛《なま》り丸出しでこう叫ぶことだった。

「おらガキ共、オラと一緒に来るがいい。したら心配ないからよ」

子供らを助けるという役どころが気に入ったテッドは、相当入れ込んで演じたそうだ。

初日からもうテッドには、このバトリンズにこそ自分がずっと欲していたものがあるとわかっていた。赤コートの仕事は朝七時に目を覚まし朝食をとりに向かうところからすでに始まっていた。父を失った悲しみに喘《あえ》いでいたテッドにとっては、その感情と向き合わずに済む、まさにうってつけの仕事だったのだ。終始なにがしかのキャラクターを演じていること。そして人々を笑わせ喜ばせること。二つともテッドが昔から最も得意としていたものだった。

朝食が終わればまず客たちに話しかけた。ゲーム大会の手配もすぐ始まった。ビンゴにロバ競争、あるいはテレビ番組でもよく見られる、水鉄砲ありパイ投げありといった催しまであった。普通の運動会もあれば、昼と夜にはそれぞれ舞台にも立った。テッドはすぐさま来場者から人気を博し、同僚からも至極気に入られることになった。仕事熱心だという評判も得た。

そして以前と同様、歌える機会があれば強欲にそれをつかんだ。劇場での演し物の際はもちろん、休憩時間にはピッグ&ホイッスルでマイクを手にしている姿も見つかった。バトリンズの創業者ビリー・バトリンは、このお祭り劇場の舞台はロンドンのパラディウムよりも大きいと豪語していたが、確かに縦横それぞれ十五センチばかりは同劇場より広かったそうだ。

この劇場は毎晩のように満員となった。二千人を超える観衆が公演に足を運んできた。テッドにすればこれほどの規模の会場で歌えるなんて、ほとんど夢が叶ったようなものだった。いつだってその広さに圧倒された彼は、はたして父モーリスだったらどう立ち向かっていただろうと考えながら舞台へと足を踏み出したのだった。

大半のほかの赤コートたちに比べ年齢のいっていたテッドはなかなかに目立つ存在で、来場者たちにも同じ印象を残した。彼自身、解放感や新たな自信のようなものを取り戻していたのだと思われる。いずれにせよ家から離れたことで、心配事や面倒事が行きつけのパブまで追いかけてくることもなくなったのは本当だろう。あるいはそれは三十代も半ばを迎えつつある男にならば当然芽生えていて然《しか》るべき自信だったのかもしれない。どの道ここで起こることはすべて家族から切り離された、彼自身だけの物語だった。

それでも休みがもらえた時には、それがどれほど短くてもテッドは必ずミッドランドまで帰ってきた。また職場へ戻らなければならない時には決まって身を裂かれるような思いに晒《さら》された。ヒルダを見守っていたい気持ちはあったし家事だって分担したかったのだ。だがバトリンズへ戻ることは自分自身の未来を切り開くということでもあった。しかもこの仕事は何より必要だった普通の収入を彼にもたらしてくれ、ヒルダもそれを喜んでいた。

さて、一九七四年のバリーアイランドの観光シーズンが終わりを告げると、テッドとワーディーは次の仕事を探すためロンドンへ出向くことにした。郊外のレイトンストーンという界隈にちょっとした伝手《つて》が見つかったのだ。

しかし着いてみてテッドは、自分がこの街をまるで知らないことを思い知らされた。排煙と霧で有名なこの首都にはビッグスモークなんて別名もついていたが、もし富と名声を求めるのならこの街こそがその舞台だろうと誰もが口を揃えていた。

二人はここで自分たちを活《い》かせる職を得ようと試みた。問題はそのためにはエクイティカードなるものが必要不可欠だったことだ。このエクイティとは舞台の上で芸を披露することを生業とする者らの協会で、彼らの望むような仕事に就くにはまずその会員であると証明しなければならなかったのだ。生憎《あいにく》テッドにはまだこの資格がなかった。

かくしてこの旅路はみじめな結果に終わった。舞台華やかなウェストエンド地区での名声を手に入れられる可能性は断たれ、テッドはまたもや身動きが取れなくなってしまった。ミッドランドへと引き返して再び仕事を探し、彼でもまた雇ってもらえるどこだかの工場で働き口を見つけ糊口《ここう》を凌《しの》ぐ。それ以外の選択肢は潰《つい》えてしまったかのようだった。テッドにはきっと、自分の人生はいつも、一歩進んでは一歩下がるその繰り返しのように思えていたことだろう。ショウビジネスの世界で大物になる可能性など、とっくに尽きているのかもしれない――。

しかし幸運は違う姿で再び彼の前に訪れた。十月になるとバトリンズが、今度は巡業チームのオーディションを受けないかと声をかけてくれたのだ。

この巡業チームというのはバトリンズのいわゆるショウケースで、各地を回って施設の演し物の内容を紹介、宣伝して歩くものであった。幕間《まくあい》にはチームの責任者夫妻が客席にチラシを配り、各地の休暇村を紹介し、願わくば予約をいただこうという大規模な営業活動だった。しかし計画は所詮計画で、十分な予算が割り振られていた訳でもなく、現実にはこの興業は非常に安っぽいものになっていた。出演者たちは二時間半のステージをどうにか印象深いものにしようと最善を尽くしていたのだが、投資もなければ報われることも少なかった。

オーディション会場はマインヘッドだった。南西部のサマセットにあった同社の施設の一つだ。全国から集められた演者たちがこれを受けた訳だが、その中にバリー・ベネットがいた。コメディアンで物真似芸人でもあった彼は、まだ二十代半ばだったにもかかわらずすでにミッドランドではそこそこ名を知られた存在になっていた。

ミッドランドからマインヘッドへ車で向かう予定となっていたその数日前のこと、バリーは代理人から一本の電話を受け取った。同じオーディションを受けるテッド・マクダーモットという男を一緒に乗せていってもらえないかというのだ。

バリーの住所は、テッドが住んでいたケント通りから五キロほどの場所だった。そこでオーディションの前日バリーは自分のローヴァー二〇〇〇で同地区へ向かい、クラクションを鳴らして家の前で本人が出てくるのを待った。

茶色のスーツケースをぶら下げて出てきたテッドは小洒落《こじゃれ》た青のスーツという出で立ちで、窓には手を振るヒルダの姿が見えていた。共にショウビジネスの世界に関わって生きてきて、しかもさほど遠くもない場所に暮らしていたというのに、彼らが実際に顔を合わせたのはこの時が初めてだった。しかしマインヘッドへのドライブの間それぞれの経験談を打ち明け合ううち二人はすっかり意気投合した。

到着した彼らはそれぞれにバンガローの一棟を宿泊先にあてがわれ、オーディションとリハーサルはやはりここにもある例のお祭り劇場で行われるのだと告げられた。

しかし翌日会場に着いてみると現場は混乱の極みだった。仕切りをやる人間が遅刻していたものだから、音楽もなければ舞台で着るあの赤い制服さえ届いていなかったのだ。バリーに振り向いたテッドが笑いを噛《か》み殺《ころ》しながら言った。

「こういうのを不様と言うんだよなあ」

これにはバリーも心の底から同意した。

それまでも多くの人々が、舞台に立つといきなり別人のようになるテッドに唖然《あぜん》としてきたように、バリーも最初は彼のすごさなど想像もしていなかった。むしろ、まあこいつもあっという間にどん底に叩《たた》き落《お》とされちまう新人の一人なんだろうなくらいに考えていた。本人の述懐はこんな具合だ。

「舞台にいない時のあいつはとても人を楽しませられるタイプには見えなかった。俺自身、こいつ自分が今何をしているのかもよくわかっていないんだろうと思ってた」

ほかの候補者が緊張丸出しで舞台へ上がるのを尻目にテッドはすっかりくつろいで、誰彼かまわず話しかけていた。しかし本人がステージに上るや否や彼の力に疑いを抱いたままの者など一人としていなくなった。ほかの演者たちはまずは自分の演し物を説明するところから始めたのだが、そこからしてテッドは違った。

中央へ進んだ彼は音楽の担当者に鼻先一つで合図して、始まった曲に合わせていきなり歌い出したのだ。説明など必要ない。いわば彼自身がショウだった。音楽にも十分通じた審査員たちを特に印象づけたのは、符割りに見せるテッドの非凡さだった。そのうえ彼は一つの文をきっちり一息で歌いこなした。ジム・リーヴスとかフランク・シナトラといった、完成された歌手たちだけに可能な離れ業だ。当時の流行歌手がやりがちだった、繋《つな》がるべき語と語の間に息継ぎの音が紛れ混むといった醜態は一切なかった。この点がテッドの歌を独特のものとし、あらゆる人を魅了したのだ。

もう一つ彼がほかの候補者たちから抜きん出ていたのは、ステージに立つのがどういうことかを知り抜いていた点だ。実際彼はほとんど動き回りもせず、むしろマイクの前に敷かれた一メートル四方の絨毯《じゆうたん》の上だけですべてをこなした。これもまた、テッドがシナトラから受け継いでいたスタイルだった。

オーディションが終わると最終的なメンバーが発表された。その中にテッドの名前があることに驚いた者などやはり一人もいなかった。バリーも順当に選ばれ、ほかにデイヴ・トーマスというもう一人のコメディアンとドラマーのグレン・マーティン、鍵盤奏者のスティーヴに女性シンガーのエマらが名を連ねた。ちなみに彼女はほどなくグレンの恋人となった。

　こうしていよいよ興業ツアーが開幕した訳だが、出発に先立ってバトリンズから支給された制服は一着残らずサイズが間違っていたそうだ。デイヴ・トーマスはこれに袖を通すことを拒み、その代わりに彼とテッドとバリーの三人は自前のキャバレースーツで武装した。残りはまあ、その支給の制服姿であった。

　見た目の重要さを知り抜いていたテッドにはきっと、そんな不注意は腹に据えかねたことだろう。我が道を突き進むテッドは、誰に従うつもりもなかったのだ。

7

巡業チームの使命は、バトリンズの休日を先々で再現してみせることだった。だが最初は出来不出来の振り幅がひどく大きかった。そもそも全員が異なる背景を持ったメンバーの寄せ集めだったうえ、全体を仕切る存在がまだ定まっていなかったのだ。

何度かリハーサルを繰り返したところで、一度ビッグ&ホイッスル辺りで試してみようということになった。ところが本人たちにも驚きだったことに、やってみるとこれが大盛況を収めたのだった。

いよいよ始まったツアーは数週間をかけて様々な地域を回った。しかし手配が下手クソなせいで、地理的な意味では滅茶苦茶《めちゃくちゃ》なルートとなっていた。ある日南へ向かったかと思えば、翌日には次の公演地へ着くために同じ道を延々北へと引き返し、そしてまた再びの南下を余儀なくされるような有様だった。

最初のうちメンバーは一台のマイクロバスに全員で乗り込み、懸命に安宿を探して一緒に寝泊まりしていた。だが計画のまずさに辟易《へきえき》した何人かが自分の車を出し、それにトレイラーハウスを牽《ひ》いて動くことを決意した。最低限宿泊場所を確保しておくためだ。寝る場所の心配だけでもせずに済ませたかったのだ。

テッドとバリーはデイヴ・トーマスが手配したトレイラーハウスに寝かせてもらった。二つあったベッドはテッドとデイヴが使い、バリーは大抵床の上で眠った。グレンとその彼女のエマもやはり自分たちでトレイラーハウスを牽いてきて、これら二台が隊列を組んで移動した。確実に一緒に現地に到着するべきだったからだ。余談だが、グレンたちのトレイラーハウスには犬とアヒルまで暮らしていた。変わり者カップルの二人はいつも彼らと一緒だった。

王のような旅行に慣れていた訳ではまったくなかったが、そのテッドでも、最初にこのデイヴのトレイラーが劇場の表に駐《と》められているのを目にした時には、あまりの小ささに少なからずショックを受けた。三人が寝起きできるとは到底思えなかったのだ。それでも結局はなんとかなった。こんな状況でも楽しむことはできるのだとわかったからだ。

ツアーは短期間でテッドに多くを教えたが、唯一豪勢さとだけは無縁だった。まともな生活を送るなど到底無理で、手元はほぼいつもすっからかんだった。実際ギャラの支払いがまったくなされない週すらあったのだ。何日もシャワーを浴びられないのは普通だったし、その日の食べ物を確保するためには様々な手段を捻《ひね》り出《だ》さなければならなかった。

食料のためなら全員が頭を振り絞って力を合わせた。デイヴはしばしば地元の生活協同組合へテッドとバリーを連れていった。そこで自分たちが大手バトリンズの赤コートである事実を最大限に活用し、もらえる限りの食料のサンプルを求めたのだ。食堂なり寮なりでの採用を検討していると仄《ほの》めかせばそれでよかった。すぐ、持ちきれないほどのチーズや血のソーセージ《ブラックプディング》や、そういった様々な切れ端が提供された。

落としたりしないよう注意しながら彼らは戦利品をトレイラーへと持ち帰り、日中はそれで繋《つな》いだ。夜になれば今度はクラブで余り物をもらったり、さもなければ誰にも見られていない隙を選んで棚から乾き物の類を一袋、急いで失敬したりした。朝が来れば交代で近所を回り卵とベーコンを分けてもらった。そうやってどうにか糊口《ここう》を凌《しの》いだのだ。

車を駐めて中で夜を過ごすのは、当然ながら、公演会場の店や劇場の駐車場であることが多かった。しかし冬の時期であれば、朝髭《ひげ》を剃《そ》るためにまずバケツに張った氷を割るところから始めなければならないこともしばしばで、熱いお風呂や洗い立ての衣服などは遙《はる》か遠い思い出となった。それでも彼らは気にしなかった。

オックスフォードでの公演を終えた夜のことだ。その先数日間がオフだったものだから、テッドとバリーはウェンズベリー行きの最終列車に乗ろうと決めた。ところがデイヴに車で駅まで送ってもらった時には、生憎《あいにく》終列車はすでに出発してしまっていた。当時は迎えに来てもらえそうな誰かに連絡を取る術《すべ》もなかったから、仕方なく二人は一夜を凌げる場所を探すことにした。とはいえ駅舎には暖房もなく骨まで凍りつきそうで、せめて風よけになりそうなものがあればと願いながら、二人は夜のオックスフォードをうろついた。

やがて一軒の集合住宅に行き当たった二人は、一階に見つけた壁の奥まった場所に重なり合って身を寄せた。互いにしがみついて暖を取りながら、どうにか眠るだけはできそうだと安堵《あんど》した。だが三十分ほど過ぎて落ち着いてきたところに管理人が現れて、二人を再び路上へと追い出してしまった。

仕方なくまたしばらく彷徨《さまよ》ったが、結局は駅へ戻るほかなくなった。所持金はウェンズベリーへ戻る電車賃ぎりぎりしかなかったから、宿はもちろんほかのことに使ってしまう訳にはいかなかったのだ。

幸運にも駅員の一人が二人に同情し駅舎の仮眠所で過ごすことを許してくれた。よろよろと階段を上り教えられた扉を開けた二人は、その瞬間安堵のあまり涙をこぼしそうになった。部屋には暖炉の火が燃えていて、しかもほどなくすると、これで体を温めなさいとトーストと紅茶まで振る舞われたのだ。

翌日彼らはバーミンガム止まりの始発列車に乗り込んだ。そこからウェンズベリーまでの十キロあまりは徒歩だった。それでも家へ着くなりすぐ、テッドはいつもの仮面をかぶりなおした。ツアーの暮らしの異質ぶりや楽しかった時間、遠征先で出会った人々のことなどを面白おかしく話して聞かせ、ヒルダの耳を楽しませたのだ。

彼女はこの手のテッドの話が大好きで、揺り椅子に腰を据えて嬉《うれ》しそうに耳を傾けた。

モーリスが亡くなって以来、彼女が笑うことができていたのが唯一この機会だったと言っていい。いわばこの時のために生きていたのだ。やがてバリーも時折顔を出すようになり、紅茶を頂戴しては二人してヒルダを盛り上げていたらしい。

いざテッドが帰ってくるとこの長男のことばかりになる母親に、ブラックバーンに暮らす弟妹たちは内心決して面白くはなかった。事情がどうあれ実際にヒルダの面倒を見ているのは彼らの方で、日々買い物を手伝い薬を飲むのを忘れないようにし、散歩にでも出かけていい空気を吸っておいでよと熱心に説得し続けていたのだ。

そこへテッドは予告もなく転がり込んできては、ヒルダを笑わせたかと思うとまた数週間どこかへ姿を消してしまう訳だ。毎日の単調な仕事は弟妹たちに放り投げたままだった。だからテッドは母親が糖尿病と格闘している姿や、あるいは今にも彼女のことを飲み込んでしまいそうな深い悲しみからはなお目を逸《そ》らし続けていたのであった。

巡業は続き、一行をありとあらゆる場所へ連れていった。どこででも歓迎されはしたが、土地によってはなかなか扱いにくい観客もいた。そんな中でも最悪だったのは、ロンドン郊外のある劇場での一件だ。

この会場はかなりの広さで聴衆もたくさんいた。固い木製の椅子やあるいはテーブル席はすべて一杯で、叫び声や野次《やじ》の飛び交う中、演《だ》し物《もの》は続いた。しかしバリーが自分の出番を終え次のテッドが舞台へ上がろうとした時だ。不意に事件が起きた。ステージの前を通りかかった身重の女性が何者かに腹部を蹴飛ばされたのだ。

たちまち会場は大混乱となった。テッドもバリーもこれほどの喧嘩《けんか》を目の当たりにしたのは初めてだった。彼らにとっては幸いなことに、この会場の舞台は客席の床より一メートル半ほど高かった。おかげでたちまち暴徒と化した聴衆たちは、ステージで演し物が進行していたことなどすっかり忘れ去ってしまったのだ。

テッドとメンバーは持てるだけの機材なりセットなりを抱えて舞台裏に退避した。客席ではすでに椅子やテーブルが放り投げられていたばかりでなく、瓶を割って武器にする者まで出始めていた。舞台を下りるのにこの混乱を通り抜ける必要がなかったことは幸いだった。そのまま彼らは息を殺して楽屋で待った。見つかってしまえば当然、暴徒たちがこちらにも矛先を向けてくるだろうことは明らかだった。

混乱は永遠に続くかに思えた。しかしやがて犬の吠《ほ》え声《ごえ》が聞こえてきて、甲高い笛が三度ほど鳴った。警察がやってきたのだ。一斉にすべてが静まり返った。誰もが今採るべき最善の策は、関係なかった振りをして面倒に巻き込まれないようにすることだと考えたのだろう。

さらに十五分ばかりが過ぎ周囲が落ち着いたところで、警官たちがようやく楽屋のドアを開け、もう出てきて大丈夫だぞと教えてくれた。なるほど店内はもう空だったが今や見る影もなかった。すべてが打ち砕かれていた。無事に立っている椅子やテーブルなど一つもなく、バーカウンターは虐殺の後のような有様で至るところに血の痕があった。

　この事件はチーム全員の胸に大きな傷となって残った。無邪気に旅路を続ける楽しさが拭い去られてしまったのだ。それまでは巡業そのものが彼らに地に足を着けなくていい、楽しいことだけ考えて過ごせる日々を許してくれていたのである。

　現実に引き戻されたテッドもまた、今の自分自身の姿やあるいは実家の現状に向き合うことを余儀なくされた。心の奥底では、永遠に逃げ続けるなど決してできないとわかってもいたのだろう。巡業ツアーは結局、七四年の十二月まで続けられたが、その先彼らはお互い別々の道を歩んでいくことに決めた。

　テッドとバリーはその後特に連絡も取ってはいなかった。歳月を経て父のビデオが広まっていった時、バリーもネット上で映像を見つけ、すぐそれが誰かに気がついた。

「最初にフェイスブックで『クアンド・クアンド・クアンド』の映像を観《み》た時にすぐ、ああ、テッドのやつだとわかったよ。あの頃とちっとも変わっちゃいなかった。普通年を取れば昔と同じ見た目でなんかはいられないもんだ。しかしあいつは俺の知ってるテッドのままだった。実際いいやつだったよ。いつだって皆を気にかけていた。いや、君の方がよく知ってるかな。ステージ前に揉《も》め事《ごと》を起こすことも一切なかったよ。スーツに身を包んで幕が開くのを黙って待って、ただ己のやるべきことをやる。そういうやつだった」

ツアーを終えたテッドはウェンズベリーに戻って数週間を過ごし、そこで為すべきことをした。本当の意味でモーリスの死と向き合ったのだ。

目に入るすべてが父の不在を思い出させた。弟妹たちがそれなりに片付けてこそいたが、テッドにとってはすべてがなお生々しいままだった。長男が帰ってきたことを喜んでいるヒルダをとにかく元気づけながら、そういったものをきちんと噛《か》み締《し》めていくのはなかなか難しいことだった。

この時期テッドとフレッドとアーニーは毎夜のように連れ立ってコーラへ繰り出した。そしてモーリスの元同僚や、あるいは父親のことをずっと昔から知っていた友人たちと杯を傾けたのだ。在りし日の父の姿をそんなふうに耳にすることは、心地《ここち》好《よ》いと同時に胸の痛むものでもあった。なんだかモーリスがより一層遠くへ行ってしまう気がしたからだ。

しかしテッドがウェンズベリーの生活へと戻る機会をつかみ取る前に、人を楽しませるべく生まれついた彼の才能が、予期していなかった形で再び彼を人々の前へ連れていくことになった。誰とでも上手《うま》くつき合えて、しかもパフォーマンス集団に新たな息吹を吹き込めるだけのアイディアマンでもあった彼は、バトリンズ側にも強く印象を残していたのだ。創業者夫人自らが乗り出してきて、ブラックプールのメトロポールホテルで働いてみてはくれないかとテッドに持ちかけたのである。当時そこの公演チームは混乱の極みにあったものだから、ひょっとして彼ならなんとかできるのではないかと考えたらしい。

悪い気はしなかったし少なからず興奮もしたが、また自分がいなくなってしまうことがヒルダにどんな影響を及ぼすかと思えばテッドも不安を禁じ得なかった。しかし同時に前回の経験から、家族はもう、自分なしでやっていくことにも慣れていけるのだという残酷な事実も明らかになっていた。現実に弟妹たちの間には機能的な役割分担ができあがっていて、おかげでヒルダはいつだって独りぼっちにはならないようになっていた。だからといって後ろめたさが些《いささ》かでも軽減された訳ではなかったが。

賛否の両方を秤《はかり》にかけたが結局自分でその答えを出しきる前に彼は再び実家を離れた。目の前には輝く未来が待っている気がした。今回乗ったのは、ランカシャー行きのバスだった。

お別れを言う準備が整ったところで彼は、家族が皆、いったいこの人はいつになったらふらふら遊び回るのをやめ、きちんと根を下ろす気になるのだろうかと訝《いぶか》っていることに気がついた。四十を目前にした本人も、ようやくそれが気になり始めてきたところだった。

赴任するや否やテッドは自分の新しい仕事に興奮以上のものを覚えた。職場である建物それ自体が界隈《かいわい》のランドマークでもあった。

このバトリンズのメトロポールというのは、ブラックプールの遊歩道の北側の端に位置する赤煉瓦《あかれんが》造りのホテルで、手前には戦没者記念碑が建てられていた。こういったものは現代では輝きを失ってしまっているかもしれないが、七〇年代の半ばというこの時代には、まだ十分に観光名所として機能していた。

これほど恵まれた立地なのに劇場が一杯にならないのでは、演し物の質に問題があるとしか考えられない。テッドもすぐその結論にたどり着いた。自ずと、モーリスがよく口にしていた格言めいた一言が思い出された。

「舞台を見れば店の本質はすぐわかる」

この言葉を胸にまずテッドが着手したのは有能な人材をスカウトしてくることだった。店々へと出向いて下調べを済ませた彼は、中からここメトロポールの舞台に立ってもらうべき面子《メンツ》を選び出し、ただちに獲得に動いた。かくしてこの古いホテルが、バトリンズ側がそうあってほしいと願っていた姿へと生まれ変わるのにさほどの時間はかからなかった。

口コミの称賛が山火事並みの勢いで広まった。あそこはいいぞ、家族全員一緒に楽しめる。噂《うわさ》はたちまち国の反対側のロンドンにまで駆け抜けて、ついにはそこに暮らしていたリンダ・カーターの耳にも届いた。

リンダはブラックバーンの出身で秘書勤めをしており、当時二十九歳だった。決して遠くはないブラックプールへはそれまでもう何百回と足を運んでいたのだが、この年は兄のジョージが家を出てしまったせいもあって、新年の休暇には自分で両親をどこかへ連れていこうと考えていた。

なるほどブラックプールのメトロポールならば、家族全員で楽しむにはうってつけかもしれない。彼女はそう思いついた訳だが、よもやその休日がそこから先の自分の人生をすっかり変えてしまう結果になろうとは、この時はまだ夢にも思っていなかった。

リンダ・カーターは人生を謳歌《おうか》していた。二十代後半にブラックバーンからロンドンへ出てきた彼女は、そもそもが社交好きだった。セントジョンズウッドにアパートを借り個人秘書としての職を得て、なかなかの給料も手にしていた。とはいえいざという時のための貯《たくわ》えも必要だったから、流行を追いかけたいという気持ちと闘いながら、ウィンドウショッピングで気を紛らわせる日々だった。

彼女はロンドンが大好きだった。実際ここほどワクワクさせてくれる街はない。あらゆることが実現可能に思えたし、とりわけ人々と知り合うことに関してはここ以上の場所などありえなかった。つき合った相手もそれまで何人かいたのだが、長続きはしなかった。リンダが何事にも自分のやり方を貫きたい性格だったからだ。

彼女の母親は相当心配していたのだが、本人はそろそろ落ち着こうかといった素振りは見せなかった。こうして似た者同士の二人は会うべくして出会ったのかもしれない。

さて、クリスマス休暇が始まると、まずリンダは両親の暮らすブラックバーンへと帰ってきた。父ジョージとエレンのカーター夫妻は二人とも製粉工場の労働者だったのだが、この年は少し余裕ができて、リトルハーウッドの一回り広い家へ引っ越したばかりだった。

ジョージは大人しい人物だった。背が高く、若い頃には信じられないほどハンサムだったらしい。一方のエレンは小柄で優しく誠実な人柄で、髪を赤く染めていた。しかし自分たちに危害を加えそうだと感じた相手には、とっとと失《う》せろといったことを口にするのに躊躇《ちゅうちょ》しないタイプでもあった。決して傲慢だという訳ではないが、誰かが彼女自身なり家族なりを騙《だま》そうとしようものなら獰猛《どうもう》なまでに相手を怒鳴りつけるのだった。

商店街ではほかの女性たちとのお喋《しゃべ》りに興じ、世界の在り方を糺《ただ》しつつも同時に最新の安売りの情報を確実に手にしようとする彼女のことを、リトルハーウッドの住人たちもすぐによく知るようになった。つまり様々な意味でリンダの両親は、モーリスとヒルダの夫妻にとてもよく似ていたのだった。

しかしこの事実はむしろ皮肉めいてもいる。結婚生活に重きを置いた両親という立派なお手本を目にしながら、リンダもテッドも、自分の相手を探し出すことをまるで急いではいなかったからだ。積極的に避けているようでもあった。

リンダの母親は新年に出かけることを非常に楽しみにしていた。彼女も娘と同様社交的で、ダンスともなれば真っ先にフロアへ飛び出していくくちだった。クリスマスが過ぎると彼らは勇んで荷造りし、ブラックプール行きの列車に飛び乗った。

両親との関係は良好だったが、今リンダはロンドンの生活を満喫しており、帰省も自分の好きなタイミングでしかしなかった。それでもこの時は自分でもいいアイディアだと思っていたし、行楽地で新年を迎えようという人々の中にはいったいどんな人物がいるのだろうと少なからず楽しみでもあった。

カーター一家がメトロポールホテルへ到着したのは一九七四年十二月二十九日だった。ホテル内へと入ってくる一行のためにドアを開けようとしたテッド・マクダーモットの目はすぐにリンダに釘《くぎ》づけになった。本当に一瞬だった。テッドは今でもこう言っている。

「一目見た途端に彼女こそ運命の女性だとわかったんだ。俺はすぐほかの赤コートたちのところへ行ってこう宣言した。あのブロンドの女性にちょっかい出そうなんてやつがいたら脚を折ってやる、彼女は俺のもんだ、とな」

ここまで数年間、テッドはこの手の恋愛感情を二の次にしてきた。知り合って別れた女性たちも複数いたが、その誰もが本当の意味で彼の心を捉えることはなかった。しかし今ついにその時がやってきた。テッドがリンダ・カーターに一目《ひとめ》惚《ぼ》れしたのは間違いない。無視など決してできない感情だった。

その午後にはもう二人は知り合いになっていた。テッドがリンダを卓球に誘ったのだ。常識の枠にとらわれるのを嫌った彼は、ちょっと一杯どうとか、映画でも一緒にいかがでしょうといったありふれた誘い方は絶対したくなかったのだ。だがリンダの返事はこうだった。

「いいえ、それは結構よ。代わりに少し歩かない？」

そういう訳で二人はブラックプールの海岸線を散歩した。持ち前の話し上手さと冗談とでテッドはたちまちリンダを魅了した。

大晦日《おおみそか》の夜にはテッドの企画による仮装大会が大広間で開催される予定だった。その頃にはリンダとその家族も、やはり年越しをホテルで過ごしていたほかの人々と多少は知り合いになっていた。中に痩せてちょっとやさぐれたビルという男がいた。彼もまたリンダと同様自分の家族をここに招待していたのだ。

やはりリンダに惹《ひ》かれたビルがなかなか積極的にアタックしたものだから、やがて二人はあちこちで一緒に目撃されるようになった。職務上テッドは離れて見守るしかできず、当然面白くなく思っていた。二人の間に何が起きているのかまでは測りようもなかったし、彼女を手に入れるためにもあの野郎を視界から消し去ってやるなんて息巻いたものだから、同僚たちからひどく怒られる羽目にもなった。

そしていよいよ大晦日の仮装大会の会場に、リンダとこの痩せ男がカップルで登場した時には、事態はさらに悪化した。男はインディアンの扮装でリンダの手を取って扉をくぐり抜けてきた。もちろん彼女の方も女性のインディアンの衣装で、二人は悠々とダンスフロアを闊歩《かっぽ》した。会場をすっかり魅了した彼らは見事優勝を射止めた。

以後数年テッドは、この時の優勝は話しかける口実を作るために自分が仕込んだものだったと主張し続けた。もちろんリンダの方は正当に勝ち取ったものだと言っている。だって私たちは誰よりも目立っていたんですもの、という訳だ。

その夜遅く、一旦部屋に戻ったリンダは、改めて盛装に着替えて宴会場に引き返してきた。二重扉を抜けるとちょうど真正面に舞台が見えた。そこには人だかりができていた。広間には『愛は海よりも深く《ハウ・ディープ・イズ・ジ・オーシャン》』が流れていた。なかなかの美声だ。歌声の主を確かめようとリンダは人混みをかき分けて前へ進んだ。そしてそれがあの卓球のテッドその人だと気がついた。

「座っていると彼が歌いながらまっすぐに目を見つめてきたの。そして次の曲になって彼が、僕らはまた恋に落ちるんだと語りかけてきた時にはもう、私は彼の虜だったの。まあ、そういうことね」

8

一九七五年という新しい年が幕を開けたのとほぼ同時に、テッド・マクダーモットはリンダ・カーターの心を手に入れた。この時を忘れられないものにすべく二人は、再びブラックプールの海岸線を歩くことにした。それからもう何年どころではない時間が過ぎた訳だが、二人のどちらもそこでどんなことが起きたのかを詳《つまび》らかにするつもりはないようだ。明らかなのは凍えそうに寒かったことくらいだろう。

それからのリンダの滞在はほぼのぼせ上がったまま過ぎた。彼女は可能な限りの時間をテッドとともに過ごし、お喋《しゃべ》りをして笑い合い、ブラックプールの界隈《かいわい》を歩き回った。つまりテッドの方はろくすっぽ仕事もせずに、リンダもまた家族のことなどそっちのけにしていた訳だ。互いの人生が変わりつつあった。すでにほとんど一心同体となっていた彼らは、当然リンダの出発が近づいてくることに怯《おび》えた。

しかし、知り合って一瞬で本物の恋に落ちるなんてことが本当にあるのだろうか。この問いの答えはどうやらイエスらしい。リンダはこう言っている。

「テッドったら、本当に口説き上手だったのよ。いつだって私がどんなに可愛《かわい》いかばっかり口にしてたわ」

しかしクリスマスの飾りが外され滞在客の姿がまばらになるにつれ、二人の前にも現実という分厚い壁が立ちはだかってきた。連絡先を交換し、電話はもちろん互いに訪ね合おうと約束もしたが、日常がまたそれぞれの生活に戻ってくれば、何がどうなるかなどまだどちらにもわからなかった。

リンダは両親とともに一旦ブラックバーンへ帰り、そこで残りの休みを過ごした後はロンドンへ戻る予定になっていた。後に両親からはからかわれもしたが、結局この休暇中、彼らはほとんど娘と過ごすことなど叶《かな》わなかったのだ。

実家に戻ったリンダは仕事から離れていられる最後の時間を最大限に活用しなくてはと考えた。だが玄関のドアがノックされた時には、片隅でほんのちょっとだけ期待していた。

予想に違《たが》わず訪問者を確かめに出てみると、そこにはにやけた笑みを浮かべたテッドの姿があった。最後に会ってからまだ数日しか経《た》っていないのに、まさか自宅の玄関前に相手がやってこようとは夢にも思っていなかった。びっくりもしたがテッドをよりいとおしく思ったことも本当だった。

その日一日を共に過ごした二人は、さらに南行きの列車にも一緒に乗り込んだ。テッドはミッドランドで降り家族のもとへ、リンダはそのままロンドンまで乗っていくといった具合だ。一層熱烈に別れの言葉を交わした後は、今度はリンダの方から、まだ具体的な日時も場所も決まっていなかったにもかかわらず、次のテッドの公演には必ず会いに行くからと約束した。この時テッドにはこの週も次の週も自分がどこにいることになるのかまるで定かではなかった。仕事があり給金がもらえるのであれば、どこへでも出向くつもりだった。

新年の休暇が終わればバトリンズの巡業ツアーが再び敢行されることが決まっていた。テッドもまた、デイヴとともに参加し、重要な役目を担うことになっていた。デイヴがいろいろと彼をあてにしていたのだ。

ツアーに出てしまうと、リンダに会えない事実から気を紛らわせてくれるものはたくさんあった。彼女の方も胸高鳴るロンドンでの生活が基本的には気に入っていた。しかしこのテッドの遊牧民のごとき暮らしぶりが、二人が会うためには結局彼女の方から出向いていかなければならないという形を余儀なくした。

電車やバスに揺られ時間を過ごすのが当たり前になった。雨の北東部ではずぶ濡《ぬ》れになり、スコットランドでは雪の中を勇ましく進み、どこであれ彼が舞台に立つ会場に必死になって赴《おもむ》いた。彼女もまたテッドと似て見た目にこだわる方だったから、到着の際には冬服のうちでも一番いい格好をしているよう心がけた。当然すれ違う男たちに振り向かれることもしばしばだった。もちろんこの努力は、わざわざリンダが会いに来てくれたことにすっかり舞い上がっていたテッドに対しても、同じ効果を発揮した。

好んで長旅に出ていた訳では決してないテッドだが、それでもリンダがいつやってきてもいいようにとすべてを完璧に見えるよう腐心していた。実際四六時中車の内外の様子に文句ばかりつけるものだから、ついにはデイヴを怒らせたりもしたらしい。そしていよいよリンダがやってくるとなると、染み一つ見つからなくなるまで執拗《しつよう》に車内を磨き上げ、さらには彼女が座席に座る前には念入りに塵《ちり》を払うといった有様だった。リンダは言う。

「本当にいつもぷりぷりしてたわ。磨き過ぎでダメにしちゃうんじゃないかしらって思うくらいに磨くのよ。車の中も汚れ一つなかったわ。だからあの頃は今みたいに掃除機を持ってあの人の後ろを追いかけて回る羽目になるなんて思ってもいなかった」

実際、恋の始めは不安とは一切無縁な時期だった。デイヴの運転で町から町へと移動した。テッドは助手席に座りリンダは後部座席、さらにその後ろにはデイヴのトレイラーハウスが繋《つな》がれていた。長旅の間中ずっと冗談を飛ばし合い、さらには声を合わせて歌い続けた。

リンダには何もかもが新鮮だった。少なくともロンドンでの九時から五時までの毎日とはまるで違う世界だった。これこそ本物の自由なのではないかと思えたし、遮るもののない果てしない大地を前にすれば、不可能なことなど何一つないように感じられた。テッドがこの生活に魅せられるのもわかる気がした。

こうした流浪の生活も含めて、二人には物事のすべてが自然に思えた。最初の最初から互いに真剣で、もう相手はすでに人生の一部になっていた。その証拠に早い時期からリンダは、ヒルダはもちろん親戚たちにもきちんと紹介されていた。実際ヒルダなど、ようやく息子が運命の相手と言えそうな女性を見つけてきたことに大きく胸を撫《な》で下《お》ろしていた。その彼女が優しくて、しかも一緒に落ち着いてくれそうだとなればなおさらだった。

七五年の復活祭《イースター》頃までには、リンダはもうほぼ毎週末を、それがどこであれテッドと一緒にいるために出かけるようになっていた。

「大概は一番分厚いコートを羽織って出かけた。向こうがどんな天気でもいいように大きな帽子をかぶってね。どこにでも泊まったものよ。Ｂ＆Ｂにオンボロホテル。旅芸人相手にでも商売するところならどこでも平気だった。それくらい夢中だったの」

そういう場所は大抵必要最低限の施設だったが、それでもテッドは二人の時間をなんとかロマンティックに演出しようと努めた。復活祭の週末にはトレイラーハウスをすっかり片付け、リンダのために毛糸の帽子を準備した。彼はその午後中を、やはりどこかの店から調達してきたナプキンで紙の花を作るのに費やし、できあがった花でその帽子を飾ったのだ。かくして祝祭に相応《ふさわ》しい特製ボンネットができあがり、その夜それをかぶって店へと繰り出した彼女は爆笑を呼び、周囲を沸かせた。

テッドはまるで人生がかかっているとでもいった勢いでリンダを求めた。だが七五年の四月の終わり、事態は新たな局面に突入した。リンダが妊娠したのだ。ロンドンで医者にも確かめた。しかし彼女は動じなかった。未婚を理由に中絶を勧められもしたのだが、むしろ彼女は産むことをただちに決意した。

しかしテッドがどう反応するかは、リンダにもさっぱり見当がつかなかった。それほど長いつき合いではなかったし、そもそも彼の心はあまりに自由で、むしろ風が次にどこへ運んでくれるのかを楽しむタイプなのだ。安定どころか日常もない生活は、赤ん坊に必要な環境とはほぼ真逆だろう。地に足が着いていなければ育てられるはずもない。

はたしてテッドにはそういう準備をするつもりがあるのだろうか。リンダにはわからなかった。あるいは自分は関係ないと言い出す可能性だってある。考えあぐねた末、どう言われようと産むつもりだと告げることにした。テッドにもそれが一番だろうと思えたからだ。改めて考えてみれば、あまりにも自分たちはまだお互いのことをよくわかっていないままだった。

次の週末にテッドに会いに行こうと決めた。駅まで迎えに来てくれるようにも頼んだ。そして再びトレイラーハウスへと戻り並んで腰を下ろしたところで、彼女は自分の手をテッドの手の上に置き、いよいよ切り出した。

「ねえ、あなたお父さんになるみたいよ」

彼女の腕を摑《つか》んだテッドが一瞬間を空けた。

「お父さん？　つまりその、君は妊娠してるってことか？」

「ええそうよ。お腹《なか》に赤ちゃんがいる。でもあなたにどうこうしてもらいたいとは考えていないわ。自分でなんとかできるから。ただ黙っている訳にもいかないなと思ったの」

テッドは時間をかけて考えてから最後に言った。

「僕らは結婚するべきだ」

落ち着いた口調にむしろ彼女の方が驚いた。かくして物事がいよいよ動き出したのだけれど、この事態にはリンダの両親を含む誰も彼もが、慌てるよりよほど胸を撫で下ろしていたようだ。

理想的とまでは言えなかったが、ヒルダの方も、テッドがいよいよ父親になるというこのニュースには素直に喜んだ。耳を貸してくれそうな相手なら誰にでも、いかにリンダが美人かをまくし立てた。赤ん坊がいればきっとテッドもきちんと根を張り、十代の若者みたいな生活も改めてくれるのではないかと考えていた。

しかしどうやらこの妊娠の一報も周囲が思い描いていたほどには、テッドの人生を一変させるきっかけにはならなかったようだ。事実夏までにはもう日々は以前と変わらぬ姿を取り戻していた。テッドはバトリンズへ戻り、彼女もまた会社勤めに復帰して、可能な範囲でテッドに会いに足を運ぶという繰り返しとなったのだ。

妊娠したからといって行動を制限されたくなかったリンダは、まったく普段通りに過ごし、それどころか休暇の三週間を過ごしに単身カナダまで飛んだりもしている。ずいぶん現代的でドライな関係だったと言えそうだが、とても二人らしかった。リンダはテッドの世界を奪おうとは考えてもいなかったし、彼の方も避けがたい変化に直面しつつ、自分がそれに振り回されてはいないことに胸を撫で下ろしていた。

だがいよいよ親になろうという二人が、それでもなお自分たちがそれまで通りに過ごせることをどれほど喜んでいても、現実にはもう少しきちんと検討しなければならない問題が山積みだった。何より赤ん坊をどこで育てるのかを決めなければならなかった訳だが、それは一層デリケートな問題をはらんでいた。

リンダとしてはロンドンに留《とど》まり、もう少し広いアパートを借りればそれで十分だと思っていた。もしテッドがそうしたいのなら彼も一緒にそこで暮らせばいいだけの話だ。

しかし親たちはこのアイディアに反発した。遠くに暮らしていれば家族の助けを得ることも簡単ではないから、テッドが仕事を求めて国中をうろつき回っている間、彼女は生まれたばかりの赤ん坊に一人きりで向き合わなければならない。とても現実的には思えなかったし、そもそもリンダにはまだ、子供がいるという重圧も、それがどれほど生活を一変させてしまうものかもちっともわかっていないというのが両親の言い分だった。

何度も議論を重ねた末、最終的にはリンダの母親が、いざという時に自分が力になれるためにもロンドンを引き払いブラックバーンへ戻るよう娘を説得した。実際リンダも、実家へ帰って一番奥の寝室を自分とテッドと、そして生まれてくる赤ん坊のために貸してもらうのが最も理に適《かな》っていることはわかっていたのだ。しかしこの段階ではまだ、家族の支援というものがどれほど必要になるかなど彼女には見当もつかなかった。とりわけ秋が深まりテッドからの連絡が途切れがちになると、彼女の頭はむしろそのことで一杯になってしまった。

二人の間に何か破局に繋がりかねない出来事があった訳ではない。ただ交際が始まった当初に比べ、お互いにちゃんと話をしなくなってしまっただけだった。舞台に立つという仕事ゆえテッドの生活は不規則なままで、実際電話する時間も簡単には作れない状況だったらしい。一方のリンダは妊娠が中期から後期へと差しかかっていたものだから、彼に会うためだけに長旅をすることはとてもできなくなっていた。当時のことを母はこんなふうに述懐する。

「何が起きていたのかなんて正直今でもわからないわよ。でもあの頃の私たちは互いに離れていこうとしていた気もする。連絡を取らなくても平気になってた。ほら、今みたいに気軽に電話をしたり、メールをすぐ送れたりする時代じゃなかったから。それこそ連絡なんて簡単に途切れてしまうものだったの。私たちに限ったことじゃなかったはず」

周囲の人間にはまるで理解しがたい状況だったが、それでも親たちはあまり質問攻めにはし過ぎない方がよさそうだと決めた。しかしとりわけヒルダには、夏が過ぎバトリンズの営業シーズンが終わればテッドは必ず戻ってくるとしても、その先どれくらい自分が我慢していられるかはなかなか難しい問題だった。

実際、洗濯物を詰め込んだスーツケースを抱えたテッドが帰ってきた時には、彼はすっかり消耗し、毎夜毎夜公演をこなさなければならなかった数ヶ月の影響で多少の躁状態《そうじようたい》になっているようにも見えた。現実逃避の末リンダのことなど何もなかったと思い込んでいるような節さえあった。そして彼はすぐまた、工場や、あるいはほかのなんであれ自分にできそうな仕事を探し始めたのだった。

最初はヒルダも、生まれてくる赤ん坊のためにまずお金の問題をなんとかしようとしているのだろうと考えた。だが本人がそんなことはおくびにも出さないものだから、はっきりそう信じることも難しかった。

自分の意見を胸にしまっておける性質ではなかったが、それでもヒルダは丸三日我慢した。しかしとうとう抑えられなくなり、テッドが二人分のお茶を淹《い》れようとしていたその朝、息子に向きなおってこう切り出した。

「ねえ、あのお嬢さんとはいったいどうなってるの？　それに子供のことだって」

母親の視線が背中に火のように注がれていることはテッドにもわかっていた。さらにヒルダは続けた。

「お父さんだって今頃お墓の下で嘆いてるわ。自分の責任から目を背けるような大人に育てたつもりはありません」

これで二人はようやく連絡を取り合って、改めてきちんと会うことになった。予定日は着実に近づいていた。

場所はヒルダの、つまりマクダーモットの家と定まった。リンダは落ち着かなかった。テッドとはもう数ヶ月会っていなかったし、彼女自身様々な不安に苛《さいな》まれすっかり疲れ切っていたのだ。ウェンズベリー行きの列車に乗った彼女はそれでも、少なくともあと少しでテッドの顔を見ることができると思いなおし、わずかながら気持ちを立てなおした。

覚悟を決めて門を開け玄関をノックした。しかし迎えてくれたのはテッドではなかった。その妹のマリリンの案内で居間に通され、そのまま彼女がお茶を淹れてくれた。テッドがいないことはもはや明らかだった。ヒルダは苛々《いらいら》と歩き回り、それでもどうにか、今日リンダが来ることとさえ自分は聞かされていなかったこと、そのうえテッドが今いったいどこにいるのか実は見当もつかないのだという二点をなんとか取り繕おうと必死になっていた。彼女にわかっていたのはただ一つ、自分が今すぐにでもあのドラ息子を吊《つる》し首にしてやりたいと思っていることだけだった。

それから二時間あまりが会話も少なく気詰まりなまま過ぎた後、いきなりテッドが玄関から飛び込んできた。めでたく恋人同士の再会となった訳だが、例によってテッドは何を気にする様子もなく、そのままリンダを地元のパブへ連れていっては旧友に紹介したりした。こんな調子でいったいどうなってしまうのかとヒルダはすっかり気を揉《も》んだ。彼女自身モーリスの死の悲しみから立ちなおっていたとはまだ到底言えなかったし、日々衰えていく健康の問題に悩まされてもいたのだが、いざとなったら赤ん坊は私が育ててあげるからと申し出てしまうほどだった。万が一中絶でもされようものならと思えば全身が総毛立った。

　しかし本当は心配する必要などなかったのだ。リンダはすでに、テッドの父親としての振る舞いについては、それがどんなものであれ一切咎《とが》めはしないと誓いを立てていた。しかも少し前から彼女は、彼宛てにカセットを送るようにしていた。要は声の手紙だ。おかげで彼も妊娠がどんなふうに進行しているか、彼女がどんなふうに暮らしているのかだけはちゃんと知ることができていたのだった。

「ええ、そんなテープが家に届いていたことならよく覚えてるわ」

　こう教えてくれたのはテッドの下の方の妹、つまりは叔母のカレンである。

「あたしたちも一緒に聞こうとしたんだけどね。でもそういうのは大抵、兄さんが二階に持っていって一人で聞いてたわ」

　一九七五年、クリスマス直後の十二月二十九日の午後十二時四十分に、僕はこの世に生を享《う》けた。リンダとテッドの二人がいよいよ我が両親となったのだ。

僕の誕生はとりわけヒルダを大きく変えたらしい。彼女は父に率直に、もう大人になりなさいなんてことも口にするようになった。そのせいか数日後に父は、青いテディベアをしっかり抱えて産院まで顔を出したのだそうだ。少なからず破天荒な二人ではあったが、それでも父自身も、自分がついに父親になれたことを実は大喜びしていたのだった。

「息子ができたんだぞって実際どこでも鼻高々だったよ」

証言してくれたのはジョン叔父だ。

「兄貴はお前が自慢でしょうがなかった。こいつが何かやりたいって言い出したら絶対できるようにしてやるっていつも言ってたもんだよ。どんな不自由もさせないってな」

父が僕のことをそんなふうに感じてくれていたのだと思えば自《おの》ずと胸が熱くなる。けれど同時にひょっとして僕の誕生が、いずれ父が自分の正しさに固執するその遠因となっているのかもしれないとも考えてしまうのだ。

翌日には出生届けが提出された。記載されていた名前はだが、サイモン・エドワード・カーターだった。誰もこの、行き当たりばったりの末ついには親にまでなってしまった二人が、よもや正式に結婚しようとは考えてもいなかったから、名字は母の旧姓のまま、申し訳程度に父のミドルネームをくっつけられたのである。いや、より正確に言うなら、母が父のミドルネームだと思っていた名前を、ということになる。実はこの一件も我が両親がこの時までどれほど互いを知らなかったかを笑えるほど明らかにしてくれている証拠の一つだ。父の本当のミドルネームはエドワードではなくエドマンドだったのだ。

そうであればとヒルダが願っていた通り、僕の誕生はなるほど父のどこかに新たな火をつけたようだ。産院に顔を出した翌日に父は、母宛てにとても長い手紙をしたためている。自分がどれほど彼女を愛しているか、残りの人生をどれほど共に過ごしたいと考えているかがそこには綴《つづ》られていたのだが、中にはこんな気恥ずかしい一節も登場する。

「できるものなら君を折りたたんで心臓のそばのポケットにしまっておきたい」

エレンと二人、母娘でこれを読んでいたリンダは、正気じゃないわねと思わず笑い出してしまったらしい。祖母の方はそもそも、自分の責任というものを軽視しているとしか見えない父をあまり快く思ってはいなかった。だから母としてはこの手紙を祖母に見せれば、皮肉るなり見下すなり、あるいは一緒に笑うなりするだろうと思っていたのだが、そうはならなかった。むしろ母の方が父には普通の愛情などほとんど期待していなかったようでもある。手紙を読み終えた祖母がそれを丁寧にたたみなおし封筒へしまいながら振り向いてこう言った時には、母は少なからず戸惑った。

「リンダ、こんな手紙を受け取るなんてことは一生に一度あるかないかよ。この人まるっきりあなたに首ったけじゃないの」

こうして母と父はついに手を取り合ってブラックバーンの結婚登記所に赴いた。いろいろ順番が違ったとはいえ、いよいよ父も年貢を納めた訳だ。実にテッド三十九歳、母リンダは三十一歳になっていた。

だがこの段階ではまだ誰も、二人がちゃんと落ち着けるのかに関しては半信半疑のままだった。母自身、テッドが本当にそれを望んでいなければ、指輪だけでは決して縛りつけられはしないだろうとわかっていた。彼女はプライドも高かったから、義務感からだけならむしろ一緒に生活などしてほしくないくらいに思っていたらしい。

だから父には、僕のことは一人で育てるつもりだし、それだけの能力も持っていると宣言さえしていた。母という人は父であれほかの誰であれ、他人の重荷になんて決してなりたくなかったのだ。現実的な彼女はしかも、父が百万長者などになる器ではないことも最初から見抜いていた。式の朝にはエレンにこんなジョークまで飛ばしていたそうだ。

「お金持ちになることはないかもしれないけれど、少なくとも愛情はあるから」

当日の衣装の選択も実に母らしかった。僕を産んだ後では白が気恥ずかしかったのかもしれないが、普通のドレスは全部却下した。

代わりに母は薄いグレイのスーツに身を包み、その下はピンクのシャツ、そして学生時代に使っていた茶色のベレー帽という出《い》で立《た》ちで登場した。ちなみにこの帽子は数日前まで祖父が絵を描く時にかぶっていたもので、あちこちには絵の具のシミがついたままだったそうだ。

仕上げには襟元にキツネのマフラーを巻いた。それだけで十分セレブな気分になれたのだ。父の方はめずらしく派手さを抑えた、ごく普通のネイヴィーブルーのスーツだった。新郎側の付き添い役は弟のマルコムが、新婦の方は親友のエドナが務めた。

この大いなる一日はだが、まるで小説のように波乱含みの幕開けを迎えた。午前中のうちにエドナが、少し前にバーミンガムで起きたアイルランド共和軍《IRA》による爆破テロ事件の容疑者として一時身柄を拘束されてしまったのだ。これで彼女とその夫は、予定通り自分の車で駆けつけることができなくなった。しかし事情に同情した警官の一人が高速道路をすっ飛ばしてくれたものだから、式にはぎりぎり間に合った。

花嫁と花婿の両方の母親が揃《そろ》って欠席したことも、到底普通とは言えないだろう。ヒルダの方は体調のせいもあったが、そもそも会場が遠過ぎたのだ。一方の母方の祖母エレンは、まず僕のことも式場へ連れていこうとしていた娘たちの考えにすっかり顔色を失《な》くし、家で自分が子守りをしていると言い出した。娘の人生で一番大事な日に顔を出さないつもりなの、と母に詰め寄られた祖母は、こう噛《か》みつき返したそうだ。

「子供が自分の母親の結婚式に出席するなんて道理はありませんっ」

そういう訳で祖母は、会場へ向かう一行が家の前からバスで出発する際に花嫁に手を振りはしたが、後はずっと家で僕の面倒を見ていたのだった。

僕を抱えて居間の窓際に立ちながら、さすがの祖母もこの時ばかりは苦笑を禁じ得なかったそうだ。強情な愛娘《まなむすめ》が自分のやり方を貫くだろうことはわかっていた。実は結婚指輪さえ彼女が自前で準備したものだったのだ。もちろん祖母は娘夫婦の幸せを祈ってはいたが、待ち受けているのがおそらくは険しい道程《みちのり》であることを思えば自ずと気分は沈みがちになった。

彼女にも娘婿と上手《うま》くやっていこうというつもりはあったし、ここまでにはまあ、ある種独特の関係を築きはしていた。しかしそのほとんどは口喧嘩《くちげんか》しているか冗談を飛ばし合っているかのどちらかだった。どこかの段階で祖母は、いずれ義理の息子となるかもしれないこの相手と上手くコミュニケーションを取る一番の方法は、ともかく相手の性格を真似《まね》してみることだと気づいたのだ。

そのせいかどうか、式の準備のため父が彼女らの家に泊まることが増えてくるうち、時に二人は侮蔑すれすれの罵り合いを交わすようになっていた。しかもそんな状態はその後も年を重ねるごとにひどくなった。しばしば母は、居間に入るなり祖母のとんでもない台詞を耳にして目を丸くしたそうだ。

「なんて頭でっかちなんでしょう。きっと大の男が二人がかりでようやく皿に盛りつけられるくらいの大きさね」

言われた父はすかさず応酬する。

「かもしれないね。だけどその頭を突っ込んでも、あんたの口ならきっとまだカラカラ音が鳴る余裕は十分にありそうだけどね」

二人とも互いの裏を掻《か》いてやろうとしていた訳だが、決着などつくはずもなかった。これは同時に彼らなりの愛情表現でもあって、それぞれ互いの出方を探りながら、さてどこまでなら争ってもいいものかを見極める儀式のようなものだったのだ。

すべてが規格外だった二人には似つかわしかったことに、式そのものもまた誰も予期していなかった種類の笑いを撒《ま》き散《ち》らしながら進んだ。まず花婿の付き添い役が笑いの虫に取《と》り憑《つ》かれ、最初から最後までずっとにやけっぱなしでいた。いったいマルコムが何をそれほどおかしく思っていたか、誰にもさっぱりわからなかった。いよいよ最後になぜそんなに笑っているのかと尋ねられ、マルコム叔父はこう答えた。

「だって兄貴がついに結婚するんだぜ？　そんなの信じられないだろう」

式の終わりにはエドナが振り向いてリンダに言った。

「あんたもようやく結婚できたじゃないの」

リンダの返事はこうだ。

「ま、何事も一度は経験してみなくちゃね」

その後一行は、観光客よろしくバスでショッピングセンターへ繰り出しなどし、それからビュッフェを準備して祖母が待ってくれていたリトルハーウッドへと一旦戻り、さらに最後には改めてサクソンホテルで軽い食事を取るまでした。盛大とはとても呼べない式だったが、完璧だった。母はこう言う。

「率直に言ってしまうけれど、結婚するかしないかは、その頃の私にはどうでもいいことだったの。だから大袈裟《おおげさ》なスピーチもなかったし大きなケーキも準備しなかった。ダンスタイムもない、お祭り騒ぎとはまったく無縁な式だったの。でもとにかく私たちはちゃんと結婚した。それは実はすごいことだったのよ」

もちろん新婚旅行もなかった。幸福な二人は今まで通りに日常を続けていったのだ。婚姻の翌日の月曜日にまず僕の名字がカーターからマクダーモットに変更され、父はウェンズベリーの仕事へ戻り、数週間に一度僕らの顔を見るためブラックバーンへ足を運んでくるだけとなった。言わずもがなだが、母と僕が祖父母の家に留まっていたからだ。

時間ができると母と父は、セントステファンズを始めとしたブラックバーンの数あるクラブへ踊りに繰り出した。この頃父は舞台の上で名乗る名前をエディ・カーターに改めている。このカーターはヒルダと母の両方に共通する旧姓だし、響きもよかったからだろう。すべてが収まるべきところに収まったかのようだった。父の家族もこの点には異論はなかったようだ。フレッドなど相手かまわず、リンダ・カーターこそ兄貴が手に入れたうちでも最高のものだ、と吹聴《ふいちょう》していたそうだ。

「彼女こそが兄貴の目を経済のなんたるかに向けてくれたのさ。自分のお金を気にかけることの大切さを教えてくれた。兄貴がどういう人間かなんてお前もよくわかっているだろう。興味といえば専ら音楽だけだ。俺もコリンもそれにほかの弟たちも全員とっくに身を固めて実家を出ていたのに、兄貴が家を出るのは音楽をやる時だけだった。それ以外のことは自分には関係ないとでも思っていたんだろう」

しかし今や彼にも、おそらくは音楽と同じほどの重みを持つ妻と子供という存在ができた。ハッピーエンドへとまっしぐらに向かう人生の入り口が、目の前に扉を開けてくれていた。そのはずだった。

9

一九七六年の六月までには父も腰を落ち着けてブラックバーンで僕らと一緒に生活することに決めた。ある意味ではこれは夢から覚める契機でもあったのだろう。だが同時に、ヒルダにとっては胸も張り裂けんばかりの出来事となった。

それまでも彼女はずっと、自分の息子たちをその妻と子供たちへいわば譲り渡し続けてきた訳で、なるほど父にも彼らのように身を落ち着けてほしいとは常々考えていたが、いよいよその日が来て長男が本当に出ていってしまうとなると、彼女は荒れた。

それでも父は荷物をまとめてリトルハーウッドへ出発した。義父母と暮らすつもりだったのだ。これには弟妹たちも心底驚いた。

当面は仕事を見つけることが課題だったから彼もすぐさま取りかかり、ほどなくプレミアという建設会社に職を得た。プレハブ式の住居を主力商品とする会社で、幸いにも義父母の家からわずか五分という立地だった。しかも同社はちょうどその前の週に木材加工の新しい機械を導入したばかりだった。

こういうものを以前扱ったことはあるかと担当者に訊《き》かれたテッドは、こう答えた。

「ありません。でも一度見せてもらえればやってみます」

父がきっちり腰を落ち着けるだろうと考えていた人間はたぶんいない。しかし結婚を決めた時と同様彼は、以降実に十七年間もこのプレミア社で木材加工技師の職をまっとうし、周囲を再び驚かせた。

振り返ってみれば、ひょっとすると父はこんな仕事など実は大っ嫌いだったのかもしれない。ずっとお気楽な独り者で、ほとんど毎夜のように舞台に上がるといった生活に別れを告げ、義理の両親と一緒に暮らし工場に勤めるようになったのだから、その可能性は否定できない。

それればかりではない。父は故郷からも遠く離れなければならなかった。そこでは誰もが彼を知っていたというのに、この新しい町では彼が何者なのかを知るその手がかりさえ誰も持ってはいなかったのだ。間違いなく打ちのめされただろうし、父のような人間であればプライドや自意識を粉々に打ち砕かれたことだろう。

けれど本当のところはやはり誰にもわからない。明らかなのは、彼が己の為《な》すべきを黙々とやり続けたという点のみだ。

ジェフ・サットンはこのプレミア社での父の同僚だった人物である。

「うん、あいつはすごくいいやつだったし働き者だった。仕事は一生懸命でサボるなんてことは決してなかった。テッドの持ち場は工具売り場だったんだが、いつだって歌ってたよ。きっと歌詞を覚えようとしてたんだと思う。研修か何かで一度皆でエイントリーに行った時のことはよく覚えている。競馬を観《み》に行ったんだ。その夜もあいつは結局、店でマイクを握って歌っていたもんだ。

そういえばこんなこともあった。まだやつが勤め出したばかりの頃だ。リンダが工場にやってきて、彼はいったいどこにいるのかと訊いてきたんだ。あっちだと教えてやったら、次の瞬間にはもう彼女はバッグでやつの頭を思い切りぶん殴っていたんだ。何かよほど腹に据えかねることがあったんだろうな。もちろん皆で見ない振りをしたよ。いや、あの日ばかりはやつも合わせる顔がなかったろうな」

父は家庭的であろうと努めていた。七六年七月には、家族全員でポンティンズという会社の保養地へ休暇を過ごしに出かけたりもしている。だがここでも彼はやはり素人演芸大会に参加して優勝をかっさらい、一週間分の無料宿泊券とそれから金メッキのトロフィーとを手にすることを忘れはしなかった。翼のある天使を模《かたど》ったこのトロフィーは、今でも我が家のマントルピースに置かれている。

〈ポンティンズのスター発見、一九七六年度優勝〉

昼間のまっとうな仕事に就いたことで父も最初は奇妙な思い込みにとらわれていたようだ。夫であり父親である以上、歌い手でもあり続けることは望むべくもないと考えたらしいのだ。だから歌を手放してしまおうとした。

　これもまた母が父をどれほど大切に思っていたか、その確かな証拠になると思うが、そのことに気づくなり母はすぐやめさせにかかった。父がどれほど歌を愛しているか十分わかっていたし、そもそも自分が恋に落ちた相手はまず何よりも歌手《シンガー》だったからだ。

「出会った時は自分は歌手だって言ってたじゃない。もしもう歌いに行くつもりなんていっていうなら、すぐ出ていってもらってかまわないからね」

　母が父に向かってこんな痛烈な皮肉を浴びせかけたことも、二人の長い歴史の中では実際何度かあったのだという。

　そこで父はブラックバーンのクラブを回り、夜の仕事を探し始めた。一番最初に話を持ちかけた一軒が、家から坂を下りきった場所にあった、二人にも馴染《なじ》みのセントステファンズである。伝統的な北部のパブらしい造りの店だった。

　主客席は地上階でそこにまず小ぶりの舞台があった。隣がやや狭いビリヤード用の部屋になっており、二階は多目的スペースで、こちらにもまた、階下のものより一回り大きなステージが設けられていた。壁には女王陛下の写真が飾られていた。

　ローズ・ブースマンはこの店の常連だった一人で、当時のことはもちろん、彼女自身が初めてテッドと出会った時のことも鮮明に覚えてくれていた。

「最初にあの人が店に顔を出した時のことは忘れないわ。その時は一人で来ていて、夫のジミーに何やら声をかけてきたの。しばらくすると今度はジミーの方が、お前さん気に入ったよ、よければこっちで一緒に飲まないかなんて誘ったのよ」

その夜のセントステファンズではちょうど無礼講ナイトなる催しが行われていた。要するに誰でも舞台に立って歌っていいぞということだ。

「どうだい、君も挑戦してみては?」

ジミーが父にそう言った。かくして立ち上がった父は、例によってその場にいた全員をすっかり圧倒した。ローズは続ける。

「あの高音ったらなかったわよ。歓声で屋根が吹き飛んじゃうかと思ったくらい。まったく素晴らしかった」

父が夫妻とその仲間たちの席に戻って腰を下ろすなり、ジミーが言った。

「君はこういう店で働くのがいいんじゃないか?」

「ええ、ミッドランドではそうしていました」

答えた父はそのままジミーに、バトリンズ時代のことやそこで母と出会ったことなど一切を打ち明けた。ジミー自身かつては司会者として舞台に立ったことがあり、しかも実はこのクラブの副支配人でもあったのだ。

以来ジミーと父は良き友人となった。夫妻は時にバストウェルの自宅で顔見知りだけを招いたパーティーを開いていたのだが、母と父もその常連だった。

ローズは現在も両親の家からまっすぐ坂を下りたところにある同じ家で暮らしている。そして土曜日には大抵セントステファンズに顔を出す。

二組の夫婦は、ジミーの死とそれから父の認知症の発症とが相次いで襲ってくるまでずっといい友達として過ごした。ただジミーの死の直後には、父の記憶もまだそれほどあやふやではなかった。

「ジミーが亡くなった後しばらくは、テッドは毎朝のように我が家の前を通りかかって生け垣に手を伸ばしていたものよ」

ローズはそんなことも教えてくれた。

「私は二階の窓から見ていたの。だって毎朝必ず通り過ぎていくんですもの。生け垣につかまるようにして、おはよう、ジミーって叫ぶのよ。そうしてまた歩き去っていくの。ジミーはあそこの手入れが大好きでね、いつもやっていた。だからテッドが通りかかるたび二人は何かしらお喋《しゃべ》りしてたの。その彼が死んでしまったものだから、それまでの習慣がああいう形になったんだと思うわ」

一度思い切って父にジミー・ブースマンのことを尋ねてみた。もちろん本人が覚えているのかどうか確かめたかったからだ。

「ジミーならもちろん知ってるぞ。あの人は完璧な紳士だった。最初にここへ移り住んできた時にはものすごく助けてもらったもんだ。最高のプレイヤーたちを紹介してくれたのも彼だ。だから歌えた。ああ、彼はいい人なんだ。うむ――」

しかしそこで父の話は、ほかの様々な店やそこで歌った記憶といっしょくたになり、どんどん混乱していった。僕は泣きそうな気持ちで座っているしかなかった。おはようジミーと毎朝声をかけていたこともたぶん、旧友を忘れてしまわないための父なりの手段だったのだろう。それにローズもその娘さんも、毎朝新聞を買いに行く父が忘れずにその言葉を置いていくのをとても喜んでくれていた。

七〇年代のブラックバーンは流行の発信地でもあった。町のあちこちにクラブやパブがあって、週のほとんどの日に生演奏を聴かせていた。そんなブラックバーンでも今ではほとんどの店が閉店に追い込まれ、時にはただちに取り壊され、さもなければそのまま放り置かれるか、せいぜいが新興宗教の布教所みたいなものとなってしまった。嘆かわしいが、かつてと比べれば繁華街も音楽を巡る情況も今は到底見る影もない。

しかし当時はいわば飛ぶ鳥を落とさんばかりの勢いを持ち、しかも父は間違いなくその中心へと一躍踊り出ていったのだ。迷いを乗り越え、母からも背中を押されていれば、もう誰にも手のつけようがなかった。

週末ともなれば僕の面倒を義父母に任せ、父は母と一緒に繁華街へと繰り出した。つき合い始めたばかりの頃に戻ったかのようだったらしい。

どこの店だろうと、最後には父は大抵マイクを握って舞台の上にいた。飛び入り自由の夜であればほぼ必ずだ。彼を知らない者はいなくなり、のみならずその歌を楽しみに待ってくれるようにもなった。

アーニー・ライディングは当時セントステファンズでピアノを弾いていた人物だ。背が高く黒髪できついランカシャー訛《なま》りで喋る。子供の頃の僕には、彼こそ典型的なエンターテイナーに思えた。見栄えのいいスーツ姿で、バンドどころか客席までも仕切っていたからだ。

彼は独学で練習を積んだピアニストで、どんな曲でも一度聴いただけで弾けた。この才能が父の音楽的知識と相俟《あいま》って、二人はやがてものすごいことをやり出した。様々な曲やスタイルをいとも容易《たやす》くまとめ上げてしまったのだ。今でいうところのマッシュアップの先駆のようなものだろう。これがなかなかに見応えのあるステージとなっていた。

今アーニーは八十代を迎えている。髪はすっかり灰色でかすかに猫背にもなった。しかしエンターテイナー精神はなお彼の中に健在だ。自室の一角にはキーボードが据えられ、今でも必ず毎日弾いている。

アーニーと作り上げた十五分にも及ぶメドレーを父が試しに披露してみたのは、やはりセントステファンズの舞台だった。六曲とか八曲とかが入れ替わり立ち替わり登場してくるものだから、観客にも大受けだった。今や父本人も界隈《かいわい》では多少どころでなく有名になり始めていたのだが、このメドレーだけが理由だった訳でもない。多岐にわたる時代の数々の名曲をちゃんと知っていたせいもあった。父には歌えない曲などなかったのだ。

　ある夜父が自分の出番を控えていた時のことだ。この日たまたま自ら司会に立っていたジミー・ブースマンが、父に新しい名前を冠したのだ。

「さて、お次はエディ・カーターの登場だ。この一分に一曲の男《ソングアミニットマン》に盛大な拍手を」

　この名前はまさにはまった。以来父はこの通り名でブラックバーン中に知られるようになっていった。アーニーもこう教えてくれた。

「彼はどんなタイプの曲でも歌えた。しかしあのメドレーを演《や》るのは本当に楽しかったな。彼は客席を乗せるのも上手《うま》かったから、時に盛り上がり過ぎてもう永遠に舞台を降りられないんじゃないかと思うこともあったくらいだ。汗だくだったが、とにかく楽しかった。メドレーが終わると彼は決まって次にはしっとりとした曲を歌った。これがまた絶品だったんだ。初めて彼が店に顔を出した時のことは私も覚えているよ。無礼講ナイトで彼はスポットを浴びたがっていた。そして歌い始めた途端本物だと証明してみせた。以来我々は離れられない相棒になったという訳さ」

　アーニーは自分でも小さなバンドを組んでいて、時折小規模のライブを催していた。二十年ばかりの間は父もまた、これらのステージでヴォーカルを務めることになったのだった。

「特別な仕事の時にはまずエディに打診した。一緒にできることが誇らしかったんだ」

どうやら父はこのアーニーの前でも、いかにも芸術家らしいむらっ気を隠そうとはしなかったようだ。

「知っていると思うが、もしその場のプレイヤーの一人でも気に食わないと、テッドはとっとと背を向けてしまうんだ。ピアニストが下手くそで彼が舞台を降りてしまったなんて場面なら何度も目の当たりにしてる。もっとも私だって似たようなことを繰り返しやっているがね」

アーニーはそうも言っていた。

二人の間に芽生えた篤《あつ》い友情が、父がブラックバーンに腰を落ち着ける軸足の役割を果たしてくれたことは間違いがない。弟妹たちからも遠く隔てられていた父が、誰かとの近しい関係を必要としていたことも同様だ。

だから早い時期にアーニーと出会えたことには、母も大きく胸を撫《な》で下《お》ろしていた。音楽の趣味にも通じるものがあったのだから、とんだ儲《もう》けものだったと言えるだろう。この幸運には母も大層喜んだ。

小さな町ではありがちだが、噂《うわさ》は瞬く間に広がった。そしてこのアーニーから父はアルフ・ライトを紹介された。アルフの本職は水道の配管業者だったが、同時にキングジョージ会館という会場に様々な公演を招聘《しょうへい》する仕事も手掛けていたのだ。

「あの人自身はミュージシャンでも歌手でもなかったんだがね」

教えてくれたのはやはりアーニーだ。

「でも音楽が大好きで、いいものを自分の目で観たいという人だった。あの頃の私とテッドにはうってつけの存在だった」

それからの数年にわたって父は、このキングジョージ会館のステージにもしばしば立った。歌うこともあればイベントの司会を任されるようなこともあったらしい。自信たっぷりの振る舞いと存在感とで周囲を圧倒した。ほどなく父はブラックバーンでも十分な評判を呼び、手に余るほどの出演依頼が来るようになった。スケジュールが一月先まですっかり埋まった。

母はこのお祝いに、ステージで着られるようにとかなり値の張るお洒落《しやれ》なシャツを買ってきた。しかしこれを目にした父は無駄使いだと怒り狂った。しかし母はそんな非難などこともなげに切り返した。

「あなたが毎週日曜日にこなしている仕事の一件につき一ポンドでももらってくれれば、こんなシャツすぐ二枚も買えちゃうのよ」

この小さな食い違いは新婚当初のいかにもちぐはぐな二人の様子を雄弁に物語ってくれている。生活を共にしていくということは、数限りないこうした口論の積み重ねでもあったのだろう。それまではお気楽な独身生活にそれぞれどっぷり身を浸していた二人が、突然赤ん坊までできたうえ、親とはいえもう一組の夫婦と同じ屋根の下で家計の帳尻をなんとか合わせようとしていたのだから無理もない。

母はロンドンの喧噪《けんそう》を恋しがっていたし、父は父で巡業暮らしの解放感を懐かしく思い出していた。この新たな生活を回していくのは、それぞれそれなりの重圧ではあったのだ。

母にとって大問題だったのは、大きな舞台をこなした翌日の父が、疲れているからと仕事にさえ出かけようとしないことだった。しかしそんなふうに言い出せば当然、母と祖母による集中砲火に晒《さら》された。僕の面倒をほぼ終日任されていた祖母は、娘婿の言動に相変わらず目を光らせていたのだ。

二人には舞台に上がる人間の精神構造や、あるいは夜通しその場所にいることがどれほど消耗するものかなどは到底わからなかったのだ。彼女たちが慣れ親しんできたのは九時から五時までの日常と、それがもたらす安定だった。職場に行かないなんてただの怠け者にしか映らなかったのだ。しかし父には回復する時間が必要だった。

やはりことさら終演の時間が遅かった翌朝のことだ。ついにその傷口が開いてしまった。父は僕の世話や仕事に出かけることも一切拒否し、それどころかベッドから出てこようともしなかった。母はカンカンになり、泣き叫ぶ僕を抱えたままキッチンへと駆け込んで、自分の夫がいかに役立たずであるかを母親にまくし立てた。

「だから言ったでしょうに」

育児のストレスで疲れ切った愛娘《まなむすめ》がすべてを持て余している一方で夫はまだいびきを

かいているという情況を理解した祖母は、まずそれだけ呟《つぶや》いた。そして階段下の物入れから掃除機を取り出し二人の寝室まで進軍すると、電源を入れた機械をそこに置きっ放しにした。

文句たらたらながら、さすがの父も目を覚まさざるを得なくなった。しかし荷物をまとめた彼は会社ではなく安宿へ向かい、それからしばらくそこで寝泊まりしたのだった。

これは一大事だった。母は祖母にも腹を立てたが、しかし祖母の方は何ら後悔はしなかったようで、むしろ昔ながらの金言まで持ち出してきた。

「私の家だもの。私がルールに決まってる」

僕の祖父、つまり彼女自身の夫には怠けるようなところなど一切なかったものだから、祖母にはそんな振る舞いを大目に見るつもりは毛頭なかったし、父にもそうはっきり告げていた。

もっともこんな追放処分みたいなことが長続きした訳ではなく、テッドはほどなく戻ってきた。そして二人は同じブラックバーンに自分たちでも買えそうな家を探すことにした。そもそもそのままずっと義父母と一緒に生活するつもりもなかったのだろう。

小さなコテージに相場の倍の値段を吹っかけられたりもした後で、二人は市営住宅の契約書にサインした。そして二週間ばかり後には、デイジーフィールドのウィンダミア小路二番地というところに引っ越した。一九七七年七月の出来事だ。

この家は六〇年代に建てられた結合住宅の一番端の一軒で、やはり前と後ろにそれぞれ小さな庭があるタイプだった。すぐさま二人は古道具屋とかガラクタ市で買い求めた代物で内部を飾り、この場所を自分たちの城に変えた。

この七七年の夏までには多少の経済的余裕もできていたから、両親は結婚以来二人きりでは初めてとなる夏の休日を楽しむべく、コーンウォールの小さな町、ブードへ出かけることにした。二人とも相当楽しみにしていたようだ。まず服を新調することから始めた母は、毎日何をするか、どこで何を食べようか等々詳細な計画を立てていたらしい。

しかしこの幸せな休日になるはずだった時間は一転、父にとっては胸も張り裂けんばかりのものとなった。六十五回目の誕生日を迎えたまさにその日に、愛すべき母ヒルダがこの世を去ってしまったのだ。夫のモーリスが亡くなって以来確かに彼女の健康状態は急激に衰えていたのだが、よもやこんなにすぐ逝ってしまおうとは誰一人考えていなかった。

持病の糖尿病ともなんとか闘ってくれているように見えていた。しかしそのせいで時に意識を失いかけたり、あるいは平衡感覚を失ったりといった重篤な副作用が襲うようになったのも本当だった。そしてついに自宅で発作を起こして転んでしまうと、そのまま昏睡《こんすい》状態となり、病院へ運ばれこそしたが再び目を覚ますこともなく息を引き取ってしまったのだ。あまりに急な出来事だった。

家族には大打撃だった。彼らはなおモーリスの不在になんとか適応しようと足掻《あが》いている最中だったのだ。誰もが茫然《ぼうぜん》とした。父もまた、この喪失感とどうにか折り合いをつけられるようになるまでには以来何年もの時を要した。

胸に大きな穴を抱えたまま、父はこの報《しら》せの翌日も仕事へ向かった。

「私は会社に電話して何が起きたか説明し、彼から目を離さないでほしいと頼んだの」

母は当時をそう振り返る。

「あの人は自分が平常ではいられないなんて、誰にも悟られたくなかったのよ」

葬儀の直前、父は斎場で母親の亡骸《なきがら》の傍らに座ると何時間も動かずにいた。ヒルダは彼の世界のすべてだったと言ってよかった。それなのに自分はそばにいることもせず、新しくできた妻と息子と遠く離れた町で暮らしていた。後悔はひとしおだったことだろう。あるいは父はまだ、本当の意味では母親の死をちゃんと乗り越えられてはいないのかもしれない。

ヒルダは最愛の夫モーリスの隣に埋葬された。子供たちは全員、あれほど大きかった母親の存在が今や永遠に失われてしまったのだという事実に直面せざるを得なかった。母こそ常に家族を結びつけてきた中心だったのに、それが出し抜けに奪い去られたのだ。たとえ全員がもうそれぞれに家庭をかまえていたとしても、二親を両方亡くすということは、どんな年齢に達していようがやはり人生が根底から覆るような出来事だった。

父は黙々と為すべき義務を果たすことでこの事態を乗り切ろうとした。しかし傷口は結婚生活にも及んでいた。この頃から両親の間には、口論の挙げ句一旦離れてはまたよりを戻すというのが一つのパターンになっていくのだが、それが始まったのがたぶんこの前後だった。

　ヒルダの死が父の胸に、失うことへの恐怖を植えつけていたのだろう。あるいはただ元から嫉妬深かっただけかもしれないが、いずれにせよこの頃を境に父は、周囲の目も気にせず母を独占しようとするようになっていった。

　結婚して最初に迎えたクリスマス休暇がいい例だ。二人は降誕祭の翌日をまるまるエドナの家で過ごすことにした。式でエドナが付き添い役を務めてくれた後も女同士の友情は変わらなかったから、母は彼女とその夫デイヴィッドと一緒なら、きっとテッドも多少は楽しく過ごせるのではないかと考えたのだ。

　彼らの家に大箱一つ分の仮装衣装があったものだから、エドナの弟と母がこれに着替えてコントみたいな寸劇を繰り広げた。しかし父にはこれが気に食わなかったようだ。そして母が相手とそのけばけばしい格好のままワルツを踊り始めたところでついにぶち切れ、いきなり家を出ていったかと思うとそのまま自宅まで、十キロほどの距離を歩いて帰ってしまったのだ。

　母にしてみれば父のこういった一面を他人に知られるのは恥ずかしかった。彼が常に張り詰めている芸術家気質《かたぎ》であることを差し引いても、許容範囲を超えていた。さらには母が一人で友人と出かけたりすると、焼きもちを焼いた父は鍵をかけ、家から締め出したりしたらしい。仕方なく母は祖父母の家まで歩き、そこで一夜を過ごしたそうだ。

しかし母の方も、されるがままでいるタイプではなかった。ある朝早起きした母は、ヒルダが昔そうやって息子を仕事へ送り出していただろう通り、ベーコンと卵でちゃんとした朝食を作って父に一日の活力をつけてもらおうと決意した。父が悲しみに囚われたままでいることもわかっていたから、家庭というものの居心地のよさを少しでも感じれば父も楽しかった時間を思い出し、現実と折り合いをつけてくれるのではないかと考えたのだ。

しかし父はまだ人の好意をきちんと受け取れる状態ではなかった。だから母のこの思いやりあふれる行動は思いもよらなかった形で返礼された。

「いらない」

朝食の皿を押し戻しながら父が言った。

「僕は卵はトロトロでないとダメなんだ」

ところがこの時父は、これ以上ない最悪の席に座っていた。ちょうど真後ろが卵置き場だったのだ。顔を真っ赤にした母は父の後ろへ回り込み、鶏の形の卵置きの上から生卵を取り、目の前の頭へと叩《たた》きつけた。

「このぐらいならお気に召す？」

そう叫んだ母はそのまま玄関を出て表へ駆け出した。だが父はそこで突然笑い出した。

やっと笑う力を取り戻したのだ。そして道路の先まで妻の後を追い、両手でしっかりと捕まえながら大きな声で宣言した。

「ああリンダ・マクダーモット、君を愛してるよ」

道路の真ん中だった。近所の目などもはやおかまいなしだ。小っ恥ずかしい話である。

しかし七七年の半ば頃までには口論はさらにひどい段階へ進んでおり、ついに母は父のもとを離れようと決意した。

「今になってみると、何が原因であんなに言い争いばっかりしていたのか、見当もつかないの」

母はそんなふうに言う。

「二人ともどちらかと言えば議論好きで、いつだって自分のやり方を通したいようなところがあったのは確か。だからバカバカしい小競り合いが第三次大戦みたいになっちゃった。どちらにも責任があったと思う」

かくして母と僕は再び祖母の家へと戻った。この時母は真剣にもうすっぱり別れてしまうつもりでいたらしい。

ヒルダが亡くなって以来ずっと、母は父のよき理解者でいようと努めてきた。しかしともすればすぐ怒りに流されてしまいがちな父の傾向はひどくなるばかりで、ただ二人でいるだけでそこは、さながら戦場のようになってしまうのだ。

これ以上我慢できないとは折に触れ父に直接口にしていたし、夫が母親の死を乗り越える、その手助けさえ自分にはできないのだと思えば悔しくもあった。だからこそ母は僕を連れて父のもとを去ったのだ。選択肢はそれしか見つからなかった。

10

表面上この時の二人は実に近代的だったと言える。両親は所持金を均等に分け、母はそれを元手にバストウェルという地区にほど近いシダー通りに新しく自分の家を買った。小さな建物だったが、自分だけのものだと思えば母はこの家を気に入った。

表通りの雰囲気はランカシャーの典型的な住宅街のそれだった。界隈《かいわい》の住人は誰もが誰もを知っていて、僕自身も同じ通りに住んでいた子供たちと遊んで幼少期を過ごし、友情を育てていった。

二軒ほど先に暮らしていたのが一番仲のよかったジェイソンだ。エレンやキャスリーン、ルイーズとその弟ブレット、それから赤毛のジョンにシャーリー。そんな面々が大体いつも一緒にいた。駄菓子屋で五ペンスのお楽しみ袋を買ったり、裏通りで遊んだりといった感じだ。

我が家の隣に住んでいたのが〝とんでもないメアリー《ブラッディ・メアリー》〟だ。彼女は一日中自宅前のポーチに座っていたお婆《ばあ》ちゃんで、こんなのとんでもない《ブラッディ》とか、あれはとんでも《ブラッディ》なかったとか、とにかくずうっとぶつぶつ呟《つぶや》き続けていた。

もう一方の隣家は小さな美容室で、よく吠《ほ》えるテリアを飼っていた。こいつは本当に鳴きやむことがなかった。さらにその先に住んでいたアイーダは、いつも道路のどこかしらを掃いていた。確かその次がビッグジョンの家で、こちらには二匹のプードルがいた。

グッドリッチ夫人が住んでいたのは通りのずっと先だ。彼女も一人暮らしの老婦人で、いつも僕らを叱りつけていた。もちろん最初に越してきた時には僕だってこういった彼らの誰一人として知らなかった訳だが、八つくらいになる頃には皆もうすっかり家族みたいな存在になっていた。叱られて、時にはお菓子をもらいお互いの家を行き来して、裏路地をどれほど遠くまで行けるかを競い合い、持ち主不明の空きガレージで遊んだ。

当時僕は黄色いプラスティック製の自動車のおもちゃを持っていた。座ってハンドルを握り蹴り出すと動くようになっているやつだ。七つになろうかという頃皆でそれを庭から運び出し近くの坂道の天辺《てっぺん》まで持っていった。そして仲間と一緒に飛び乗って下まで一気に走り降り、危うく反対側から来た本物の車とぶつかりそうになった。誰も死なずに済んだのがむしろ不思議なほどだ。たまたまやってきていた父がこれを目撃し、慌てて飛び出して相手に平謝りし僕らを庇《かば》ってくれたものだから、事なきを得た。もちろん同じことは二度としなかった。

母と父の別居は結局長続きしなかった。母が出ていった後、父はきちんと自分を見つめなおしたのだと思う。後戻りのきかない変化というものがあることも身に染みていたが、それでも妻と息子を取り戻したかった。それにもしヒルダがこんな別れ方を知ったらがっかりするどころでは済まなかっただろう。きっと自分のことは自分で解決しなさいと小言を食らっていたはずだ。

人生はゲームではない。自分で前に進むしかない。なるほどこれまでは誰もが歌声を称《たた》えてちやほやし、ある程度したい放題にさせてくれたかもしれない。だが妻はそうではないのだ。

そんな逡巡《しゅんじゅん》の末に父は、なんと母をもう一度口説くところからやりなおし始めた。毎日のように仕事帰りの彼女を待ち伏せるようになったのだ。最初のうちは母もこれを頑《かたく》なに拒んでいたのだが、最後には粘り強さにほだされて折れた。本当に毎晩仕事を終える頃、小さなプレゼントを手にした笑顔のテッドがそこに現れたからだ。

「初めはこっちだって頭がおかしくなりそうだったわよ」

母はそう回想する。

「私はとにかく前へ進むつもりだったの。だけど彼はなんとしても私を取り戻すつもりだったのね。あの日のことは忘れないわ。仕事を終えて一旦帰宅した後、あなたを迎えにお祖母《ばあ》ちゃんのところへ向かおうとしたの。そしたら坂の上にあの人がいるんだもの。すっかり洒落《しゃれ》込《こ》んで待ちかまえていたのよ。まるで『嵐が丘』の一場面みたいだった。何が起きているのかなんてさっぱりだったのに、どこかのスイッチが入っちゃってね、気がつくとお互いに駆け寄ってそのまま熱いキスを交わしていたの。やっぱり頭がおかしくなっていたとしか思えない」

僕が生まれた直後から両親はそれぞれ仕事に復帰していたから、日中の僕の面倒を見てくれたのは祖父母だった。そしてほぼ毎日必ず四時十五分に父が迎えに現れた。終業が四時で、勤め先のプレミア社から実家まできっかり十五分だったからだ。前庭の先で門の開く音がしたかと思うと、口笛を吹くなり歌を歌うなりしながら父が近づいてくる。そんな響きは一つの音楽のように今でも耳に残っている。

子供の相手をするのは父にはお手のものだった。そもそもずっと弟妹たちがいる環境で育ってきた訳だし、その奥義はバトリンズ時代を通じていよいよ完成されてもいたのだ。童話や絵本を子供に読み聞かせてやる親はきっとたくさんいるだろうが、父はそれとも違っていた。物語はすべて頭の中に収まっていて即座に暗唱してしまうのだ。しかも大抵の場合ストーリーは思い切り改変されていて、そのうえ身振り手振りつきだった。

幼い頃『三びきのやぎのがらがらどん』という童話にすっかり魅せられていたことは僕もよく覚えている。しかもどういう理由でか、この三匹は家から通りを下ったところにあるロウリー公園に住んでいるものと信じ込んでいた。だから家族で公園に出かけた時には必ず、園内を流れていた小川のほとりでこの物語を再現した。まず父が橋の下に身をひそめ敵役の巨人トロルを演じた。僕と母とが橋を渡ろうとする山羊《やぎ》だ。そして隠れていた父が飛び出し、お前を食っちまうぞと脅すのだ。

当時は僕も、父ならばサッカーボールを空の向こうまで蹴り上げるのも簡単なのだと信じていた。よくこんなふうに叫んだものだ。

「もう一回やってよパパ、もう一回」

そしてボールが空の遥《はる》か上方で小さくなるのを見つめながら、あれはもう二度と落ちてこないのだろうなとも考えた。子供にとって父親というのは驚くべき存在なのだ。

しかし両親二人にはその先も様々な出来事が待ち受けていた。迎えと同様に毎朝僕を祖父母の家に連れていくのもまた父の役目だった。勤務の開始は七時半だというのに父はいつも七時十五分きっかりになるまで家を出なかった。だから祖父母の家までの上り坂は大抵駆け足で、そして今日も一日元気でいろよなどと言われながら僕は、カップ一杯のレーズンと一緒に祖父母のもとへ預けられたのだった。

そんなある朝のことだ。父と一緒に通りの一番端まで進んだところへ、家からものすごい金切り声が聞こえてきた。母だった。

「これ全部あなたのだからっ」

そして父の衣服の一切合財が玄関から道路の真ん中へと放り出され、ドアはそのまま音を立てて閉められた。子供だった僕は心底慄《おのの》いた。父はその場で踵《きびす》を返し、二人して慌てて家へ戻った。しかし家の前まで来たところで再びいきなりドアが開いた。今度はレコードだった。

「レコードもお忘れなく！」

その後この喧嘩《けんか》がどう解決を見たのかは、残念ながら聞かされていない。

こんな具合にして、母と父の関係はその後もふとしたきっかけですぐ爆発してしまいがちだった。そして大喧嘩してはいつのまにかまた仲なおりしているのである。双方とも頑固でそれぞれ我が道をまっしぐらというタイプなのに、それゆえかむしろ固い絆《きずな》で結ばれていた。結局愛し合っていたのだ。

よくも悪くも互いが互いに特別だった。だからこそ母は今、かつて以上に父をいたわり、そうして自分が結婚したはずの相手がいなくなってしまったかのような事態を嘆き悲しんでいるのだと思う。

父という人は子供の頃から感受性が強く、他人に感情移入し過ぎてしまいがちな傾向は大人になってからも相変わらずで、時に職場にまで持ち込まれた。まだ小さかった息子をヒルダがそういうふうに躾《しつ》け、年齢を重ねてもその性向が揺らぐことはなかったのだ。

父はそんな一面をプレミア社の上司に対しても発揮した。ある日出社すると同僚たちが食堂で額を寄せ合っていた。

「ああテッド、なんか社長が二階で泣いてるんだよ。どうしたもんかと思ってな」

中の一人がそう教えてくれた。社長はアシュレイといい、パートナーと二人で会社をゼロから築き上げた人物だ。

階段を上り事務所へ行くと、なるほど確かにアシュレイ氏が部屋で頭を抱えていた。目には涙を浮かべている。父はまっすぐ彼のところへ歩いていった。

「いったい何があったんですか？」

この時期会社はかなりの苦境に立たされていた。そのうえ従業員の何人かがストライキを敢行すると言い出したものだから、ついにはアシュレイ氏もどうすればいいのかわからなくなってしまったらしい。

「なんだそんなことか。ここにいる全員あなたを助けたいと思ってるに決まってます。いい社長だし我々には仕事が必要だ。いいですか、僕が連中にすべて話します。そういうのは結局大した問題じゃないんだ。肝心なのはあなたがしっかりして、弱気になってる姿なんて絶対見せないことだ。そして一段落ついたら一緒に競馬でも観《み》に行きましょう」

父はそのように言ったそうだ。実際その午後父とアシュレイ氏はもう一緒に競馬観戦に出かけている。しかも社長の車で連れていってもらったらしい。

「あの人、競馬は初心者だった。だけど最初に賭けた馬が一着になっていきなり二百ポンドも勝ったんだ」

父は当時皆にそう報告したそうだ。

「あの人はいいボスだよ。だからこそ自分で抱え込み過ぎるんだ。そして頭の中が心配事ばっかりになってしまう」

なんとも父らしい言葉だと思う。他人の痛みを思いやることができるのだ。たぶんこれが、自分の微細な感情までも必要以上に強く自覚し、時に制御できずむしろそちらに飲み込まれるようにしてそのまま表に出してしまうような癖がついた理由ではないかと思う。昔交際していたアイリスがひそかに気づいていた傾向だ。

シダー通りの住人であれば父は誰でも知っていた。僕らを叱り飛ばし続けていたグッドリッチ夫人とでも際限なくお喋《しゃべ》りし、冗談を飛ばし合うことができた。相手がもう一人の厄介者であるブラッディ・メアリーでも同じだった。母はこんなふうに思っていたようだ。

「あの人は二人が寂しいんだってことをわかってたのよ。寂しそうな相手がいるとわざわざ足を運んで喋りに行くの。そういうところがあるのよ。独りきりでいる人を見るのがたまらないんでしょうね」

グッドリッチ夫人は過去に離婚を経験していた。そして僕らのことを見かければ、怒鳴りつけずにはいられない人だった。

「今から思えば彼女は鬱か何かだったのかもしれないわね」

母はさらにこうも続けた。

「だけどあなたのお父さんは、それこそ何十年もの間、彼女の家の前を通りかかるたびにちゃんと挨拶して、多少はお喋りするようにしてた。本人も悪い人ではなかったのよ。ただあなたがた子供らが周りで遊び回るのにうんざりしていただけで」

もう一人のブラッディ・メアリーの方がものすごい形相でポーチに座っていた姿は忘れられない。僕は本当に彼女が怖かった。他所《よそ》の家の裏庭の塀を歩いたりといった程度のことでも万が一彼女に見られてしまえばすぐさま父に伝わって、結果耳を摘《つま》まれ引きずられることになったからだ。

大人になってからの話になるが、一度ブラックバーンの市場でばったり彼女と出くわしたことがある。実際の彼女がとても感じのいい老婦人だったことはつけ加えておく。

父はとにかく自分の大好きな人たちを喜ばせるのが好きだった。だから、お願いだからと繰り返す僕の言葉に数ヶ月にわたって悩まされた末、ついに母と二人して折れて、揃《そろ》ってブラックバーンの観光案内所へ向かうバスに乗り込んだのも決して驚くことではなかった。ここには捨て犬の里親を募集する施設が併設されていたのだ。前日に生まれたばかりだという仔犬《こいぬ》たちがいて、そのボーダーコリーとラブラドールの雑種だと紹介された兄弟の中から一匹を選び出した僕は、まさに天にも昇る気持ちだった。

真っ黒で胸に十字の白い模様が入った一匹だった。まだ目さえ開いていなかったが、初めてこいつを抱き上げた時のことは忘れない。自分の犬が手に入るのだと思えば舞い上がりそうだった。幸運なことに、彼が生まれて初めてまぶたを持ち上げたのも僕が抱いていたこの時だった。だから彼がこの世で最初に目にしたのは僕の姿だったのだ。

二週間ばかり後、いよいよこの犬を家に連れて帰ってきた。僕が通学用の水色の鞄《かばん》に彼を入れ、天辺から頭だけを出して運んできた。マックと名づけられたこの犬は、それから数年にわたりいわば家族の中心となってくれた。

以来僕はどこへ行くにもマックを連れて歩いた。もちろん祖父母の家に預けられている間もだ。祖父母は初めのうち犬を飼うことに反対していたのだが、しかしマックはすぐさま祖父母をも籠絡した。祖母など、市場で買ってきた肉の一番いいところの切れ端をマックにくれるようにまでなった。

時が経《た》つうち父も、家庭で得られる充足感と、クラブやパブといった場所で歌うことの手応えとの間に適度なバランスを取れるようになっていった。ほかにも時には古い友達の家や、あるいは慈善パーティーといった場面でも歌声を披露していたようだ。たぶんこういうのが自分の身の丈に合っていると折り合いをつけたのだろう。それで満足だったのだ。

僕が六つか七つの時だ。父が近所の老人ホームでちょっとしたショウを演《や》ることになった。この練習を家でしている間父は、僕と友達のエレンにも幾つかの曲を教えてくれた。確か『ピカルディのバラ』とか『ミリー・モリー・マンデー』とかだった。そのうち僕らもステージで一緒に歌うことになった。

当日エレンはずいぶんめかし込んだ格好で現れた。色は青で、往年のアイドル、ドリー・パートン辺りが着ていそうな衣装だ。一方で僕には母が、新調したネイヴィーブルーのスーツを着せた。全員でシダー通りを出発し、バストウェル地区を抜け坂道を下りた。

着いてみると施設は僕ら用の楽屋まで準備してくれていた。スターにでもなった気分だ。いよいよ父のステージが開幕してからも、僕たちはまだその辺で適当に遊んでいたのだが、そこへどこからともなくSF映画の透明人間みたいな格好をした男が現れて僕らのことを脅かし始めた。顔中にトイレットペーパーを巻きつけ、黒のサングラスと黒いスーツに全身を包み、頭には山高帽までかぶっていた。びっくりした僕らは叫び声をあげながらホーム中を駆け回り、気がついた時には父が歌っている舞台に追い込まれていた。客は皆腹もよじれんばかりに笑ったものだ。

どうにかステージでの役割を果たすと、その後は住人たちの間を回って皆のグラスに飲み物を注ぐのが僕らの次の仕事となった。老人たちは皆、夜が終わるまでにはすっかり酔っ払っていた。

八〇年代の初頭に父は一時期ヴェイセチュルズなるバンドに加わってもいる。女性三人に男性のピアニスト、そして父という編成で、ブラックバーンや隣のダーウェンといった地域でやはり慈善公演をやっていた。

この時期には僕も一緒に会場へ連れていかれることがしばしばあり、ダーウェンの堂々たる劇場から町外れの父の旧友の家に至るまでの様々な場所で、時には客席に交ざり、あるいは楽屋やほかの場所で遊んだりしながら過ごしていた。いずれにせよ僕は、父のステージを観に来た年配のご婦人方が湯水のようにお菓子をくれることにすっかりはしゃいでいた。

一九八四年に祖母がやってきて、一人暮らしだった近所の女性が亡くなったことを母に教えた。彼女には子供もなく、何かの理由で急いで処分したいのか、その家がずいぶんと安く売りに出ているという。

「棟続きの二軒がドア一つで行き来できるようになっていた家で、奥の寝室の窓まで行ってそこからの眺めを目にした時に、私もテッドもすっかり気に入ってしまったの」

この母の実家からわずかばかり坂を上った、サニーバウアーはウォーリー・オールド通り沿いの建物が現在もなお父と母が生活している家であり、父の面倒を見るため僕が帰っていく場所である。

越した当時は庭は赤煉瓦《あかれんが》の壁で囲まれ、その向こうにたくさんの樹々が見えていた。もっともこれらは自家用車が一般的になるにつれ徐々に姿を消し、最後には全部道路になった。裏庭の植物もまた、皆育ち過ぎで、さらに大きな温室が二棟と、ほかに物置が一つ建っていた。あの頃はよく友達のジェイソンとこの物置に身を隠したりしたものだ。内装の方も何年間も手入れされていなかった様子で、することは山積みだった。

庭の向こう側は広野と言っても差し支えない惨状で、伸び放題の家庭菜園だったろうと思われる区画が幾つかあり、その間を小さな川が流れていた。シダー通りから越してきた僕にはすべてが驚きだった。よく昔の友達を招いてはあちこち探検したものだ。

　この家を買った後、両親はまず毎週末を様々な箇所の手入れに費やした。毎土曜の朝には家財を手押し車に乗せてシダー通りからウォーリー・オールド通りへと歩き、そのまま二日間を過ごすような具合だった。

　三人で途中の道を歩いた時のことを不思議なほど鮮明に覚えている。父が押す手押し車にはポットやら食器やら、とにかく二人がその日移してしまおうと決めたものが積み上げられて、母は両手に鞄を提げ、僕とマックがその後ろから従った。

　いよいよ本格的に引っ越す日がやってきた時、僕は借りてきたヴァンの荷台に座ることを許された。その景色もまた今なおはっきり記憶に刻みつけられている。車はまばゆいほど真っ白で、荷台は家にあった数々の家具で一杯だった。僕はタンスの天辺に腰かけた。やがて扉が閉まるとほどなく車は動き出し、僕はその家具たちで一杯の空間で揺さぶられ続けることになった。これがなかなかの体験で、それなりにひやひやものだった。

　調理器具がまだ揃っていなかったせいで夕食は大抵スープだった。しかも母が買ってきた古いフォンデューセットなる機械では、いつも微妙に温め過ぎになった。父が日曜大工が苦手なのは相変わらずで、その方面については手を出すなと母から厳命されてもいた。だからその役割は祖父に任された。祖父がほとんどすべての壁紙を貼ってくれている間、父は庭を任され草を刈り、雑草を撲滅すべく奮闘していたのだった。

それからもずっと両親は常に何かしら庭に手を入れていた。父は玄関前の塀を壊し、新たに駐車スペースを作ったりもした。この時セメントを混ぜる作業を手伝わされたこともよく覚えている。その間我が愛犬マックは、どこであれまだ残っていた塀の上にちょこんと座ってじっと見守ってくれていた。

父が僕にきちんと歌を教えようとしてくれたこともあるにはある。母の友人にちょうど同い年の息子がいたものだから、この子が週に一度家まで来て、二人に父が歌のレッスンをつけるというような試みをしたのだ。

しかし実状は惨憺《さんたん》たるものだった。このもう一人の少年には歌への興味などまったくなく、僕はと言えば、あたかもミュージカル華やかなロンドンのあのウェストエンドにでもいるかのように跳ね回っては、懸命に二〇年代の曲を歌っているといった有様だったのだ。正直に言って、父はひどい教師だった。大抵の場合、じゃあこれを練習しておけと命じ僕たちを奥の部屋へ押し込めてしまうだけだったのだ。そして自分は居間のテレビでサッカー中継を観るという具合だ。こんなものが続くはずはない。

父が模範的な父親だったとは言えない。サッカーの試合に一緒に連れていってもらった思い出とか、それ以外にも父と息子の時間と呼べるようなものなど一切なかった。父はただ自分のことに夢中だった。もちろん歌だ。

しかし父がたまに一緒にいてくれた場面であればこれは違った。自分が愛されていないのではないかとか、気にかけてもらえていないのではないかといった気持ちにさせられたことは一度もなかった。これは断言できる。父と母は本当に終始口論ばかりしていたが、我が家には笑いもたくさんあったのだ。

父はよく知り合いの物真似《ものまね》をしては僕らのお腹《なか》を容赦なくよじらせたし、母は母で、今となっては些《いささ》か恥ずかしいことに、ケイト・ブッシュやその週テレビで目にしたアーティストたちを気取っては、歌いながら家中を、しかも身悶《みもだ》えしているとしか思えないようなダンスつきで動き回ったりしていたのだ。

今や父は、どこかでずっと恐れていた生き方をすっかり受け入れたかのようだった。家族が一番で、歌を含めたほかのことは二の次といった人生だ。それは同時にある種の解放だったのかもしれない。

いずれにせよ病気になるまでの数年間には、舞台に上がっていない時の父がもたらしてくれる幸福な時間というものも我が家には確かにあったのだ。だがそんな穏やかさはやがて永遠に姿を消してしまうことになる。

11

僕は父とは違っていた。思い起こせばシダー通りからサニーバウアーへ引っ越して以降は新しく友達を作ることもできず、そのせいもあって次第に引っ込み思案になった。それでも父のように自信にあふれた人間になりたいとひそかに願っていたし、正直に打ち明ければ舞台に立つことにも憧れていた。

けれどそうはならなかった。おそらくは僕に、父には備わっていた人の期待を決して裏切らないという資質が欠けていたせいだ。しまいにあの厄介な思春期が始まったせいで、すべてが百倍ひどく感じられるようにもなった。

自分がほかの男子と違う気はなんとなくしていた。けれどこの頃はまだその理由がわからなかった。学校のサッカーチームのメンバーに選ばれたこともあったが、いざ試合となると全身がすっかり固まった。最悪なことに一試合も出ないうちから支給されたユニフォームを台無しにさえしてしまった。舞い上がった僕は自分でちゃんとアイロンをかけてやろうと意気込んだのだが、この試みが惨憺《さんたん》たる結果を招いたのだ。

この一件は今も忘れられない。自分でアイロンを引っ張り出して電源を差し、それを揚々とユニフォームの上に押しつけた。途端にポリエステルが溶け出して、ユニフォームはみるみる捩《ねじ》れたプラスティックの塊へと変わっていってしまったのだ。

「父さん、どうしよう」

悲鳴を上げた僕はそれから一時間あまりを泣きじゃくって過ごした。ぽっかりと開いた穴は母がどうにか繕ってくれたが、全体がすっかり型崩れしていた。実際片側は膝の辺りまで伸び切って、反対側は腰にも届かないといった有様だった。

チームはやがて地区のトーナメントの決勝にまで駒を進めたのだが、ほかの子たちが本物の芝の上でプレーできることに興奮している一方、僕は一人不安に飲み込まれていた。ユニフォームの惨状に気が散るばかりで、ピッチを走りながらも繰り返し短い側の裾を引っ張り下ろそうと足掻《あが》いていた。

当日は父も見ていたはずなのだが、多少でも心を動かされた場面は一切なかったようだ。しかし責めることはできない。小学校のグラウンドで手すりの向こうに立っていた父が叫んだ声は今でも耳に残っている。

「ああサイモン、何やってんだ！　そこはパスだろう」

子供時代の父と弟たちは皆、ピッチの上でよほど活《い》き活《い》きとしていたはずだ。彼らが目一杯の時間とエネルギーをそこで費やし、しかも祖父モーリスがそれを誇りに思っていたことも間違いない。そんな父が僕の技術不足を喜んでいなかったことはバカでもわかる。それでも一緒に帰る道々、父はいかにも父らしく、なんとかしてよかった部分に目を向けようとしていた。走りはものすごく速かったぞ、とか、まず蹴り方をものにしような、とかそんな具合だ。

しかし僕に芽がないことなど僕も父もとうにわかりきっていた。実際少し後には父も、祖父母にこんなふうに言っていた。

「あいつの走り方はハエみたいにちょこまかしてるんだ。ボールに追いつきはしても、そこでパニックを起こしてしまうしなあ」

ピッチ上での僕を描写しているにしてはずいぶんと気を遣った表現だ。しかしこんなものを聞かされてしまえば当時の僕は、ああ、自分は誰も彼もをがっかりさせてしまう子供なんだなあという思いを一層募らせたのだった。

周囲に溶け込めない違和感を抱えていたうえに、今度はそこへ、自分は決して父にとって自慢できる息子ではないのだという意識が覆いかぶさってきた。自分は無能なのだという思いがいや増した。サッカーが父との絆《きずな》になり得る一つだったはずだとわかっていればなおさらだ。僕は父のようには歌えなかったし、舞台に上がる度胸なんてものも持ち合わせていなかった。憧れだけは胸に燻《くすぶ》らせていたけれど、音楽がその役目を果たしてくれる望みもすでにかなり薄かったのだ。

父が祖父モーリスを心底尊敬できていたのは、歌への愛を共有できていたせいもあったはずだ。だからこそ父は祖父に育てられたことを誇りに思えた。同時にモーリスの方だって自分のバトンを息子が受け継いでくれて嬉《うれ》しかったに違いない。

年のせいでマイクを手にするのをやめてしまった後も、祖父はなおコーラへ通い仲間たちと杯を傾けていた。自分で舞台に上がる代わりに息子がその場所で古き良き名曲を歌い上げる様を眺めていたのだ。二人の絆は強く、ヒルダもそれが自慢だった。

だが、自分が父の期待に添えているとは到底思えなかったそんな状況の中でも父は、常に僕の味方であろうとしてくれていた。たとえば六年の時の保護者面談の際の出来事だ。僕は教室の外で待たされていたのだが、出し抜けに父が飛び出してきたかと思うと乱暴にドアを閉め、前を行き過ぎながらこう叫んだ。

「行くぞサイモンっ、こんなところにはもういられん！」

どうして父がそこまで機嫌を損ねたかなど見当もつかなかった。しかしこういう時は質問などしない方がいいこともわかっていたから、そのまま大股で校舎を出ていく父の後を駆け足で追いかけた。数年後父はこの時の担任が、僕にはきちんとできることが何一つないと口にしたのだと教えてくれた。父は言い返した。

「もしそうだとしても息子はあんたよりよほどましな人間だ」

この話には当然僕も、昔から聞かされてきた父の逸話の数々を思い出した。彼がいかに家族や友人に対する侮辱を許さなかったか、むしろ愛する者たちを理不尽に傷つけようとする相手には微塵《みじん》の躊躇《ちゅうちょ》もなく立ち向かっていったというあれだ。昔の父を知る人々は必ずその話を持ち出したものだった。

しかし同時に、父が本来はそういう人間だったからかえって僕たちは、病気の進行に伴って苦しむことになったのだとも言えた。父は時に、そんな忠誠心の高い、十分尊敬に値する人物像とはまったく逆の姿へ変貌するようになったのだ。激しい怒りの発作の中、しばし自身で作り上げていたこういう姿勢を真っ向から踏み外し、母と僕とを徹底的に侮辱し、最後には脅迫めいた言葉さえ口にするようになった。

一切は病気がさせているのだと頭ではわかっていた。父のケースは、認知症というものが本当に患者の人格や心まですっかり乗っ取ってしまうものなのだという、そのいい例なのかもしれないとも思う。一時期は僕自身、本物の父がどういう人間だったかを思い出させてくれるほんの断片すら、もう見つけることは叶《かな》わないのではないかと真剣に悩んだものだ。

しかし、病に冒される以前から父が完璧とはほど遠い人間だったのも事実だ。今現在の父に顕著な我慢のなさや口さがなさは、本人が昔から時折垣間《かいま》見《み》せていた一面でもあるのだ。おそらくは僕が十代の頃から見えない場所でたぎっていたに違いない。

小学校を卒業した僕は地元の進学校、通称ＱＥＧＳことクィーンエリザベス・グラマースクールに奨学金で入学することを許された。五百年近い歴史を誇る同校は当時の評判も相当だった。父もこればかりは喜んでくれたようだったし、また、母の兄のジョージ伯父が同校の卒業生だった。そのせいもあり父が祖父母へこの報告をしに行った際には、祖母は最後には居間で踊り出しさえしたらしい。

しかしながらロウリーパークの小学校からこの学校へ進学したことは、僕には強烈なカルチャーショックとなった。今はどうか知らないが、当時は教師のほとんどがガウン姿で頭の上に厳《いか》めしい角帽を載せ、そして何よりスポーツを重視していたのだ。

正直この中学時代、僕は父との間に望ましい関係を築けていたとは言い難い。何かが変わってしまったのだ。それがなんだったのかは今もわからない。なるほど父との距離は開いていたし、思い起こせばこの時期の父はつまらないことでよく腹を立てていた。僕は最後には決まって母の肩を持っていた。

もっとも父には大らかな部分もたくさんあった。人の笑いを誘いたがるのだ。だから我が家に笑い声がたくさん響いていたことも本当なのだ。それでも時に僕と母の二人ともが出かけてしまうと、その時間をほかの誰かが父と一緒に過ごしてくれるといったことにはなかなかならなかった。

こう考えるとバトリンズという環境がいかに父の性に合っていたかがわかる。あの時代、父は常にスイッチを入れた状態でいることができたのだ。

病に苛《さいな》まれているというのに今なお父は、とにかく誰にでも話しかけ、冗談を言って笑わせようとし続けている。その一方、事態が思うように進まなければ簡単に、一切の努力を放棄してしまう。

まだ父の頭がしっかりしていたあの時期に、自分は実は多くの時間を無駄にしていたのかもしれない。そう思えば悔やんでも悔やみきれない気持ちになる。父のユーモアのセンスはなかなかのものだったし、話のタネが尽きることもなかったのだ。

そこにありえたはずの父との会話に、僕は今虚《むな》しく思いを馳《は》せる。きっと一緒に大声で笑い合えていたことだろう。それができていれば、昔の話だって本人からもっと直接教えてもらえていたはずだ。

失って初めてその大切さがわかるとよく言われるが、本当にその通りだと思う。人生というものはそれほどひねくれているのだ。縁あって深く関わった人々には父も、世話好きの一面を隈無《くまな》く見せていたようだ。母と一緒に本人の介護に勤《いそ》しんでいる今、僕はなるべくその事実を忘れないように気をつけている。

父自身は両親を相次いで亡くしてしまった訳だが、母方の祖父母は僕たちの目の届く範囲でゆっくりと年齢を重ねていった。一九八八年のある日のことだ。昼休みにふと思いついた父はぶらりと祖父母の家に寄った。ところが祖母が体調を崩して横になっていた。そんなことは滅多《めった》になかったものだから、驚いた父は即座に医者を呼んだのだが、しかしこの医者はどこも悪いところを見つけられず、きっと目の前に迫った金婚式の準備で疲れてしまったのだろうといった程度の診断しかしてくれなかった。

しかし僕らは皆、何かが芳《かんば》しくない方向へ進みつつあることに気がついていた。この頃はまだ僕も放課後の時間、時折祖父母のもとへ顔を出していたのだが、ソファで隣に座る祖母が傍らにバケツを準備しておくようになった。さらには具合悪そうに部屋を離れることが頻繁になり、一度などひどい顔色でキッチンのシンクに頭を突っ込む姿を目の当たりにもした。頑健だった祖母がこれほど脆《もろ》くなってしまったかと思うと鳥肌が立ちそうだった。状況は改善の気配を見せず、両親は嫌な予感ばかりを募らせた。とりわけ母は不安げで、仕事を終え帰宅した後は毎日のように様子を確かめに足を運んでいた。

そんな具合に数週間が過ぎた夜だ。実家から戻った母の顔を見るなりすぐ僕も、何かよくないことが起きたらしいと気がついた。座ったまま黙り込んだ母に父がお茶を淹《い》れたのだが、母はなお心ここにあらずといった様子のままで、目の前に並んだお茶菓子を時折口元へ運ぶだけだった。たまりかねた父がついにどうかしたのかと尋ねると、いきなり母は泣き出した。口から出た言葉は悲鳴のようだった。

「ママが自分の婚約指輪を渡して寄越したの。あんたにあげるからって」

祖母がもう、さほど多くの時間は残されていないのだと考えていることは明らかだった。

その週末が金婚式のお祝いだった。僕らは揃《そろ》ってリブルヴァレーの三匹の魚亭《スリーフィッシイズ》というパブへ繰り出した。母の従姉妹《いとこ》のメイヴィスが夫と一緒にわざわざマンチェスターから出てきてもくれた。皆今夜だけはきちんとお祝いしようと決めていた。

けれど着席してすぐ祖母は化粧室へ立ってしまった。十分ほどが過ぎた後、心配そうな顔をした男性が僕らのテーブルに近づいてきて、そしてこう言った。

「あの赤毛の老婦人はあなたがたのお連れじゃないのかな？」

「ええ、そうです」

応じたのは母だ。

「ずいぶんと具合が悪そうに表に座っているけど、大丈夫かな」

それは僕の子供時代の根幹が一気に揺さぶられた瞬間でもあった。父と母が脱兎《だっと》のごとくテーブルから駆け出した。次に覚えているのは救急車が呼ばれたことだ。何も口に入れることができないまま僕らはその場所に取り残された。

祖母はブラックバーンの王立病院へと運び込まれ、それからの数晩をそこで過ごした。その間僕らは不調の原因が突き止められるのを今か今かと待っていた。

ある晩、僕と両親と祖父の全員で祖母の様子を見に行った。そしてできるだけ元気づけようと試みた。しかし面会時間が終わっておやすみなさいを告げたところへ医者が現れ、母と祖父の二人だけをすぐそばの小部屋に招き入れた。僕と父は廊下で待った。だがその扉がもう一度開いた時にはもう、母は泣き出さんばかりで、祖父の表情はすっかり虚《うつ》ろになっていた。

「もって三ヶ月だと言われたよ」

どうにかそれだけ絞り出したのは祖父だった。

誰も口を開かないまま父の車に乗り込んだ。僕と祖父が後部座席で、前は母と父だった。

車は通い慣れた祖父母の家の前で駐《と》まった。

「ねえ、今夜は私たちのところに来ない？」

母が言ったが祖父は首を横に振った。

「いや、大丈夫だ」

けれどそこで祖父は両手で顔をおおって声を殺して泣き出した。数時間ずっとそのままだったようにも思われた。祖父が泣いている姿など初めて見たからどうしていいのかわからなかった。愛する妻のために涙を流す祖父の姿に僕らは動転した。父だけはどうにか母を慰めようと必死になっていた。

祖母はその年の冬この世を去った。伯父のジョージとその妻、そして僕の二人の従姉妹がオーストラリアから見舞いにやってくる予定になっていた日のちょうど一週間前だった。伯父は母親の死に目に会えなかったことにひどく狼狽《うろた》えていたが、彼らがそれから数週間滞在してくれたことは本当にありがたかった。

親族揃って祖母の冥福を祈り思い出を語り合った。毎晩夜更かしし、笑い合い、そして泣いた。自分も辛《つら》かったはずなのに父はびっくりするほど聡明《そうめい》に振る舞った。たとえ場の空気がどんなに重くなっても、何か相応《ふさわ》しい話を披露するか、あるいは一曲か二曲歌うことでその痛みの切っ先をやわらげてくれた。

モーリスが世を去った時と同じだった。その時も彼はなんとか弟妹たちに笑顔を取り戻そうとしたのだが、今回もそうだった。誰かの前で、誰かのために。父という人はそういう機会にこそ、自身の力を最大限に発揮するのだ。

しかし僕と父の隔たりは時とともに大きくなるばかりだった。僕は歌もスポーツも、どちらにも興味も適性もまるで持ち合わせてはいなかった。だから僕たち親子の共通の話題と言えばせいぜい温室効果くらいなもので、しかもその点に関してもただ議論になるだけだった。

父という人はどうしていつもあんなふうに気楽にかまえていられるのだろう。昔はよくそう不思議に思ったものだ。相手が誰であれ話しかけるのを厭《いと》うことはなく、まるで自信を鞄《かばん》一杯に詰め込んで持ち歩いているようだった。一方で僕はすでに痛々しいほど引っ込み思案になっており、ほかにやりたいことも見つからず、仕方なく勉強に打ち込んだ。

とりわけ親族が集まる機会にこの違いが際立った。親族が多かったせいでこの集まりは、最後には学校の講堂を借りなければならないほどにもなっていた。

父はとにかく誰とでも喋《しゃべ》った。しかも終わり間際には必ず弟のフレッドと舞台に上り、数曲お披露目《ひろめ》するのが定番だった。僕の方は誰と口をきくのも恐ろしく、自分の席でじっと凍りついていた。親族たちは総じて潑剌《はらつ》として社交的だったのだけれど、中でも父は頭抜けていた。
QEGSには裕福な家庭の出身者が多かった。学校に通い始めた頃にはもう、そのうち
二人ばかりは社長の息子らしいという話も耳に入ってきていた。
そこで僕は、父がプレミア社の社長だという筋書きをでっち上げた。本当は木材加工技
師だなんてことは誰にもわかるまいと考えたのだ。もっとも父や自分の家庭を恥じていた
訳では決してない。ただその方がすんなりと輪に入れる気がしただけだ。
中学時代を通じこの嘘《うそ》は貫き通されるはずだった。しかし父は父で家計の足しにと、地
元での歌の仕事の手を広げ続けていた。これが結局災いした。ほどなく父は老人ホームへ
の慰問を増やすようになり、やがて同級生の一人の母親が経営していた施設へと行き当た
ったのだ。
「なあ、お前の親父《おやじ》さんって歌手なのか？」
ある昼休みにその子にいきなりそう訊《き》かれた。
「いいや、本職はストリッパーなんだ。いかすだろう？」
僕はそう答えた。面白いだろうと思ったのだ。
しかしこれが大失敗だった。この相手は教師の目を盗んで煙草《たばこ》を吸っているようなタイ

プでしかも口が軽かった。その時は笑いながら立ち去ったのだが、ほどなく僕は、この自分のふざけた冗談が学校中に知れ渡っていることに気がついた。実際翌日の昼休みまでには誰もがこのでたらめを信じ込んでいた。身の置き場もなかった。

十代の時期には、普通は周囲に溶け込んでなるべく目立ちたくないと考えるものだろう。僕もそうだった。思い起こせば皮肉めいてもいるが、きっと父は一度としてそんなふうに考えたことはなかっただろう。他人に何を言われようがかまわないというあんな性格を受け継ぐことができていたらなとは思う。もしそうだったらたぶん僕の学生生活も多少は過ごしやすかっただろう。僕は父が歌手であることにどこかで引け目を感じていた。今にして思えばなぜカッコいいと思えなかったのか不思議でもある。

十二か十三の頃だ。音楽の授業でクラス全員が、ご両親はどんな楽器ができるのかと順に訊かれた。オーボエにフルート、ピアノにサックスといった答えが並んでいく中、自分の番が近づくにつれ、僕はただ、今この場で地面が真っ二つに割れてくれればいいのになどと考えていた。

「何もやりません」

僕が答えると教室には忍び笑いが起きた。

「二人とも何もできないんです」

先生はクラスを静めそのまま授業を続けた。終業後、僕が次の教室へ向かおうと狭い廊下に差しかかった時だ。音楽教師が追いかけてきた。

「なあマクダーモット君、ご両親がどちらも楽器ができないというのは別にちっとも悪いことではない。お二人は何をなさるのかな？　スポーツが好きだとか？」

「あ、ええと、父はその、歌うんです」

口ごもりながら僕は答えた。

「なんだって？　ならどうしてさっき言わなかった」

「楽器じゃないから」

「いや、それこそが誰にでもできる最高の楽器だぞ。もっと胸を張るべきだ」

それだけ言うと先生は肩マントを閃《ひらめ》かせて去っていった。

当時の僕がきちんと理解できていなかったのは、舞台に立ち続けるには父自身、相応の勇気なりエネルギーなりを絞り出していただろうことである。場合によっては細かな修正も加えなければならなかったろうし、人前で溌剌としているためには常に新しいやり方を試さなければならなかったはずだ。その努力は計り知れない。

父が機材の一式を車に積み込んでいた姿なら数限りなく目にしている。そうやってランカシャー全土の半分にも及ぼうという距離を一人で運転し、ステージの上で仕事をこなしていた訳だ。今にして思えばやり続けた勇気に感服する。単身初めての場所に行き、機材をセッティングしてステージに立ち、時には観客をいじったりまでしながら歌い、その後また帰宅すべくハンドルを握ったのだ。しかもほとんどが初めての観客の前だった。

しかし時代と共に物事は変化する。九〇年代の初頭に景気の後退が始まると、とりわけ父がよく歌っていたような会場が打撃を受けた。どこもかしこもミュージシャンにまともなギャラを支払うことさえ嫌がるようになった。

ところが父は、諦める代わりに自分用のカラオケのテープを作り始めた。それがあればどこでも身一つで歌えるからだ。決して望ましい形ではなかったが、自分で伴奏まで準備できるようになるとかえって仕事の口は増えた。

しかしプレミア社が倒産を余儀なくされると自《おの》ずと父も失業した。事態は厳しさを増したのだ。父はもう十七年もそこに勤め続けていた。

失業期間は数週間ほど続いたが、やがて父はフィリップス産業商会という小さな会社に再就職した。木製の額縁を作るのが仕事だった。だがこれは父には簡単過ぎたようだ。この時期父はほぼ毎日山ほどの木切れを家に持ち帰っていた。それらは物置に積まれ、いずれ何かしらをこしらえる材料になったり、あるいはそのまま暖炉にくべられたりしていた。

ＧＣＳＥこと中等教育修了資格試験の時期がやってきた。卒業前に二年連続で行われる試験で、この結果は進路にも影響した。しかもこの時僕は全教科でＡを取ったものだから、翌年の中学最後の年は思いの外自信に満ちて過ごすことができた。

ちょうど父が人前に立つのを好んだように、クラス全員の前で話すことを楽しめるようにもなった。僕にとっては大きな転機だったと言える。

しかし多少の自信が芽生えたとはいえ、翌年もう一度全Aを取れるかどうかは別の問題だ。それでもほとんどの科目ではまたAを並べることができたのだが、この年は技術科がEで経済に至っては不合格だった。こんなもの親父に見せたらそれこそ烈火のごとく怒るだろうなと考えながら家に帰った。

はたしてその通りになった。父は即座にその成績表を丸めて僕の背中に投げつけてきた。

「こいつはいったいなんだ？」

父が吐き捨てた。脆い僕の自信は一瞬で打ち砕かれた。

金曜の夜には地元の繁華街に繰り出し、女の子を引っかけるにはどうすればいいのか悪戦苦闘を重ねていたにもかかわらず、ひょっとして自分がゲイかもしれないという可能性に思い至ったのはこの時期だった。

もしこんなことを父が知ったらどんな反応をするかなど考えたくもなかった。だから僕は目を背けることにした。父が望むような息子であるべく足掻き続けることに決めたのだ。

12

マンチェスターで大学生活を始めてしまうと家には滅多《めった》に帰らなくなった。帰省しても故郷の町をうろつくか、あるいは地元のバーでのアルバイトに出かけてしまうかだった。

正直この時期は両親がどうしているかより自分のことで手一杯だった。大学での僕は典型的なブリットポップファンで、古着屋で買った服に身を包んで、まるで腹に据えかねることでもあるかのように顔をしかめて踊り続けていた。父との溝も深まっていた。僕が大学で何を勉強しているのか、それどころか日々をどこで過ごしているのかさえ、おそらく父は知らなかったのではないかと思う。もちろん僕の方は気にもしなかった。

マンチェスターではオリヴァーにロブ、それからエマと知り合った。彼らはすぐ良き友人となってくれた。のみならず、一度何かの機会に紹介すると、瞬く間に父とも仲良くなった。

「サイモン、君の親父《おやじ》さんはすごいな」

時にそんな台詞《せりふ》まで聞かされた。しかし当時の僕には、彼らが何を見てそう言うのかもわからなかった。もちろん今ならわかるし、もし父とそんな普通の会話ができるならなんでもするのにという気持ちでいる。

きっとそこには嫉妬も紛れ込んでいたのだと思う。父が自分のいい面を友人たちに見せていること自体が、僕への当てこすりに思えたのだ。友人たちは父が歌えること、そしてあの年齢でなお慈善ライブの舞台に立っているところに魅力を感じていた。

中でも大規模だったライブは、九五年の夏にキングジョージ会館で催された、ヨーロッパ戦勝五十周年の記念イベントだった。父は例のメドレーを披露して会場を圧倒した。けれども客席にいた僕は、こんなの時代遅れでむしろダサいくらいに斜にかまえて眺めていた。他人ばかりが父の最高の部分を引き出せるように思えていたせいだ。それも自分でわかっていた。しかし現実には僕もまだ父のことなど何も知らないも同然で、この時期は自分自身の人生についても同じだったのだ。

不定期ではあったが、父はなお近辺の老人ホームへの慰問を続けていた。この時期のステージは、自分がスポットライトを浴びるというより、娯楽を必要としている人たちにそれを届けるのだという面が色濃くなっていた。こういう仕事は格安で請け負っていたらしい。自分の音楽をお金に換える算段に関してはついに学習しなかった訳だ。それでも本人は歌える限りそんなもの気にも留めなかったのだろう。

そんな慰問のうちの、復活祭《イースター》の時期のある公演での出来事だ。会場はアクリントンという町の老人ホームで、もちろん父はやはり喝采を博した。終演後には居住者たちもすっかり酔っ払い、ハレの日の帽子をかぶってパレードまでやってのけた。

住人の中にもう数ヶ月も誰とも口をきいていなかったご婦人が一人いたのだが、彼女でさえ立ち上がり、歌って踊り出していた。飾り立てたボンネットを頭に載せコンガを踊る姿はまさに我が世の春を楽しんでいるといった趣だった。ところがそのご婦人が不意にのけぞるようにして床に倒れてしまった。周囲が駆け寄った時にはもう息を引き取っていた。自分の公演の最中に誰かが命を落としてしまったことに狼狽《うろた》えた父は慌てて家族に謝った。

「どうかお気になさらないでください。母はもうずっと椅子から離れようとさえしていなかったんです。それが楽しいと思いながら逝けた。むしろこちらがお礼を申し上げたいくらいですよ」

そう応じたのは彼女の息子だ。結局父は夏のパーティーにも是非また来てほしいという申し出までもらって帰ってきた。

音楽に関する父の知識は膨大だった。二〇年代や三〇年代の曲にまでやすやすと遡ることができたし、青空市場やガラクタ市といった類の場所で買《か》い漁《あさ》ってきたレコードコレクションから舞台で使えるよう伴奏だけに作りなおしたテープも、この時期には相当の数が揃《そろ》っていた。

けれど僕はこういう曲が大っ嫌いだった。多くは鼻につくほど澄ましていて時代遅れとしか思えなかったのだ。それほど広範に及ぶ曲の数々の歌詞を父がきちんと記憶できているという事実がどれほどすごいかも、思い及んでいなかった。

老人ホーム時代とでも呼ぶべきこの時期は、父本人にとっては僕らが想像する以上に重要なものだったようだ。少なくともこの頃父が目の当たりにした、一部の住人たちへの扱いには非常にショックを受けたようだ。そんな記憶があったから、母と僕は叶《かな》うならぎりぎりまで自宅で介護しようと決意できたのだ。

こういったホームのうちの一つが父に、定期的に居住者の相手をする仕事をしてみないかと持ちかけてきたこともある。週に何日か通って住人たちとお喋《しゃべ》りするか、あるいは舞台に立ってくれればいいという話だった。この申し出は本人もお気に召したようだった。年配のご婦人たちが黄色い声で騒いでくれるのを喜んでいた節もあったのだろう。

けれど幾度か足を運ぶうち父は腹立ちばかりを持ち帰ってくるようになった。あそこには居住者への配慮も注意も欠けているというのだ。ほどなく父は、ホームでどんなことが起きているかをリストにし始めた。

・緊急のコールをしても放っておかれる。連絡を受け取る看護師もいない。
・服は部屋中に散らばって終日そのままである。
・患者たちは一日中湿っぽい寝間着を着ることを余儀なくされている。

父はこれを管理責任者に突きつけた。すると一週間後にはもう来なくていいと言われた。この頃には母も働く時間を少しずつ切り詰め出していた。もう少しまとまった休みを取れるようにして家族でフランスのオートキャンプ場へ行こうと計画していたのだ。

実は二人はこの手の旅行が大好きだった。もちろんつき合い始めた当初を思い出させてくれるからだ。車の後ろに牽引《けんいん》されたトレイラーへ一緒に乗り込み、窓を開け放して大声で歌いながら国中を移動していたあの頃だ。その時出かけたキャンプ場でも父は会う人皆に話しかけ、すぐにグロリアとアレン、あるいはデレクとポーリーンといった友達を作っていた。

二人にとってこの旅行は素晴らしい時間となった。仕事やお金の心配から解放され、日のあるうちは海岸でただのんびり過ごし、夜ともなれば幾つもある海辺のバーのどこかへと繰り出したのだ。父はフランス語など話せはしなかったのだが、いかにも父らしく、大抵は身振り手振りでどうにか意思疎通を果たしていた。

両親がフランシスと知り合ったのもこの時だ。海岸線にあったオクタゴンというバーでピアノを弾きながら歌っていたフランス人の若者だ。もちろんフランシスの方も英語など一切話せなかったが、話は通じていたらしい。いや、お互いに全然違う話をしていた可能性もあるが、真相は誰にもわからない。

ある夜、フランシスが父をステージに引っ張り上げて歌わせた。父にすればまるでバトリンズ時代に戻ったような気分だったに違いない。以降彼は父のことを我が友エドワード《モナミ》と呼ぶようになった。そして両親はこの店に来るたび皆にもてはやされるようになったのだった。

舞台の上で輝きを放ったり、あるいは周囲の注目をすっかりかっさらうといったことは、なお父の得意技だった。その店に出演していた中にちょっと低俗な芸人がいた。ダブダブの白のスーツを着て顔は黒で塗りたくり、胸に金色のメダルを下げ、挙げ句お粗末な歌声でシナトラファミリーの名曲を台無しにしているような輩《やから》だった。そのうえサーファーよろしく客席を動き回っては、一緒に歌うように観客に促していくのだった。

「どうかこっちには来ないでくれ、こっちには来ないでくれ」

僕は必死にそう祈っていた。こういった成り行きで父が集めてしまうであろう注目が嫌だったのだ。何が起きるかはほとんどわかりきっていた。

父は自分の席に大人しく座って時折ワイングラスに口をつけていた。ほどなくこの芸人が僕らのテーブルまでやってきて、フランス語で歌いながら身を乗り出してきた。そしていよいよ父の前へとマイクを差し出した訳だが、そんな歌知るはずもないとはなから決めつけ、こちらを笑いものにするつもりだったことは間違いがない。

しかし父はたちまちマイクをひっつかむと、続く一節を完璧なフランス語で歌い上げてみせたのだった。顔色を失った相手を横目に父はそのまま最後まで歌いきった。注目はもはや父のものだった。聴衆からは割れんばかりの拍手が起きた。

父にすれば慣れ親しんだ、あのコーラの観客の前で一曲歌ったような気分だっただろう。だが僕は恥ずかしさのあまり死にたくなっていた。いや、おかげで飲み物を全部ただにしてもらえたことも覚えているし、ひそかに父を誇らしく思ってもいたのだが、そんな気持ちを表に出したくはなかったのだ。

この旅行は両親にとって至福の時間となった。口論さえ嘘《うそ》のように姿を消していた。父はやはり現地で知り合った友人から古いバイクを譲り受け、毎朝それにまたがってはフランスパンを買って帰ってくるようなこともしていた。別の日には船でサントロペまで足を延ばし市場を回って野菜をたっぷりと買い込んできた。

夢みたいに穏やかな日々だった。そしてこれは母が現在たまらなく恋しく思い出している時間でもある。父からはそんな記憶もほぼ失われてしまっているのだからなおさらだ。

我が家の居間にはフランスの小さな田舎町を描いた一枚の風景画が飾られている。それは母にとっては、もはや前世だったと思えてしまいそうなほどの遙《はる》か彼方《かなた》に去ってしまった、心配とは無縁だった日々を思い出させてくれる、ほろ苦いよすがのようなものなのだろう。

しかし穏やかな日々は長くは続かなかった。祖父が肺癌《はいがん》と診断されてしまったのだ。まさに青天《せいてん》の霹靂《へきれき》だった。祖母を失った祖父がようやく生活を立てなおし始めたばかりの時期だったから、ショックはひとしおだった。モーリスを亡くしたヒルダと同様、祖母の死以降祖父もすっかり孤独を囲うようになり、友人たちに顔を見せもせず一人家で悲しみとだけ向き合うような日々を送っていたのだ。

それでも母は、せめて踊りにくらい出かけなさいよとどうにか祖父を説得することに成功した。しかも祖父は行った先でグラディスという女性と出会った。祖父が再び幸せそうな顔つきを見せてくれたことに、僕らも揃って胸を撫《な》で下《お》ろした。だからこの二人が再婚を宣言した時には皆心から祝福した。

病が発覚したのは、まさにそんな矢先だった。ほどなくグラディスが彼の面倒を見るのは難しいと訴えてきたものだから、結局祖父は両親の家に移り、そこで介護されることになった。

この時期に主に祖父の面倒を見ていたのが父だ。母が仕事に出ている間食事を作り、のみならず気晴らしに田舎へドライブに連れ出したりもしていた。おかげで二人はかつてなかったほど近しくなった。

僕と母にとっては今や皮肉にも思えるが、父という人はだから、誰か具合の悪い人間が周囲にいる時にこそ本物の輝きを放つのだ。信じられないほど優しくまた気が利くようになり、忍耐が必要とされる場面では黙々とそれを成し遂げる。

今僕らは本人の看病で、風呂へ入れとか着替えろとか、とにかく延々と先の見えない説得を試みるような毎日を送っている。父が祖父に対し献身的であった日々や、あるいは困っている人をただ見ているということができなくて、必ず何かしらの行動を起こしていた姿を思い出すことはさすがに難しくなっている。

もう一つの大いなる皮肉は、病状が終焉《しゅうえん》へと近づくにつれ、祖父の頭の中もまた激しく混乱していったことだろう。一緒にテレビを観《み》ていた祖父がリモコンを電話機だと思い込み、それで画面の中の人々に電話をかけるべく悪戦苦闘を重ねている様など何度も見せつけられたものだ。そんなこともまた結果として、やがて僕たちが嫌というほど思い知らされることになるあの病気の、あまり手放しで喜べない入門書のような役割を果たしてくれていた訳である。

もしどんな運命が待ちかまえているのか当時からわかっていたとしたら、いったい母と僕はどう対処していただろう。時にふとそんなことを考えてしまう。父が本当にひどい状態の時には僕自身我慢の限界だと感じることがしばしばあるのだ。そういう時には祖父の世話をしていたこの頃の父の姿を思い出すようにしている。

祖父は二〇〇〇年の春に世を去った。葬儀の日には父が家族を代表して挨拶し、僕が『イフ』という詩を朗読した。ラドヤード・キプリングのこの詩を祖父はずっと広間の壁にかけていたのだ。読み上げながら僕自身、祖父の死によって何か大きなものが一つの終焉を告げたのだと感じ始めていた。自分の中にも何かが変わる気配があった。自分は本当はどういう人間なのか。その点についてこれ以上両親に嘘をつき続けるのがもうたまらなくなっていた。まるで引き裂かれた二つの人生を生きているような気分だった。

ロンドンではその時々のパートナーと一緒に生活しているのに、ブラックバーンに戻っている間は今どんな娘とつき合っているんだと訊《き》かれては適当なことを答えていた。詐欺でも働いている気分だったし、何よりも両親に嘘ばかりを口にしている自分がどんどん嫌いになった。そんなの家族とはとても呼べない。

ロンドンでは多くの同じ立場の人間と知り合ったのだが、家族とはもうすっかり連絡も取っていないんだなんて話も数知れず耳に入っていた。自分はそんなふうになりたくなかった。僕という人間がどんな存在なのかをきちんと知らせぬまま二人を墓場へ送り出すような真似《まね》だけは絶対にしたくなかった。

八つか九つの頃からすでに僕には、どうも自分は周りとは違うようだという自覚があった。一方で父は同じ世代の多くの男性がそうであるように、自分の性への違和感とか、あるいは同性が恋愛対象になるといった事態は想像さえできなかった。

ここにもまた別の皮肉が見つかってくる。ずっとショウビジネスの世界に関わって生きてきたからには、たぶん父本人は百程度の数では収まらないくらい、いわゆるゲイの人々と知り合う機会を得ていたはずなのだ。同時に父が彼らを差別的に扱ったこともおそらくないだろう。相手がどんな人物であれ、あるいはどこの出身であれ、決して接し方を変えたりしてはいけないというのが、僕自身子供の頃から常に父に言い聞かされてきたことだからだ。

中学に上がるかどうかという時期だ。帰宅すると母も父もどこかぷりぷりしていた。

「会社のテリーって人があなたのことをゲイみたいだって言ったらしくてね、それでお父さん怒っているの」

母がそっとそう教えてくれた。当時の自分がその言葉の意味を十分にわかっていたとも思えないが、それでもたぶんこの時には、同性愛者であることは間違っていて、決して声高に主張していいものではないのだとひそかに刷り込まれていた気がする。

二人に打ち明けることについては数ヶ月悩んだ。どうするのがいいのかわからなかった。二人がどれほど慄《おのの》くかと想像すれば怖かった。

この頃僕はロンドンである事務仕事に携わっていたのだが、実はこの職場があまり好きではなかった。そもそも都会に出てきてすぐは、広告を探してはバンドのオーディションを受けるようなことをひそかに繰り返していたのだ。ブリットポップの雄ジャーヴィス・コッカーを気取り、その路線で自分を売り込もうとしていた。父ほど優れた歌手でないことなど自分でもわかっていたが、それでもやってみたかった。もちろん成功もしなかった訳で、振り返れば身がすくむような思いしかない。

しかしちょうど父がそうだったように、僕の人生もまた、新聞で見つけたある広告によって予期していなかった方向へと進路を変えた。

「歌が好きで、英語、ドイツ語、イタリア語に堪能な方、募集中」

オーディションはその日の昼だった。仕事に打ち込むこともできず、何らかの変化が欲しかった。ドイツ語も多少ならできたから、挑んでみるべきだろうと考えた。そこで事務所を出た僕は、会場であるヴィクトリア地区のホテルへと向かった。

面接はすべてドイツ語だった。担当者が僕らに幾つかのビデオを見せてから、こういうことはできそうですかと尋ねた。

「そうですね、やってみることはできると思います」

僕の答えに相手が首を縦に振った。

「素晴らしい。練習は六週間以内に始まる予定です」

六週間後、僕はマヨルカ島にいた。僕はたぶんひどいダンサーだったが練習そのものは楽しかった。同時にたぶん、祖父の死でどこかやけっぱちになっていたようなところもあったのだと思う。いずれは自分がゲイである事実と折り合いをつけなければならないのだという気持ちが日に日に強くなっていた。

こうして海外にいる安心感にも助けられ、僕は両親に真実を告げるべく手紙を書くことにした。カフェに腰を据えペンを持ったのだが、書いているうちすすり泣きが止まらなくなった。最後には同情したウェイターがただでおかわりを注いでくれる始末だった。

ひょっとして勘当だと言われてしまうのではないか。そう思うと鳥肌が立った。二時間後、僕は書き上げた手紙を封筒に入れ、切手を貼ってポストに投函《とうかん》した。

「ようやくやったな、サイモン」

そう思った。

そして待った。しかし三週間過ぎても家から何か言ってくることはなかった。しびれを切らした僕は結局自分から電話をかけた。受話器を取ったのは父だった。何事もなかったかのような口調だった。

「父さん、手紙は届いたんだよね？」

これもやはり自分から尋ねてみざるを得なくなった。

「ああ、あれか。ちゃんと受け取ったさ。なあサイモン、お前の人生じゃないか。お前は自分自身が幸せになれるよう頑張ればいい。俺は何も気にしない」

――どれほどほっとしたことか。

次に母が電話口に出たのだが、こちらはちょっと勝手が違った。母がまず心配したのは、僕が化粧をしたりあるいは女物の服を着たりするのではないかという点だったのだ。この件では後でもう一度替わった父と笑い合った。

「母さんはお前が街中をドレスでうろついてるんじゃないかと心配してるんだ」

それでも数年後には母も僕がゲイであることをどうにか受け入れてくれたようだ。

「だからといって私があなたを遠ざけることは絶対にない。ただあまりにあからさまに主張してしまうと、誰もあなたと口をきかなくなって、独りぼっちになってしまうんじゃないかと思っただけ。それが心配だったのよ」

母はそう話してくれた。この時にも母はまだ、さらに大きな試練が自分を待ち受けていようとは夢にも思っていなかった。

父が六十五歳になるまでには母も、父の記憶が昔ほど確かなものではなくなっていることに気がついてはいた。しかし当時はまだ、それを僕に話すようなことはしていなかった。むしろ冗談めかしつつ父を直接からかっていた。こんな具合だ。

「どうせ私の言うことなんか聞くつもりもないのよね。でもそういう態度はこっちを無視しているか、さもなければボケが始まっているんだと思われても仕方がないわよ」

まだ誰もその事態が仄《ほの》めかしている真実には思い至っていなかったのだ。日常がてんこ舞いである場合は特に難しい。とりわけ毎日一緒に生活している相手の変化に気づくことはなおさらだ。

この頃に母は、ステージの仕事へ出向いた父が会場でスピーカーなりを準備している際に、自分で自分に苛立《いらだ》ちを覚えているような様子を見せる場面が増えたことにも気がついてはいたようだ。しかし短気は今に始まったことではなく、母もこの芸術家気質《かたぎ》にはすっかり慣れてしまっていた。そもそも二人が出会ったごく最初の段階から、まさにこの性質こそが数多《あまた》の口論の原因ともなってきた。

だが実はもう、状況はまるで違うものになっていた。この苛立ちは父自身が、今自分がやっていることへの自信を失い始めていたのが原因だったのだ。

父がライブの仕事をすっかりやめてしまった時こそ、深刻な事態がひそかに進行しつつあったことの顕著なサインだったのだと思う。だが僕たちはこれも見落とした。今思えば父はこの時、自分がまともに歌えなくなる可能性に気づき恐怖していたのかもしれない。

ほどなく父からの理不尽な仕打ちに母が泣きながら僕に電話を寄越すことが増え出した。そんなのどうせ前からだと思ってしまった僕は、あまり真剣に相手をしなかった。

「そんなにひどいんだったらもう放っておくしかないよ」

うんざりしていることを隠しもせずそう答えたものだ。それにやはりかつてと同様、大《おお》喧嘩《げんか》をした次の瞬間には大抵もう仲直りしていたのだ。だから病がすべてをぎりぎりの場所へ追い込もうとしているなどとは、その可能性すら想像していなかった。

父をいきなりロンドンへ連れてきて驚かせてみようと思いついたのもこの時期だ。週末に実行し、ロニー・スコッツやほかの音楽で有名な幾つかの店を連れ歩こうと計画した。バンドの生演奏なら父も喜んでくれるはずだったからだ。

同時にこれは、父との絆《きずな》を築きたいという僕自身の新たな試みでもあったのだと思う。

僕は父のことが好きだった。しかし僕たちには共通の話題がなかった。だからこそ、藁《わら》にもすがる思いで二人で楽しめる時間を作ろうとしたのだろう。

父の分の列車の切符を確保し、何も教えずに荷造りだけさせておいてくれと母に頼んだ。しかし当日電話をかけると父は、自分は行くつもりはないと言い出した。また別の機会にしようと言うのだ。この時にはもう父は、交通機関に一人で乗り込んで移動すること自体がすでに怖かったのかもしれない。今さっき交わした会話さえ思い出せない状態であれば、ロンドンへの旅行など確かに到底無理だった。それを自分でわかっていたのではないか。今となればそう思う。

ほどなく父の七十歳の誕生日がやってきた。父方の叔父叔母の全員がミッドランドから大挙して駆けつけてくれて、リブルヴァレーのホテルで盛大な食事会を開いた。楽しい時間が過ぎた後皆に別れを告げて、母と父と僕とで家へ帰るべく車に乗り込んだ時だ。父がふと、握ったハンドルを見下ろしたまま黙り込んだ。沈黙は少しだけ長かった。

「テッド、大丈夫？」

母が尋ねると父は声を殺して泣き出した。

「いや、なんでもない。ただ、なんだかふと、兄弟が全員揃うのを俺がちゃんと目にするのはこれが最後になってしまうような予感がしたんだ」

やがて父はそう口にした。

「バカなこと言わないで」

母は父を抱き締めた。ほどなく父がエンジンをかけ、車はようやく我が家へ向けて走り出した。あるいはこの時、父は父なりの方法で、この先自分の身に何が待ち受けているのかを察知していたのかもしれなかった。

13

二〇一二年までには僕の人生もどうにか軌道に乗ってくれたように見えていた。この頃僕は交際相手の後を追った形で南アフリカに暮らしていた。ジムで運動し海辺で過ごし、そしてフリーランスで始めた経営コンサルタントの仕事をこなす日々だ。父の物忘れは程度こそ激しさを増してはいたが、両親もブラックバーンですっかり幸せに暮らしているのだと思われた。

僕と恋人がこんなふうに地球を横切るような真似《まね》をしたのは、彼が母親の近くにいられるようにするためだった。偶然にも彼の母親もまた記憶障害を発症していたのだ。この母親が当時僕らが一緒に住んでいた家にやってきた時に僕も生まれて初めて、頭の中の混濁した、記憶さえほとんど保っていられない相手と生活することがどんなものか、それを体験し、深く考えさせられたのだった。

パートナーのヨハネスが仕事に出ている間、彼の母親は僕に、一時間に五度も六度も今何時かと尋ねてきた。もっとも気に障ることはなかった。彼女は物腰が穏やかで大人しく、ただ散漫なだけで、爆発といった言葉でたとえるようなことはなかったからだ。むしろ終始笑顔を絶やさない人だった。

彼女はたまにふらりと一人で出ていって、通りの端まで歩き近くの庭の花々を眺めるようなことをした。そればかりでなく時には裏手にまでもぐり込み、物置を見つけてそこに隠れてしまったりした。ほどなく僕もこういった行動に慣れ、なるべく目を光らせて過ごすようになった。遊びとでも呼ぶのがいいのか、とにかく彼女はそうすることが大好きで、戻ってきた時にはいつも普段より上機嫌だった。

ところがある午後、多少仕事に集中した後だった。さて彼女はどうしているかと家や近所を確かめてみたが姿が見当たらない。家の前の通りも端から端まで繰り返し歩いたが、痕跡さえなかった。

さらに辺りの庭々もつぶさに回ってみたが、やはり見つけられなかった。近所はもう隈《くま》無《な》く探し、そのうえ日が沈みかけていた。どうすればいいのかわからずパニックを起こしそうだった。自宅の裏手に続く、ヒヒでも暮らしていそうな森もかなり奥まで見に行ったが、気配はなかった。

ヨハネスにはあえて母親を見失ってしまったことは連絡しなかった。すでに暗くなりかけていればなおさら躊躇《ためら》われたのだ。近隣の住民数名が捜索隊を組んでくれたものだから、僕は車を出して回ってみることにした。そして大通りへ出たところで、助手席に小柄な老婦人を乗せた一台がゆっくりと反対車線を走ってくることに気がついた。彼女の方も僕に気づき嬉《うれ》しそうに手を振った。運転していた女性によれば、一キロばかり先で、二車線道路の真ん中をふらついている彼女に出くわしたのだということだった。

「ねえお願い、どうかヨハネスには黙っていてくれない？」

母親がそう言うので僕もうなずいた。

「わかりました。僕らだけの秘密にしましょう」

しかし一週間後にはご近所さんの一人がこの一件を彼の耳に入れてしまった。

まあそんな具合にヨハネスの母親を見守るうち、僕もふとした折に、父は大丈夫なのかなと考えるようになった。さすがに彼女ほどではないはずだ。父はいつも何かしら本や新聞を読んでいたし、観《み》たくなればテレビだって自分でつけた。いつだってあの人は適当な興味を見つけ出しては進んで首を突っ込みたがるのだ。そのはずだった。

母からの電話がかかってきたのはこの頃だ。

「ねえサイモン、お父さんの記憶は消えかけているみたいなの。状況はよくないわ」

母はそう言った。しかし僕はそれを単に年齢のせいにしてしまった。

「まあ年だからね。そういうのは仕方がないよ」

始まりの段階ではだから、決して自分の目で見た訳ではなかったので、僕は母の言葉をあまり真剣に受け止めていなかった。少なくともクリスマスに帰省するまではそうだった。

帰った当初はすべていつも通りに見えていた。父は普段と変わらぬ父で、母はクリスマスの準備を整えるべくコマネズミみたいに動き回っていた。僕の帰国の便の都合から家族での食事を一週間早めてもらいこそしたが、お祝いの気持ちに変わりはなかった。

僕は準備していた二人へのプレゼントを自分で包装しなおした。父にはネルソン・マンデラについて書かれた本を贈ることにした。父は読書が好きだったのだ。ちょうどレコードと同じように、今や家には数百冊の本があふれていた。思えば僕が子供の頃から父はいつも何か読んでいた。歴史や伝記の類が多く、小説の類はあまり好みではないようだった。

そして僕が洗い物を手伝っていた時だった。父が台所へと入ってきてこう言った。

「なあサイモン、この本は誰が買ったんだ？」

「ネルソン・マンデラのやつ？　僕が買ってきたんだよ」

「そうか、そいつは素晴らしい」

しかし二分後に、今度は居間から父が叫んだ。

「おーいサイモン、この本は誰が買ったんだ？」

洗い物の手を止めた僕は、父は何か冗談でも企《たくら》んでいるのだろうかと考えた。

「父さん、僕が買ってきた。父さんへのクリスマスプレゼントだ」

「そうか、そいつは素晴らしい。ありがたい」

再び洗剤に手を浸した僕に、やはり二分後、台所に舞い戻ってきた父がまた言った。

「サイモン、この本は誰が買ったんだ?」

この時には僕もすっかり、自分を怒らせようとしているに違いないと思い込んでいた。そういうこともよくあったのだ。

「父さん、あんまり面白くないよ。僕が父さんにその本を買ってきた。今年のクリスマスプレゼントだよ」

しかしそれからの一時間父はさらにもう十回、誰がこの本を買ってきたのかと僕に尋ねた。本当に何かがおかしいのだときちんと認識したのはこの時だ。

慌てて医者の予約だけ手配した。ほんの数日の滞在ではあったが、これでは母が心配するのも無理はないと十分納得がいっていた。父の行動はもはや普通ではなかった。不安を抱えたまま僕は南アフリカへと戻った。

しかし病院で父がもらってきた診断はただの高血圧で、血中のコレステロールを抑制する薬を出され、食生活を改善するよう指導を受けただけだった。薬に関してはきちんと定期的に飲んでいたようだし、食事にも気をつけるようになり、それればかりでなく健康のためだと毎朝通りの下の店まで新聞を買いに歩くことも自分から始めた。

二〇一二年の一月に、父の弟の一人、アーニー叔父が亡くなった。弟妹のうちで最初に世を去ったことになる。父は大きなショックを受け、心ここにあらずになった。以来、生きる目的もすっかり失《な》くしてしまったかのようで、時に数時間も裏庭の物置にこもって過ごすようになった。気がつけば音楽をかけることも途絶えていた。

僕らは父が一人でいたいのだと思い込んでいた。物置の中でのんびりし、古い機械を解体して金属部品を取り出しては、それらを業者に持ち込んでお金に換えてくるのが楽しいのだろうと考えたのだ。当然大した金額ではなかったが、それでもお金はお金だった。

しかし父の行動は日増しに不合理になっていった。母が泣きながら電話をかけてくる回数が増えた。事態はそのままだらだら続いた。二〇一二年の前半の段階では、コレステロールの数値こそ定期的に検査してもらってはいたけれど、こと記憶の問題に関してはまだどんな診断も下されてはいなかった。

いよいよ南アフリカから帰国した僕は、真っ先に実家へと戻り二人の様子を確かめた。父があちこちから集めてきたガラクタで裏庭が一杯になってしまっていることはすでに母から聞いていた。しかも父は、勝手に捨てたりあるいは業者に持ち込んだりするのを決して許そうとしなかった。

実際に自分の目で確かめた庭の惨状は衝撃的だった。あちこちにガラクタが山をなし動かすことさえもう容易ではなさそうだった。壊れた洗濯機に金属製のテーブル。事務用の椅子は解体現場の廃棄用コンテナから拾い上げてきたものに違いない。それから古いアイロンに、女性用の服まであった。父は、多少の金属片がついていそうなものはすべて取っておこうとしていたのだ。そのうえほかの誰にも庭に近寄ることを許さなかった。僕が何かに触るなり動かそうとなりしようものなら顔を真っ赤にして飛び出してきた。

「父さん、少しでいいからゴミに出させてよ。危なくてしょうがない」

「触るなと言っただろう。俺が自分で然《しか》るべきところへ持っていく」

「だけど父さん、このうちの半分はプラスティックだ。金属なんて見つけられないよ」

「うるさいっ、とっとと出ていけっ」

そして僕が手にしていたものをひったくるようにして取り上げた。

「今度こいつに触ろうとしたら足を折ってやるからな」

そんな言葉まで飛び出した。

こういった事態は数ヶ月続いた。恫喝《どうかつ》はむしろ激しさを増し、僕らは結局ガラクタをそのままにしておくより術《すべ》がなかった。父は思い出したように車を出しては何かしらゴミを積み込んで帰ってくるのだ。まるで妄執のようだった。

裏庭がゴミの山と成りはて母はすっかりうんざりしていた。僕が手を下さなければ状況は決して改善されないだろうと決断せざるを得なかった。もちろん世界大戦さながらの攻撃に襲われることもわかってはいたが、やるしかない。庭にはもう足の踏み場すらないのだ。それこそゴミ捨て場の様相だった。

まずは数日間仕事を休めるよう段取りし、それから廃棄物用のコンテナを我が家の前に据えてもらう手配をした。そうしておけばとにかく何でもかんでもそこへ放り込めば済むからだ。予期してはいたが、コンテナがやってくるなり父は烈火のごとく憤った。それどころか何かを捨てようとすれば必ずこちらの手からひったくって元の場所へ戻そうとした。思いつく限りの罵倒を浴びせてくる父を無視し黙々と作業を続けるしかなかった。まったく悪夢のような時間だった。絶対に殴られると思った。

「ねえ父さん、こうすればまた場所ができるだろう？　それに、僕が運んでいるのはただのゴミだ。父さんが業者に持っていきたいような、金属片が多少でもついていそうなものはちゃんと残してる。だけどほかのは安全のためにも取っ払わないとならないんだ」

するると父は逃げるように消えた。再び姿を見せたのは三十分ばかり経《た》ってからだ。

「手伝いがいるか、サイモン？」

父がそう訊《き》くので、僕はボロボロのプラスティック製の椅子の破片を手渡してみた。父は黙って僕と同じことをした。やがてコンテナがあふれてしまう頃には、ゴミの山の方はどうにか姿を消していた。猛《たけ》り狂った父も、すでにそこにはいなかった。目の前にいるのは助けを必要としている善良な老人だった。

やはりこの時期のことになるのだが、週末に帰省して両親をオームスカークまでドライブに連れていったことがある。母のかつての上司だったコナー氏が八十歳の誕生日を迎えた、そのお祝いに二人を連れていったのだ。

パーティーの間中父は、たとえ僕が誰と話していようと手招きし、その都度違う相手と話すよう命じた。最後には僕も無視するほかなくなった。それはほとんど奇行と言ってよく、さすがに恥ずかしかったのだ。僕が誰かに話しかければ次の瞬間にはこんな声が飛んでくるのだ。

「サイモン、サイモン、ちょっとこっちへ来い」

しかも際限なくだ。たまったものではなかった。

いよいよ全員で『ハッピー・バースデイ』を歌う段になった。僕は父の隣に立った。ところがコナー氏が挨拶をしている最中、父が突然上手《うま》く呼吸できないと言い出した。そのまま父はカーテンのところへ行き、布地をつかんだかと思うとそれで口元を押さえ、布地を通して息をし始めた。まったくもって奇異だった。しかも結局は会場を出て車へ戻り、助手席に座り込んでしまったのだった。

当初は室内にあまりに多くの人がいたせいでピリピリしたのだろうくらいに考えた。だが思いなおせばあれはおそらくパニック発作のようなものだったのだろう。想像に過ぎないが、出席者たちの誰が誰なのかすっかりわからなくなってしまったことが原因だったのではないか。人混みや社交的な場が大好きだった父はもういないのだと思えばただ哀れだった。

状況は明らかによくなかった。しかし医者の診察を受けてくるたび父はどこも悪いところなどなかったと胸を張るのだった。

事態が悪化の一途をたどっていたものだから、母はまた南フランスに出かけてみるのもいいのではないかと思いついた。五月から六月にかけての一ヶ月、以前と同様オートキャンプ場に滞在してみようという計画だ。景色が変わりのんびりできれば父も昔の自分を取り戻せるのではないか。母はおそらくそんな望みを抱いたのだ。

しかしプロヴァンスのポールグリモーに到着するなり父は目の不調を訴えた。しきりにこすって、ついには赤く擦《す》り剝《む》けるまでにした。初日には旧友のデレクとポーリーンが姿を見せ、一緒に買い物に行かないかと誘ってくれたのだが、これも父は断った。父らしくないと言えばそうだろう。

父は容易《たやす》く苛立《いらだ》った。一度など自分で料理をし始めたというのに、最後には熱いままのフライパンを部屋の中へ放り投げたらしい。危うく母にぶつかるところだったようだ。

「このクソッタレめっ」

床の上には調理中の何もかもが散らばっていた。

その後僕は二度ほど、父がキャンプ場を一切離れたがらないのだという電話を受けた。聞けば鬱状態にでも陥ってしまっているようだった。どんな行動も僕の知る父らしくなかった。確かに父自身がただキャンプ場にいることを楽しんでいる可能性もあるにはあった。けれど聞かされる内容はすでにそういうレベルではないと思われた。昔の父ならたとえどんな気分でも、むしろとにかくは出かけていって人々と話すなりしたがったものだ。

ある夜母は現地で知り合った老夫婦のところへ一人でお茶を頂戴しに出かけたのだが、その席で父の行動について話しているうちについ泣き出してしまった。そこで旦那さんの方が宿まで送り届けてくれたのだが、しかし彼が姿を消すなり父は、母が今の相手と浮気をしたのだろうと言って責め始めた。怒りっぷりはとんでもなく、もし本当に殴りかかられでもした時にはすぐ逃げ出せるよう、その夜母は、居間の玄関に一番近い場所で寝た。

夜中に母が電話をかけてきた。母の声に本物の恐怖を感じたのはこの時が初めてだ。母は父を心底怖がっていた。まるで他人と一緒に暮らしているみたいだとも言った。かつてその界隈《かいわい》で過ごした休日の面影はもうどこにも見つからず、最後には母も、一緒に南仏になんて二度と来ないとまで口にした。

イギリスに戻ってからも母は、とにかく記憶力の検査を受けてくれるよう説得を続けた。しかし予約を取りつけるたび父は、帰ってくるなりこう宣言するのだった。

「どこも悪くなかったぞ」

父は芝居も達者だったのだ。ほどなく父が顔を出していたのは外科だったことが明らかになった。しかも父はそこで、まだきちんと覚えていた自作の詩を、待合室で患者や受付のスタッフらの前に立ち、大声で暗誦《あんしょう》していたのだ。そのうちの一編はよりによって『心気症患者たち』というタイトルだったらしいから、まさに笑えない冗談だ。

とにかく予約時間に父は、それこそマイクを手に舞台へと上がるような気持ちでいたのだろう。時には外科医たちまで大爆笑させていたらしい。

なるほど表に見える限りにおいては、本人におかしなところがあるとは誰一人思わなかったのかもしれない。しかし家での様子はまるっきり違った。僕自身自分の見方が間違っているとは思わなかったが、それでもこの時はまだ、これらの兆候をアルツハイマーと結びつけて考えることはできていなかった。

「サイモン、それは一度徹底的に検査してもらった方がいい。行動がもう普通じゃない」

相談に乗ってくれた医学生の友人はそう言った。

「医者に行ってはいるんだよ。でもその都度どこも悪くないと言われて帰ってくる」

「いずれにせよほかのところでも診てもらった方がいい。第二診断《セカンドオピニオン》ってやつだ。何よりお母さんが心配だよ。一人で対処してるんだろう?」

九月に僕はまた両親の顔を見に帰った。母からは前もって、裏の部屋の屋根が雨漏りしているから修理しないと眠れないわよと言われていた。もう数ヶ月そのままになっていたらしいのだが、父は自分で直すと言い張り、修理工やほかの誰かが家へ入ってくるのを決して許そうとしなかったのだ。

家に着いて再びの惨状を目の当たりにし僕は言葉を失った。屋根は完全にダメだった。二人は雨漏りに備えバケツを床に並べたままにさえしていた。しかし僕が、あそこもここも修理してもらわないとならないねと口にしただけで、父は怒り狂った。その時まさに雨が降り始め、雨垂れが天井からぽつりぽつりと落ちてきた。僕はすぐさま車を出して大工用品店に向かい、青のビニールシート数枚と、それらを固定するための木切れ数片を買ってきた。父は悲鳴のような声をあげてまたあらん限りの言葉で罵ってきたが、かまわず僕は屋根へ上り、なお降りしきる雨の中ビニールシートを固定する作業に挑んだ。

ご近所の一人が手を貸しに現れてくれたので、彼にも屋根の内部がどれほどダメになっているかを見てもらった。かなり驚いた様子だった。

「いや、雨がたまってるなあとは思ってたんだが、これほどひどくなっているとは」

これを聞き母はたまらず泣き出したが、父はなお腹を立てたままだった。すっかりびしょ濡《ぬ》れになりながら僕は、しばらく家に寄りつかず、そのせいで事態がこんなところまで進むことをただ許してしまった自分を恥じた。

業者に頼んで修理してもらうことにしたが、すでに秋に差しかかった時季であれば専門家にもこの仕事はなかなか難儀なものだった。この季節この界隈ではほぼ毎日のように雨が降り続いてしまうのだ。結局僕らはその先も、それこそ覚えていたくないくらいの期間、例のブルーシートだけを頼りに凌《しの》がなければならなかった。

もう一つこの時家に帰ってわかったことは、自宅ですらもう父がまるで歌わなくなってしまっていたことだ。ほんの数年前には父はいつも何かしら口ずさんでいた。一日のどの時間であれ父には歌があった。居間の一番いい場所に機材を据えて、バザーやガラクタ市で手ずから買い集めてきた山ほどのレコードに合わせ、それこそ何時間でも声を張り上げていたものだ。

それが今や、そんな素振りは一切なかった。それればかりではない。二人はパブやクラブに足を運ぶこともやめてしまっていた。父が外出を嫌がるせいだ。

もはや音楽ですら、父を幸せな気持ちにすることはできなくなっていた。父が多少でもやろうと思うのは、物置に腰を据えて新聞に載っているクイズに取り組むことだけだった。

八月が目前に迫った頃、僕は父に、誕生日に何か欲しいものはあるかと尋ねてみた。父の返事は、頭の体操になるような種類の本がいいというものだった。この頃には本人も、どうにかして自分の記憶を留《とど》めておこうと必死になっていたのかもしれない。

14

アルツハイマーという病気については当時の僕らはまだほとんど何も知らなかったと言っていい。記憶が失われていくものだとは聞き知っていたが、家での父のこういった奇妙な振る舞いをこの病気と結びつけて考えてはいなかった。

この頃が僕たちにとって最も孤独で辛《つら》い日々だった。何もかもが砕け散っていくようで、相変わらず父にはちゃんとした記憶力の検査を受けてくれるよう説得を重ねていたのだが、結局は無駄だった。理由などわからない。

事態はひどくなるばかりだった。特に怒りの発作とでも呼ぶべきものが、とてもではないが一緒にいられないほど激しくなった。それは何の予告もなく現れて、ありとあらゆる鬱屈した感情で父をいっぱいにしてしまうのだ。感情をオブラートに包んで出すということが一切できなくなってしまったようで、あらゆるものが、彼を愛し誰よりも力になりたいと思っている相手へ向けて真っ向から放たれるのだ。

とにかく母が精神的に限界を迎えつつあった。電話は大抵ひどい内容で、いつも泣きじやくっていた。しかも多くの場合、僕の仕事中にかかってきた。

一度など、やはり出し抜けに猛《たけ》り狂った父が台所へ現れ、母の髪をつかんで床の上に放り投げるといったことまで起きた。かつては自分に歌を捧《ささ》げ、足元を丁寧に払って道を作ってくれていた相手と同じ人間だとはもうとても思えないと言った。その頃の父は活気にあふれ、生命力と気力とそして優しさとに充《み》ち満《み》ちていたというのにだ。

レコードは家中に撒《ま》き散《ち》らされ、衣服の類も同様だった。それらを少しでも片付けようとしようものなら、自分のものを勝手に触ったと言って劫火《ごうか》のごとく怒り出すのだ。母は泣きながら暮らしていた。昔ある意味対等にやりあっていた口喧嘩《くちげんか》とはまったく違った。ルールも最低限のラインもあったものではなく、加えて母にはもう、実家へ駆け込んで助けを求めることすら叶《かな》わないのだ。

「もうあの人なんて大嫌い。いなくなってほしいと思う」

母はそう口にするようにまでなっていた。

帰るたびに台所で一人涙する母の姿が見つかるようになった。するとそこへ父がやってきて怒鳴るのだ。

「いったいなんだっていうんだ。その女に出ていけと言ってくれ」

本当に目を覆いたいくらいだった。父はもはや化け物だった。正直僕だって、いなくなってくれればいいのにと何度も本気で考えた。誰も彼もの人生をこれほど悲惨なものにしているのはひとえにこの男の存在だった。

事態がここまでに至ってしまうと母の身の安全が心配だった。僕は医者に電話をかけ、まずは父のせいで家がどんなことになっているのかを聞いてもらえる機会を作ることにした。僕自身父の攻撃性と奇行にはすでにうんざりしていたし、何かがおかしいことは明白で、しかもそれはすでに容易には手がつけられない段階だったのだ。一緒にいる時間が楽しいことなどもはやなく、明らかに父はどこかを病んでいた。

幸いなことにその日は父がいつも受診している医者が不在だった。予約を取れた相手は臨時の代替医師の女性だったのだ。母が包み隠さず事情を説明できるよう僕も一緒についていくことにした。医師の方も僕らが診察室に入るなりすぐ、よくないことが進行しているのを感じ取ってくれたようだった。父親のことなんです、とまずは僕から切り出した。

「家での父の行動の一切が、なんというか、ひどく攻撃的なんです。これ以上どうすればいいのかわからなくなってしまって」

「ではまず詳しい様子からお聞かせいただけますか？」

医者が言った。

「大抵の時間は普通です。ただ、時々激しく怒ります」

答えたのは母である。

「母さん、何もかもちゃんと喋《しゃべ》った方がいい。どういう状況かきちんと説明しないと誰も母さんを助けられない」

「叩《たた》いたりもなさるのですか？」

医師のこの質問にだが母は、これ以上は耐えられないとでも言いたげな様子で泣き出してしまった。見ている方が辛かった。

「母さん、どういうことになっているか話さないと。みんな母さんの助けになりたいと思っているんだから」

「私たち、ずっと記憶力の検査を受けてほしいと言ってきたんです。でも病院から帰ってくるたびあの人は、問題などどこにもないと言うんです」

泣きながら母はどうにかそれだけ口にした。ほとんど興奮状態で化粧も崩れ、これほどまでに追い詰められていたのかと思えば改めて胸が締めつけられた。

「僕はむしろ母の身の安全が心配なんです」

慌ててそれだけつけ足した。

「わかりました。ではお父様に改めて来ていただいて、何ができるか確かめてみることにしましょう」

病院からの帰路も母は助手席でずっと泣いていた。

「母さん、母さんは正しいことをした。こんな生活がいつまでも続けられる訳がない。そんなの母さんにとって不公平だ。絶対何かがおかしいんだ」

「あの人を裏切ってしまった気分なのよ」

やはり泣きながら母は絞り出した。

「そんなことないよ。今日のことだっていずれ父さんの助けになる。だけどまず何より自分の身を気にかけてもらわないと」

応じながら僕自身、涙をこらえるのに精一杯だった。

家に帰った僕らは父に対しては買い物に出かけてきた振りをした。母と同様僕自身もまた後ろめたさを禁じ得ずにいた。父親を密告したような気分だったし、他人の前で彼を貶《おとし》めてしまったようだった。しかし同時に、いよいよ自分たちが未知の段階へ踏み出そうとしていることもわかっていた。僕らには誰かの助けが必要だった。

一週間ほど過ぎたところで母がどうにか病院へ行く約束を父から取りつけた。表向きは血圧の検査のためだったが、これにはもちろん裏があった。

診察時間の最後になって担当医がさりげなく記憶力の問題を持ち出すと、予期していたことではあったが父は途端に態度を硬くした。それでも医師は必要な検査を実行してくれた。この日の医師は男性だった。彼は最後に、では記憶障害専門の病院に予約を入れておきましょうと言ってくれた。

ところがそこから先数ヶ月、ぷつりと連絡が途絶えてしまった。何度も病院に電話をかけたが、そのたびに順番待ちの長いリストがあるのだと言われ、お父様の場合はそれほど心配するような状況ではまだありませんと告げられた。

検査は十月だった。それ以降も家での父の行状は攻撃性を増すばかりで、もはや僕と母のどちらにも耐えがたいものとなっていた。一番わからなかったのは父が自分の行動に関し、どんな種類の自覚であれ、はたしてちゃんと持っているのかどうかという点だった。少なくとも昔は父も、人にとって不快な振る舞いをする時は自分でもわかったうえでやっていた。何かで機嫌が悪い時にはあえてそうするような場面もあったのは本当だ。

しかし今見せる突発的な怒りはそれらとは違うレベルのものだ。本人ですら制御も予測もできてはいないような節が垣間《かいま》見えていた。

幸運だったのは母に近所で暮らす友人がいたことだ。式で付き添い役を務めてくれたあのエドナだ。ある時彼女が市民会館で認知症の勉強会が行われることを聞きつけて、一緒に行ってみないかと母を誘ってくれた。

「講演は基本、認知症の患者のために皆がどのようにして家庭を作りなおしたかという話だったわ。でも私は手を挙げてこう発言したの。患者のために家庭を作りなおすというのはとても望ましいことだと思います。でもそのためには専門の方に十分関与してもらわないとって」

会合が終わった後、当日の議長が母のところへやってきて、僕らが診てもらっている医師の名前を確かめた。さらに彼は、事態が前へ進むように自分でもちょっと動いてみますと言ってくれたのだった。

　母にとってもエドナが隣にいてくれたのは非常に心強かっただろう。しかし同時に、結婚式当日や、あるいは二人の間に心配事など一切なかった日々がすでに遙《はる》か彼方《かなた》へ遠ざかってしまったことを、改めて感じずにはいられなかったのではないだろうか。自分の親友が愛する相手と共に生きていくと誓ったあの日、二人の物語がよもやこんな方向へ向かっていくと予測できた人間などたぶん一人としていない。

　この頃にはまた僕自身も、職場の上司に家で起きている問題についてきちんと話を聞いてもらうことにした。すると実は彼の母親も認知症に苛《さいな》まれていたそうで、僕らの状況には非常にショックを受けていた。彼の母親の場合は同じように最初の医者が予約を入れてくれた後、一週間後には専門医が診てくれたそうだ。おかげで僕も、すべては自分の手でやらなければならない段階なのだと納得できた。

　紹介先だと教えられていたブラックバーン・メモリークリニックの電話番号を探し出し、直接かけてみた。ようやくここで僕たちは、本当に助けになってくれそうな相手にたどり着くことができたのである。

「お父様の診察予約を取ると言われたのはいつですか？」

「十月です。ですから、そちらが行列ができるような状態で、順番待ちの長いリストがあることも伺ってはいるんです。けれどもう三月です。あれ以来一切何も言われていないんです」

　相手はそこで少しだけ黙った。

「それはひどい話ですね。これまでに何かあって然《しか》るべきです。ちょっと資料を確認させていただきますね」

　そこで僕は姓名など父に関する詳細を話し、相手が調べてくれるのを待った。

「見当たりませんね。すみませんがその患者さんに関する記録は、こちらには何も残っていないようです」

　さらに僕は父が舞台で使っていた名前の幾つかを持ち出してみたが、結果は同じだった。

「やはり見つからないですね。本当に申し訳ありませんが、まずは診てくださった先生に確認していただかなければならないようです」

　心底腹が立った。五ヶ月間ただ待たされていたのだ。

　即座に僕は担当医師に電話をかけきっぱりと文句を言った。すると父はすぐにそのメモリークリニックに紹介された。もちろん本人は最初行くのを相当嫌がった。それでもとう診察を受け、認知症を発症しているとの診断を受けた。二〇一三年の六月だった。

　僕らが危機感を覚え始めてからここまで来るのに実に十八ヶ月が経過していた。それでも父はようやく薬の処方を受けられるようになったのだ。正直その時はすっかり肩の荷を下ろせたような気分になった。

実際服用を始めてしばらくの間は例の攻撃性も幾分ながら緩和され、物事はどうにか手に負える範囲に収まってくれそうに思えた。だがそれも、父がこれらの薬を拒み出すまでのつかの間のことでしかなかった。

舞台に立つことの連続で成り立ってきたような生涯を通じ、父という人は自負心とそれから頑《かたく》なな気質とを鍛え上げていた。だがこういった傾向と認知症は実はひどく相性が悪いのだ。父は、薬が必要な場面など自分でわかるからその時に飲むと言い張った。現実には父がもう一切服用をやめていることは僕らも察知していた。錠剤は家のあちこちで見つかった。ただ飲んだのかと尋ねるだけで、父は以前にも増して激しい怒りを見せるようになってしまった。

その年のクリスマスのことになる。朝っぱらから、父は鬼のような顔つきで居間に現れた。この一年での悪化ぶりは火を見るより明らかだった。去年はただ同じ質問を繰り返すといった程度だったのに、今年は目にするものすべてに文句をつけずにはいられなくなっていた。

僕らが贈ったプレゼントさえその難を逃れられなかった。父は舌打ちとともにそれらを脇へ放り投げたのだ。母は泣くばかりで、僕はそんな仕打ちができてしまう父に憎悪を覚えた。今日はクリスマスなんだよと僕らが告げると父はただこう吐き捨てた。

「どんなつまらない日だろうとかまうものか」

そして物を投げつけてきたかと思うと、激しく扉を閉めて姿を消した。母はただ振り回されているしかなかった。殴りつけてやりたいと心底思った。だがもし本当にそうすれば、きっと父は本気で僕のことを殺しにかかるに違いなかった。

その十二月に僕はロンドンに分譲マンションを買っていたのだが、精神的には心底打ちのめされていた。実家のこの状況に加え、当時の恋人との関係もあまり上手《うま》くいかなくなり始めていた。その都度仲なおりこそできてはいたが、会えば必ず口論になるような状態だった。たぶん僕自身不安定だったのだ。

ブラックバーンに戻れば戻ったで父が脅してくるか罵詈雑言《ばりぞうごん》を浴びせかけてくる。そのうえ僕は新しい職に就いたばかりでもあった。とどめには仕事中にいきなり歯が真っ二つに割れてしまうなんて事態まで起きた。この治療には五百ポンドもかかった。

仕事自体も実はあまり得意な分野ではなかったが、そもそもが勤め出してまだ二ヶ月ほどしか経《た》ってはいなかった。月曜の朝上司に呼び出されると、週内にこれだけできるかと仕事のリストを示されながら彼女に訊《き》かれた。試されているのだとわかった。

そのうえこのリストが、読むだけで涙が出てきてしまいそうな代物だった。奈落へと落とされていく気分だった。けれど文句は言わなかった。言えなかった。慎んで僕がそれを受け取ると一瞬だけ間が空いた。

「ところであなた、大丈夫なの？」

不意に上司がそう言った。

「ええ、問題ありません」

答えた自分の声はけれどくぐもった音にしかなっていなかった。

「本当に？　なんだか今にも泣き出しそうに見えるわよ」

「いえ、はい。本当にまるっきりという訳では、確かにないです。なんだか何もかもが上手くいかない気がして――」

そのまま僕は自分の身にいったい何が起きているかをすっかり相手に打ち明けていた。いつのまにか目には涙がにじみ出していた。

「わかったわ。とにかく落ち着きなさい。そんなに大したことではないから」

言いながら彼女は仕事の山を脇へ押しやった。

「実はうちも祖母がほとんど同じ状態になって、私の母もすごく苦労していたの。だからあなたの気持ちはわかるつもりよ」

けれどそう言ってもらっても、僕はただみじめな思いに苛まれていた。普通の状態であればもっときちんと反応できていたはずだ。しかしこの時は、たとえ上司がどんな言葉で慰めてくれても、自分はもうとっくに限界など超えてしまっているとしか考えられなかったのだ。

ひょっとするとこの時心の奥では、自分がついに、父がそうなってほしいと願っていたような男にはなれなかったのだ、といったことを感じていたのかもしれない。もし父が普通に事態を認識できたとしたら、はたして今僕が対処しようとしているそのやり方を誇らしく思ってくれるだろうか。そんなことを自問していた気がする。そして、答えはおそらくノーだろうと考えてしまうこの頭をどうすることもできなかった。

ブラックバーンへ戻ると今度は、父がまだハンドルを握っているという現実への不安が膨れ上がった。それまでにも母とは、父がなお車を使っていることについては幾度も話し合いを重ねていた。安全であるはずもなかった。

父の運転で出かけた際には必ずひどい思いを味わわされるようになっていた。路上にいるほかの車すべてに悪態をついた。歩行者にとってはたぶん恐怖でしかなかっただろう。途中で降りてもう二度と一緒に車など乗らないと宣言したことも数え切れない。

日曜日にランチへ出かけた時のことは一生忘れないだろう。父はいきなり反対車線を逆走し始めたのだ。母も僕も繰り返しすぐさま戻るようにと叫んだのだが、本人は耳を貸すどころか逆に怒鳴り返してきた。

「俺が何年運転してると思ってる？　指図などするな！」

最終的には修理業者に電話して、この車はもう走れる状態ではないのだと父に申し渡してほしいと頼み込んだ。僕らからでは聞かないだろうことはわかりきっていたからだ。父がもう一度医者へ行く前に運転をやめさせる方法はほかになかった。

母は状況を説明し、大急ぎでメモリークリニックに予約を取った。同時に視力の問題か何かでかまわないから、もう運転は諦めなければならない年だと医師からも本人に言いきかせてくれと頼み込んだ。幸運にもこれは騒ぎにならずに済み、父も大人しく従って運転を諦めてくれた。代わりにどこへでも歩くようになったのだが、これはむしろいいことだろう。父が車で路上に出ることがなくなると僕らは揃《そろ》って大きく胸を撫《な》で下《お》ろした。より最悪な出来事が起きていた可能性だってあったのだ。

改めて僕は、病が父へとさらに深く爪を食い込ませていくその速さに恐れをなし、本人とそして周囲の人々の安全のためにもこの先講じなければならないだろう手段に思いを巡らせるようになった。

それから少し過ぎたある土曜日、生憎《あいにく》の雨となったものだから、僕は自分の車を出して父を雑貨店まで連れていってあげることにした。だから二人で乗り込んだ。

「朝だ、朝だぞ、朝が来た」

その日の父は上機嫌で、歌うようにそんな言葉を口にしながら助手席に座った。

レジにいたのは頭部にスカーフを巻いたしとやかな東洋系の女性で、その前でイスラム教徒らしき髭《ひげ》の男性が二人、それぞれにパンと牛乳とを手にして順番待ちをしていた。

「ところでリンダが欲しがっていたのはなんだったかな。もう一度教えてくれないか?」

父が話しかけてきた。

「新聞と牛乳とビスケットだよ」

僕が応じると父は一瞬こちらを見て、それからあからさまにパキスタン人の発音を真似《まね》た片言の口調でアリガトウと口にした。

「ところで新聞君はドチラにいましたっけね」

父がさらに重ねた。アクセントの物真似は続いている。死にたい気分だった。二人のイスラム教徒はとっくにこちらをにらみつけている。仕方なく二人に目を丸くしてみせた。どうにかしてただの冗談ですからと伝えたかった。

とても通じたとは思えなかったが、それでもレジの女性だけは、まるでこのジョークを面白がってでもいるかのように小さな笑みを浮かべてくれた。

父に買い物をまとめさせレジへ連れていった。ありがたいことに髭の二人はもう店を出てしまっていた。

「さて、お幾らになるかな、ご婦人」

父が尋ねた。彼女が計算を済ませて言った。

「二ポンド二十ペンスね」

「なんてこった。この老いぼれからあまり毟《むし》り取《と》らないでおくれよ」

父は笑いながらそう言ったかと思うと、これで間に合うかねと二十ポンド札を相手に差し出したのだった。

「心配しなくていいよ、父さん。僕が払っておくからさ」

慌てて僕は割り込んで、小銭でちょうどの金額で支払いを済ませて店を出た。

「俺は生協まで歩くことにする」

「わかったよ父さん。ならそこの駐車場まで車を回してそこで待ってるよ」

父が歩き出したのを見届けてから、僕は大急ぎで店へと取って返した。先ほどの彼女に一言謝りたかったたし、できれば父の行動をどう感じたかも訊いてみたかったのだ。正直決まりが悪かった。

「さっきは本当にすみませんでした。父はちょっと混乱しているもので」

「あらまあ、そんなの気にしなくてよかったのに」

答えた彼女はブラックバーン訛《なま》り丸出しだった。

「毎日来てるもの、エディならとっくに知り合いよ」

「店での父はどんな感じなんですか？」

「そうね。いつも賑《にぎ》やかではあるわ。何を買いに来たのかすぐわからなくなっちゃうのよ。だから思い出せるまで一緒に店の中を歩いてあげるの。大概は新聞かビスケットだから。確かに彼はしっちゃかめっちゃかよ。でも心配しないで。いる間は大抵あたしが気にしてるから」

驚いたことも本当だが、それより父が哀れだった。公の場にいる時父がどれほど困惑しているかなど、僕はそれまで思い浮かべてさえいなかった。一人で何かをしようとすることも父にとってはもう一大困難と化していたのだ。店を出ようとすると彼女の声が追いかけてきた。

「大丈夫だからね」

相手を力一杯抱き締めたい気持ちだった。彼女がこんなに父に理解を示してくれていることがすぐには信じられなかった。同時に、誰も彼もが同じように感じて行動してくれる訳ではないことも当然わかっていた。生協まで車を運ぶ間も涙が抑えられなかった。

僕の父だ。ソングアミニットマンなんだ。かつては百もの歌を一節たりとも間違えずに歌えた男だ。舞台があるのならどこへでも軽やかに足を運び、聴衆の心をつかむことにかけては絶対の自信を持っていた男なのだ。こんなふうになってしまうべきではなかった。

生協に入ると父はまたふらふら歩き回っていた。何を買うつもりだったか、どうにか自力で思い出そうとしているらしい。そのまま僕は、まるで見当違いのものを手に取ってはぶつぶつと何か呟《つぶや》いている父の様子を見守った。ところがレジに支払いに並んだ時だ。なんと父は店員に財布を丸ごと渡してしまったのだ。さすがに血が凍りそうだった。

これでは子供同然だ。その事実が胸に刺さった。老人ホームを回って歌っていた頃本人がどうにか守ろうとしていた老人たちと同じほど、父自身もすでにすっかり脆弱《ぜいじゃく》だった。どうすればいいのかわからなかった。

母が古い友人のアイリーンと繁華街のバス停でばったり会ったのがこの頃だ。六〇年代には母とアイリーンはよく一緒に過ごしていたらしい。僕も写真でではあるが、アイリーンが当時いつも、ブロンドの髪をいわゆる蜂の巣《ビーハイヴ》に結い上げていたことを覚えていた。だが連絡はいつしか途絶え二人はもう何年も会っていなかったのだけれど、僕らが一番きつかったこの時期、運命はその日を選んで母と親友を再び引き合わせてくれたのだった。

何年も顔を合わせたことすらなかったのに、ほとんど通り一本分程度しか離れていない距離にそれぞれ暮らしていることがすぐ判明した。数日後アイリーンが電話をくれて、一緒にセントステファンズに行かないかと母を誘った。店は今なお飛び入り大歓迎の夜をやっており、そこで彼女は、あそこなら母にもいい気分転換になるのではないかと考えてくれたのだ。

当然のごとく父は外出したがらなかったから、結局母は一人で行った。しかし翌週には父もついてきて、すぐにそれが新たな習慣となった。何よりだったのは、一旦その手の場所へ足を踏み入れてしまえば父がステージに上がらずにはいられなかったことだ。父はいきなり人前で再び歌い始めたのだ。もう何年も遠ざかっていたことだった。

だから母がアイリーンと偶然出会い、そしてパブへ出かけるようになったことが、父にもまた、かつての歌への情熱に再び火をつけてくれるきっかけとなり、結果本人の人生に多少の猶予期間をもたらしてくれるようになったのだ。今や父には毎週楽しみに待てる物事ができ、しかもそういう夜はつかの間母を荒れ狂う日常から解放してくれる貴重な時間となった。

舞台にいる父を客席から見上げていると、まるでタイムマシンで彼の全盛期へと舞い戻ってきたような気分になった。自信に満ち、的確にメロディーに身を委ね、リズムを外すようなことは絶対しなかった。昔を知る誰かがこんなふうに言った。

「テディ・マックがまた舞台の上でやりやがった」

歌詞の暗記も完璧だったし、それどころかかつてと同様、父はやすやすと観客たちを手中に収めた。アル・マルティーノの大ヒット『ヒア・イン・マイ・ハート』を歌い出した時など、客席は針の落ちる音まで聞こえそうなほど静まり返ったものだ。

ひょっとして音楽ならばこの事態を多少やわらげてくれる、そういう役割を果たしてくれるのかもしれない——僕らがそう気づいたのもこの時だった。舞台の上でならば父も安心できるのだろう。ほかの世界は父にはすでにすっかり未知のもので、ただ日ごとに脅威を増していくだけなのだから。

そんなことを心に留めつつ僕と母は奥の部屋にレコードプレイヤーを据えなおし、父の古いレコードの何枚かを探し出して階下へ持ってきた。父の反応を目にした時には思わず涙がこぼれそうになった。まるで別人のようだったのだ。

たちまち父は、慎重にレコードを選んでターンテーブルに載せ、またそれを外すことを繰り返しながら、何時間でもその部屋で一緒に歌うようになった。声は昔と変わらず素晴らしかった。かっとなることがまったくなくなった訳ではないが、少なくとも再び歌うことを楽しみ始めたらしい点だけは断言してよさそうだった。

人々を沸かせ、時に違う世界を垣間見せていた父の歌声が、今本人にも同じことをしようとしていた。

15

もちろん音楽は一時的な猶予をくれるだけで根本的な治療にはならない。二〇一四年の秋になってもなお家での父の様子はひどくなる一方で、発作のような怒りは頻度と激しさを増していった。

週末に実家に帰ると母は早々に二階の寝室へ引き上げていた。僕は父と並んで居間でテレビを観《み》た。父の状態は良好に思えたのだが、しかし不意に椅子から立ち上がった父が階段を駆け上がっていった。そんなに速く走る姿などかつて目にしたこともないほどだ。訝《いぶか》る間もなく階上から大きな悲鳴が響いてきた。

「テッドやめて、お願いだから!」

「お前なんて骨を残らずへし折ってやる」

慌てて僕も階段を駆け両親の寝室に飛び込んだ。母は部屋の片隅に突っ立って身を硬くしていた。髪はぼさぼさで、唖然《あぜん》としている。ベッドはカバーがすっかり剝《は》がされて、父がその場所に立ち僕ら二人を威嚇していた。まるでたちのよくない憑物《つきもの》に憑かれているとでもいった顔つきだ。僕は慌てて問いただした。

「いったいどうしたっていうのさ」

「こいつが俺の視界に入らないようにするんだ。少しでも近づいたらそこの窓から放り投げてやる！」

それだけ言うと父は僕を押し退《お の》け、また嵐のように階下へ戻っていった。

「父さんに何か言ったの？　殴られたりしなかった？」

そう問いかけたが母は首を横に振った。

「飛び込んできたかと思うといきなり私を引きずり回そうとしたのよ」

明らかに母はショック状態に陥《おちい》っていた。父の怒りには合理性などなかったうえ、この夜はさらに何時間もそのままだった。最後には母が居間で寝ることでようやく自分はベッドに入ることを了承した。

その夜は僕もほとんど眠れなかった。そして朝が訪れた訳だが、すると父本人は前夜の出来事などきれいさっぱり忘れてしまっているのだった。

母は家事のうちでも失敗できない部分は決して父にさせることはなかったのだが、それでも父はいつも周りをうろつき、手伝いたいのかそれとも忙しく見せたいだけだったのかわからないが、とにかく様々なものに手を出してはいじくり回していた。だが病気が進むにつれてそういったことも一切なくなった。症状はどんどん進んでいたのだと思う。

庭の状態を維持するため多少の仕事をこなしておこうと帰ってきたのはまた別の週末のことになる。特に玄関前と建物脇の敷石にカビが生えて滑りやすくなっていたものだから、両親が転んだりしないかと心配だったのだ。それこそ足など骨折するような事態は今の状況では絶対に避けたかった。

まずホームセンターへ行ってカビ取り洗剤と新しいブラシを買ってくると、それから二時間あまり屋外で掃除をし続けた。父はずっと窓際に立ってこちらをにらみつけていた。何かを快く思っていないのは明らかで、いずれ嚙《か》みついてくるだろうことも十分察せられたから、あえてこちらからは何も言わずにいた。

ようやく掃除が終わろうかというところで父が嵐のような勢いで出てきた。そして僕の手からブラシを引ったくるとそれを胸元に押しつけた。

「出ていけ。とっとと失《う》せろ。ここは俺の庭だ。俺のやり方でやる」

「父さん――」

「俺の庭から出ていけ。さもないと体中の骨をへし折るぞ」

父は今にもくっつかんばかりに顔を近づけながら迫ってきた。目つきはやはり何か憑物のようなものを思わせた。脅しではない。僕が動かなければきっと本気でそうするつもりに違いなかった。

「わかったよ。自分でやればいい」

それだけ吐き捨てると僕は音を立てて扉を閉めて玄関をくぐった。居間で紅茶を準備してくれていた母が怪訝《けげん》そうな顔をした。

「どうかした？」

「わからない。二人が滑ったりしないよう磨いていただけなんだけどね」

その時突然勢いよくドアが開き、父が駆け込んできた。

「お前ここでいったい何をやっている？　出ていけ、とにかくとっとと失せろ」

「父さん、僕はさっきまでずっと庭仕事をしてただろう。どうしてそんなに突っかかってくるのさ？」

「そんなのお前だってわかっているだろう。俺がなぜ――」

僕もそこで立ち上がった。

「いいや、わからないんだ、父さん。本当にさっぱりなんだ。だから僕に対してどうしてそんなに腹を立ててるのか、ちゃんと教えてくれないか」

その時にはもう互いに真っ向からにらみ合っていた。僕だって腹に据えかねたのだ。この週末もそれまで父の口から出てきたのは、やはり不平と恫喝《どうかつ》ばかりで、ほとんど我慢の限界だった。父が僕の顔を見て笑った。

「失せろ、お前になどなんの価値もない。自分でもわかっているんだろうが、どうしてだか教えてやろうか――」

その通りだった。もうその時には父が何を口にするつもりなのかすっかりわかってしまっていた。そして僕はその一切に慄《おのの》いた。

「続けなよ、父さん。どうして僕に価値がないのかちゃんと教えてよ」

僕は父の顔に向け怒鳴り返した。父が僕の胸元に指を突き立てた。

「ずっとお前のことが情けなくてたまらなかった」

その言葉だけでもう胃の辺りがずしりと重くなる。

「そうだ、続けなよ父さん。次はどうして情けなかったのか教えてくれなくちゃだめだ」

僕もさらに重ねて叫んだ。父に対しそんな反抗的な態度を取ったことさえ実はこの時が初めてだった。これ以上続ければ殴られる。そうも思った。

「お前が俺にとって無価値なのはな、お前がそんなふうだからだ。お前を知る誰にもこんなことは口が裂けても言えなかった。俺が情けないと言ってしまえば皆お前をそういうふうに見るからな。母さんだってそうだ。ただ優し過ぎてはっきり言えないだけだ」

「ああそうか。つまりこういうことだろう、僕がゲイだからって訳だよな」

なお父に食ってかかってこそいたが、裏腹に心はすっかり砕け散っていた。胃なんてもうとっくに床の上に落っこちていた。

目の前にいるのはかつての父とはもはや似ても似つかない相手だった。父はこういった対立それ自体を嫌っていたものだ。たとえどんな状況でも父という人は、むしろ周囲の平穏を取り戻さんと奮闘し、物事のいい面を見つけるよう努めていたのだ。しかしこの病気は、そんな人間をただただいつも怒り狂わせておきたいのだ。

「ああそうだ。お前がゲイだからだ。おかげで俺も母さんも孫の顔さえ拝めない」

「このクソ親父《おやじ》」

父に向かって悪態をついたのも初めてだ。僕たちはいよいよつかみ合いになりかかったのだが、母が割って入って引き剝がした。

僕は二階に上がり、あらゆる悪態を吐き出しながら目についたドアを次から次へと音を立てて閉めて回った。父は家を出て自分の物置にもぐり込んだ。やがて母が上ってきた。

「大丈夫、サイモン？」

「ああ母さん、なんともないよ」

答えながら気にしていない振りをしようとした。

「少し表に出てくるよ。まともな空気が吸いたいんだ。心配しないで」

車に乗り込むとまずはバックで通りに出て信号を目標に走った。だがもうどうにも抑えられなかった。涙が止まらなかった。

僕は本当に荒《すさ》んでいた。すすり泣き、そのまま激しく喚《わめ》き出し、やがては自分がどこを走っているのかも見失った。目についた最初の角で曲がって脇に寄ると、そこは工業団地の一画だった。

何がどうなってしまったんだろう。確かに最初に打ち明けた時も一番気がかりだったのは両親が僕を恥ずかしく思わないかという点で、同時にたぶん二人を大きく失望させてしまうだろうということだった。だからこそ僕は事実をひた隠しにした。当時のゲイたちの多くがそうだったように、僕自身も自分の愛する人たちを傷つけたくなかったのだ。

そしていよいよカミングアウトした時、一番理解を示してくれたのが父だった。父こそが波風を収めようとしてくれたのだ。いつだってお前は自分の生きたいように生きるべきだ、そうしなければならないのだと言ってくれた。

「ほかの連中なんて放っておけ。自分にとって正しいことは自分自身が一番わかっている。誰かを傷つけない限りにおいてはな」

しかしこの日の父の言葉は、そんな一切がすべて嘘《うそ》だったのだなと思わせるものだった。それが僕を苦しめた。一番恐れていたことが現実となったのだ。それだけは絶対にしたくなかったのに、僕は父を傷つけていた。

僕だって両親には息子を誇りに思ってほしかった。まるで生まれて初めて泣いたかのように涙はこぼれ続けて止まらなかった。

どうにか気持ちを落ち着けて家へ戻った。けれど中へ入るのが怖かった。父はきっとまた正気を失《な》くしているに違いない。バスと正面衝突でもやらかしてしまったような気分だったが、それでもどうにか、自分から逃げ出すのはもうやめようと決意した。父の言葉にこれほど深く傷ついていることは誰にも気取られるまいと考えていた。

玄関を開け、そのまま奥の部屋へと行ってみた。

「サイモン、お前か？」

「そうだよ、父さん」

父は驚くほど快活で、満足げでさえあった。いったい何が起きたのだろう。

「ちょうどお茶を淹《い》れたところだ。お前も飲まないか？」

そう言って父がドアから顔を覗《のぞ》かせた。笑みまで浮かべている。この世界に心配事など何もないかのようだ。

「ドーナツも買ってきたぞ。欲しいんなら食っていい。町にいたのか？　混んでたか？」

あの胸を締めつけるようなやりとりさえ消えてしまった。理解も咀嚼《そしゃく》もまったくできなかったが、それでもどうにか調子を合わせ、こっちも何事もなかったかのように振る舞った。頭がおかしくなりそうだった。それからは会話もなく、僕らはこの機能不全の日常をただ淡々と続けたのだった。

十一月の末には母が七十の誕生日を迎えた。僕は親族に声をかけサプライズパーティーを準備した。テーマは母の大好きなフランスともう一つ、同じくお気に入りのテレビドラマ『ダイナスティ』だ。同番組のキャリントン一家の魅力と、それからフランスでの休日とを同時に再現してみせようというプランだった。父が秘密を守れないことは明白だったから、やはり何も聞かせずにおいた。

この時期もう父は、たとえすでにタクシーが待っているような状況でも、母との外出を渋るようになっていた。これまで相当辛《つら》い思いをしているのだから、せめて一晩だけでも母のための時間を作ってあげたかった。

当日もやはり父が家から出ようとしなかった場合の対策として、コリン叔父に助けを頼んでおいた。案の定いよいよ出発という間際になって父は行かないと言い出した。唯一説得できそうな材料は、もう高級レストランに料理を注文してあるから、行けばきっと美味《おい》しいものが食べられるよといった程度のことだった。父にはこの夜が母の誕生祝いだという認識もまるでなかったが、こちらはむしろ好都合だった。どうにか連れ出すことに成功した。

おかげさまでその晩は無事素敵な一夜となった。母も楽しんでくれたはずだ。もっとも従兄弟《いとこ》の一人にあまりにたくさんのカクテルを勧められたせいで、本人は多くを覚えてはいなかったようだが。

参加者は全員タマネギとニンニクの首飾りにベレー帽という、一応はフランスっぽい衣装で統一してもらった。父も舞台に立って歌を披露した。つかの間ではあったがすべてが以前と同じように思えたし、帰りのタクシーには母へのプレゼントが山積みにもなった。

万事が上手《うま》くいったかに思えて僕も嬉《うれ》しかった。

　ところがその翌日の誕生日当日、母がプレゼントを開け始めると出し抜けに父がまたひどい言葉を浴びせかけ始めた。僕らは無視を決め込んだ。

「なあ、どうしてあいつらはこの女にカードを渡す？　本物のスターは俺だろう。こいつにはなんの価値もない」

　実際母はものすごい数のカードとプレゼントに囲まれていた。僕も誰か一人宛にこれほどの贈り物が積まれているのを目にしたことはかつてない。しかしこれが父に火をつけてしまったらしく、罵詈雑言《ばりぞうごん》は止まらなかった。

　病気のせいだとわかってはいた。しかしこの病は、言動以外の部分ではあまり表に出てこない。そこが厄介だった。目の前の相手は普通の状態とまったく同じに見えている。だから相手が正常ではないこと、それどころか本人には自分を制御できず理由もわからぬままその行動を取っているのだという事実をつい忘れがちになってしまうのだ。

　こうなると、ちょうど前夜のように父がまだ舞台の上で、ミッドランド時代に使っていた名前であるテディ・マックなる人物になりきることができるという事実それ自体が、むしろ残酷に思えてくる。父はそのやり方ならまだ忘れてはいない。しかし、自分が一番愛しているはずの相手に対しては、いわば正当に振る舞う方法さえもうわからないのだ。

　こういった怒りや苛立《いらだ》ちを、僕らではなく他の誰かに向けることだってできるはずだろう。再びそう考えずにはいられなかった。まるで皆がテッドの華麗なるステージを楽しんでいる一方で、僕と母だけが必死に舞台裏のモップがけをやらされているかのようだった。

災厄のような時間を経て、一四年のクリスマスはロンドンの僕のマンションで過ごしてもらうことに決めた。両親の到着はイヴの予定だったので、僕はその晩二人には内緒のままロンドンの新たなランドマークの一つシャードまで連れていき、展望レストランでの食事に招待しようと思いついた。駅からサウスバンク地区までは徒歩で移動し、途中に見つけたパブで休憩を挟んだ。

父は相変わらず目に入るものすべてに文句をつけるような状態だった。気分が変わってくれることを必死に祈った。また聖夜を台無しにされたくなかったのだ。

パブでは仕事帰りと思《おぼ》しきグループがグラスを傾けていた。父は混雑を縫って彼らの方へ近づくと、さも昔からの知り合いであるかのように話し始めた。向こうが互いに顔を見合わせたこともわかった。なあ、こいつらいったい誰だよとでも言い合っているようだ。そのうえ父は彼らを子供だと思っている様子で、そういう口調で話していた。

彼らが父をからかい出したことも見て取れたから急いで連れ戻そうとした。だが、本人はどこ吹く風だった。

「父さん、こっちで僕と母さんと一緒にいよう」

「そんなことできるか。俺は今、本物のスターの皆さんと話してるんだぞ」

返ってくるのはこんな返事ばかりなのだ。

「サイモン、ほっときなさい。絶対に戻ってなんてこないから」

仕方なく僕は母と一緒に座りながら父から目を離さないようにし、はたして一行がどう対処するのかを見守った。グループの中の若い二人は予想通り父を笑いものにし始めたのだが、ありがたいことに一緒にいた年配のもう一人が彼らにかまうなと命じてくれた。そして僕の方を向き、口だけで、大丈夫だからと伝えてくれまでしたのだ。

その短い一言に僕はこのうえなく感謝した。おそらく父がどういう状態かを理解したうえで合わせてくれているのだろう。父を端に呼び寄せ、若者らからは距離を置き、この人物は辛抱強く会話につき合ってくれていた。

「ねえ、やっぱりそろそろあの人たちを助けてあげないとまずいよ」

僕はそう母に言って、そのまま僕らはコートを手に取りそちらの席へと歩いていった。

「ねえテッド、もう行く時間よ」

声をかけたのは母だ。

「おい、置いてきぼりにされないうちに一緒に行った方がいいと思うぞ」

その彼が父に言い、父も自分のコートを手にし、母のところへと歩いていった。

「ありがとうございました。父はその、時々混乱してしまうんです」

「気にしなくていいよ。大体のところはお察しする。義父がちょうどあんな感じなもので

らだ。

ね。君たちも大変だろう」

彼と握手を交わし僕も店を後にした。本当に、こういった見知らぬ人からの思いやりほど勇気づけられるものはない。今にして思えば、母と僕はこの一連が起きて以来ずっと孤立していたようなものだった。それでもこういった何気ない行動や言葉に時折触れられたおかげでどうにか前に進めていたのだ。一瞬でも日々の異常さから救い出してもらえたからだ。

そのままロンドン橋まで歩き、宙に突き立ったシャードの建物の入り口へ到着した。入場券を切られた後は空港みたいな保安検査所を通らなければならなかった。ポケットの中のものを全部出し、コートはセンサーにかけられ、そのうえベルトまで外させられた。

しかしこの時の僕にはまだ、父にとって今や世界がどれほどの恐怖と化しているのか本当には理解できていなかった。控え目に言ってそれはきっと劇場のようなものなのだ。次に何が起きるかなどわからない。だから常に身構えていなければならない。

ポケットを空にしコートも一旦脱がなければダメなんだと父に言い聞かせるだけでたっぷり五分かかった。係の人間は僕らのことを頭がおかしいとでも思ったようで、互いに目配せしながら忍び笑いを交わしていた。確かに父の病状を知らなければ、こういった行動はただの間抜けとしか見えなかったに違いない。

それでもどうにかその関門をくぐり抜け、ようやくエレベーターに乗り込んで展望階へとたどり着いた。しかしまたしても僕は、そんな高所にいることが父にとってどれほど恐ろしいものかなど欠片《かけら》も思い及んでいなかったのだ。

シャードからの眺望は素晴らしく、しかもこの日はロンドンにはめずらしく晴れていたおかげで太陽が沈んでいく様が克明に見えた。市街全体が夕陽《ゆうひ》を受けて輝いていた。しかし父にはまったくそれらを楽しむ素振りはなかった。それどころか母と僕が窓に近づくたび恐慌を来たし、エレベーターのある壁際から一歩も動こうとはしなかった。

「おいでよ父さん、いい景色だ」

「黙れ、俺は帰るぞ」

父はエレベーターに戻ると言ってきかなかった。せめて母がこの夜だけでも気がかりなしに過ごせればいいのにと心底願っていたのだが、状況はもう悪夢だった。ついに父は周囲の人々に叫び出し始めた。

「窓の外なんか見なくていいっ。俺はここにいるオカマ野郎どもみたいな腰抜けじゃない。そんなものは俺には必要ない」

こうして僕らはまたもや、観光客と従業員たちの奇異の眼差《まなざ》しに晒《さら》されることとなった。きっと地獄から出てきた家族だろうくらいに思われていたんじゃないかと思う。結局そこで切り上げて帰路につくほかなくなった。盗み見た母の顔には落胆が色濃かった。

母の日々には今や苛立ちと失望しかなかった。しかし結婚するより以前、二人がまだ恋人同士だった頃に彼女が掲げていた敢闘精神が再びその姿を現した。是が非でもまっとうな休日を過ごしたいと考えた母は、思いつくなりすぐさまそれを実行に移した。そして結局、何度も考えなおすようにと僕が言ったにもかかわらず、母は再び夫婦二人でのフランス行きを決めたのだった。

「私にだって人生も楽しみも必要なの。わかるでしょう？」

説得を重ねている間、母は繰り返しそう口にしたものだ。

二人が五月に二週間同地に滞在することにしぶしぶ僕も同意した。何かあった場合に備え追って飛行機で合流し、中程の五日間ばかりだけでも一緒に過ごせるようにした。

二人が現地に着いて二日目の夜、母に電話をかけてみた。すでに一悶着《ひともんちゃく》どころではない騒ぎもあったようだが、母の声は至極落ち着いたものだった。

後追いで到着した僕は、二人ともすこぶる上機嫌なことに驚かされた。だがそれも界隈《かいわい》にあったバーの一軒に出かけるまでのことだった。そこはいわゆる高級店で、めかし込んだウェイターたちには多少尊大なところもあったが、天気もよかったものだから我々は屋外の席へ案内してもらった。

ところがそこで気がついたのは、どうやら父があちこちにガラスの仕切りがあると思い込んでしまっているらしいことだった。二本の柱の間になっている場所を通る時は必ず、ドアを開けようとでもするかのように腕を前に突き出していたのだ。まずいなと思うまもなく例のやつが始まった。

「こんなところからは連れ出してくれ」

すでに叫び声だった。

「テッド、落ち着いて」

窘《たしな》めたのは母だ。だがもう店中の視線が集まっていた。父は是が非でも逃げ出したいらしくそこら中をのたうち回った。そして椅子の一つに躓《つまず》いたのだがこれで事態がさらに悪化した。もう一度、今度は自分も転びそうになるほどその同じ椅子を蹴飛ばした父は、存在しないガラスのドアを次から次へと懸命に押し開けながら店を駆け抜けていったのだ。誰もが正気ではないと思っただろう。

この一件をきっかけに今度の休日も坂道を転げ落ち出した。もっとも昼間のうちはそこそこましだった。海岸線を散歩して会話を交わすこともできた。だがどうやら父が、本当は僕が誰だかもわからないまま喋《しゃべ》っているらしいと気づかされたのもこの時だ。さすがにそんなのは初めてだった。

大抵はまだ僕のことをサイモンと呼んではいた。しかし話題がブラックバーン時代の話になると、つまりは当時の職場の思い出とか、あるいは十四人兄弟の一番上に生まれた苦労といったエピソードが出てくると、どうも僕を自分の息子だとは考えていないんじゃないかといった口調になるのだ。不意に足元に穴が開いたような気持ちになった。

この頃父は薬の一切を拒んでいた。のみならず、母と僕が自分に毒を盛ろうとしているのだと非難するようになっていた。キャンプ場では僕は一人用の寝室で寝た。それでも二人が自分たちの部屋へ姿を消すと、決まって母を侮辱する父の声が聞こえてきた。

しかしそういった出ていけとか俺の視界から失せろなどの言葉すら、もういつものことに成り果てていた。罵詈雑言がやむことはなく、聞いているだけでひどい気持ちになった。一人で泣いている母を目にしたことも数え切れない。しかも僕が母を慰めようと二人の部屋へ足を踏み入れると、父は今度はありとあらゆる悪態を武器に、それらの矛先を僕へと向けるのだった。

ついに破滅の時が訪れたのは、二人の旧友であるアレンとグロリア夫妻が海岸線のバーに僕たち一家を招待してくれた夜だった。彼らの娘もまたはるばるロンドンからやってきていて、そのうえ二人は、新しくできたこの店の演し物《だしもの》について結構な評判を聞きつけていたのだ。

夕食はキャンプ場で済ませ七時頃出発した。父がすでに危なっかしい状態であることもすぐわかった。海沿いを歩いている間中、文句たらたらだったのだ。

「それで、今日の舞台は何なんですか？」

僕が訊《き》いてみるとグロリアが答えた。

「それがエルヴィスの物真似《ものまね》芸人らしいのよ」

僕と母は思わず顔を見合わせた。ひょっとしてこれは大失敗になりかねないと即座にわかったからだ。父はエルヴィスを真似する人種が大嫌いだった。そのうえこの機嫌だ。無事で済む訳がない。

そもそも父は舞台が自分のものであることに慣れていた。だから、たとえ最も状態のよい時でも、スポットライトを浴びるに足る芸を持っていない相手には決して容赦しなかった。待ち受けているのは修羅場に間違いなかった。

ああ、神様。口には出さずにそう思った。

やがて音楽が始まりいよいよそのエルヴィス氏が舞台裏から登場した。

「皆さんこんばんは《シヨーネン・グーテン・アヴエント》」

なるほどそれはエルヴィスの物真似だったが、しかしドイツ語だった。

この似非《えせ》エルヴィス氏は客席中を闊歩《かつぽ》して観客たちをいじって回った。ドイツ人には大受けで、中には笑い過ぎて椅子から転げ落ちる者もいた。一方僕たちのテーブルでは父がものすごい顔をして黙り込んでいた。まさに爆発寸前という雰囲気だ。

「ド素人め。見る価値もない最低野郎だ」

父はぶつぶつとそんな言葉を繰り返していた。そうして最後にはこう吐き捨てながら立ち上がった。

「もういい、俺は帰る。こんなもの芸でもなんでもない」

後から思えばその通りだと思わないでもない。それでも舞台が始まったばかりの会場から席を立ち、盛り上がるテーブルたちの間を嫌な顔をされながら通り抜けていかなければならないような羽目は、やはり二度とごめん蒙《こうむ》りたい。実際父は、最後の方ではわざと椅子を蹴飛ばしたりもしていたようだ。

しかもキャンプ場へ戻る頃には僕らへの口撃も再開していた。迸《ほとばし》ってくるのは紛《まが》う事なき憎しみだった。

「お前らの企《たくら》みなんかお見通しだからな」

父が声を荒らげる。

「父さん、頼むから落ち着いて、静かにしてよ」

時刻はもうほとんど十一時だというのに父は目一杯の音量で僕らを罵った。同じキャンプ場のどの宿にも聞こえていたに違いない。母がとうとう泣き出した。

「もうやってられないわ」

「大丈夫さ、明日はきっとなんとかなるよ」

そう言うしかなかった。

母を僕の寝室に寝かせることにして、自分は居間に寝床をこしらえた。父は寝室を歩き回りなお何事か呟《つぶや》き続けており、その気配が筒抜けだった。何をしたいのかは見当もつかなかったけれど、どうやら何かを探し繰り返し戸棚を開け閉めしているようだった。そんなことをする父も目にしたことがなかったから、思わず背筋が冷たくなった。

眠ることなどできなかった。それでもようやくうとうとしかけた時だった。父の部屋の扉が勢いよく開いて大きな音を立てた。時計を確かめると三時だった。

僕はすっかり固まった。自分の父親ではあったが命の危険を感じざるを得なかった。そのまま寝たふりを続けていると、父はなお何か呟きながら居間中を足を引きずるようにして歩き回った。

「クソッタレの豚野郎ども、捕まえたらぶちのめしてやる。盗人《ぬすつと》どもめ。お前らが何を企んでるか俺が知らないとでも思ってるのかっ」

夜中に一人で目を覚まし、部屋の中にお化けがいると思い込んでしまった子供のような気持ちになった。息を止め身動《みじろ》ぎ一つしまいとした。とにかくただ怖かった。戸棚や引き出しを開ける音はやむ気配もない。しかもその都度父は思い切り音を立てた。いずれナイフか何かを見つけて僕を刺すんじゃないかとまで考えた。背筋が凍りつきそうだった。

突然足音と独り言がやんだ。部屋がしんとする。一瞬だけ盗み見ると、父が僕を見下ろすようにして立っていた。

ああ、刺されるんだ。さもなければ殴られる。

そう思っても僕の全身は固まったままだった。目を開けて相手をちゃんと諭せばそれで済むことだろうと思うかもしれないけれど、その時の僕にはその程度のこともできなかったのだ。

確かに相手が僕のことを誰より愛してくれているはずの父親であれば、本当に体を傷つけはしないだろうと考えてはいた。しかしそれは昔のテッドだ。この病に冒されてしまう以前の父だ。この先どうなるかなどもう知りたくもなかった。だから目を閉じたままでいた。そうしていれば父などそこにはいない振りを貫けるんじゃないかと思ったのだ。僕はもはや大の男とは到底呼べない、ただの怯《おび》えた子供だった。

そしていよいよそれが始まった。

「このクソ野郎！」

呪詛《じゅそ》のような低い声音だった。

「お前のやっていることなんか全部お見通しだからな、この浅ましい盗人め」

父の顔がすぐそばにあった。薄目でそれだけ確かめた。

「俺は、クソッタレなお前の、クソッタレな骨を、全部、砕いてやるからな」

父は歯を剝《む》き出《だ》しにして一語一語を区切るようにしながらそう唸った。

どんな場合であれかつての父は、滅多《めった》なことでは〝クソッタレ〟という言葉を決して口にはしなかった。だからその単語がそんなふうに、まるで何かの呪いのように自分に向けられているというだけで、本当に命が削られていく思いだった。

目の前の父は悪魔に取り憑《と　つ》かれてしまったみたいだった。呪詛はそれから十分あまりも続いた。しかしそこで父は、最初に出てきた時と同じように足を引きずりながら部屋へ戻っていったのだ。後ろ手に扉を閉める音が響き、そして一切が静まった。

いったいなんだったんだ。そう思いながら心臓がまだばくばくいっていた。そのまま横たわりただ目の前の壁を見つめ続けた。指一本動かさずにいた。

その夜はそれ以上一睡もできなかった。八時頃に母が起き出した物音が聞こえてきたものだから、そっとそちらの寝室へ行き、前夜の出来事を手短に話した。たちまち母は泣き出した。

「こんな休暇になんて来なければよかった」

すすり泣きながら母はそれだけ呟いた。

願わくば父の気分が多少でもましになってくれていればと祈りながら、いつも通りにトーストと紅茶を準備した。席に着いた父は落ち着きを取り戻しているようでもあったが、それでもなお油断のならない状態だった。母が手を触れたものは一切使うことを拒んだし、隣に座ろうともしなかった。口を開くこともほぼなく、実際天気に関する取るに足りない会話を除けばこの朝は誰も何も喋らなかった。

いつしかまだ幼かった頃の我が家の休日の、同じ朝食の場面へと思いを馳《は》せていた。口笛や歌が聞こえていて、何より楽しかった。それに比べて今ここにいる僕たちはひどいことばかりの連続に疲れ果て、口を開く気力もなかった。いったい何がどうなったのだろう。

休みの残りは物事がそっくり同じように繰り返されただけだった。昼間は海辺で過ごし気の利いたランチを食べた。父の機嫌もさほど悪くはなかった。けれど日没とともにすべてが様相を変えた。

全員がもう帰りたくてたまらなかった。しかしこの状況でどうすれば父をイギリスへ連れ戻せるのかと考えると、頭には何も浮かんではこなかった。一足先に帰らなければならなかった僕は、帰国の前日にコリン叔父に電話をかけて助言を求めた。

「お前さんは大丈夫か？」

叔父はまずそう言った。

「まあなんとか」

「フランスはどんな感じだ？」

「ああ、そうだね、ここは――」

けれどそこで僕は思わず言葉に詰まってしまった。

「父さんのことなんだ」

気がついた時には泣き出していた。

「サイモン、大丈夫か？」

「うん、平気だよ」

「そんなふうには聞こえないぞ」

また一瞬間が空いた。何が起きたのかすべて話してしまいたいと思った。だがそうすれば僕は再び父を裏切ることになる。

「うん、相変わらずなんだけど、またちょっとひどくこっちに当たり散らしてきてね、どうすればいいのかわからなくなっちゃったんだ――」

言葉にできたのはそこまでだった。僕は受話器に向け再び泣き声をあげていた。そんなことがしたかった訳では決してなかった。助言が欲しかっただけだ。事態がもう僕の手に余るなどとは誰にも考えてほしくはなかった。けれど止まらなかった。いつのまにか僕は叔父に、この休暇の間に起きた一切を打ち明けていた。

「サイモン、今お前が必要だと思っていることがなんであれ、俺らはお前たちを支えていくつもりだ。もし一時的にでも兄貴を家から引き離した方がいいのならすぐに手を貸すぞ。だからそんなに心配するな」

叔父はそうも言ってくれた。

しかし、小型車に押し込まれた父が心療内科の病院へと連れていかれるその光景を思い描いただけでまた涙があふれ出した。僕は南フランスのオートキャンプ場の片隅で顔中をぐしゃぐしゃにしながら座っていた。

その涙は決して自分がどうすべきかさえわからなくなってしまったせいではなかった。きっと誰にも何もわかってはもらえないだろうことが怖かったのだ。

その夜も同じことが繰り返され、翌朝には僕もすっかり疲れ切っていた。父の朝食の席での様子もそれまでの数日と変わらなかった。この日は僕が全員分の卵焼きを焼いた。父はやはりそれにも手をつけようとせず、こっちも好きにさせておいた。

「ねえ父さん、いったいどういうつもりなのさ。今日は僕の最後の日なんだよ。でも父さんはやっぱりそんな調子なんだね」

「最後の日って、どういう意味だ？」

「今夜ロンドンに帰るんだ。空港までは車だから、お昼には出発しないとならない」

「なんだ、帰るのか。どうしてだ？」

「仕事があるからだよ」

「そうか。そういうことならいい一日にしないとな」

まるで突然かつての父がこの部屋に戻ってきたかのようだった。闇はすっかり姿を消してくれたかにも思われた。この一瞬で僕が息子のサイモンだときちんと認識できていたのかもしれないが、本当のところはわからない。しかしとにかく父の頭によぎった何かが落ち着きを取り戻させたのだ。たぶん僕がいなくなると言ったからだ。

この最後の日をどうにか平和に過ごせそうな見通しが立ち、僕は胸を撫《な》で下《お》ろした。午前中両親が表で座っている間に宿舎を掃除した。だがあちこちから砂を掃き出しているうちに、不意に強烈な悲しみにとらわれた。

父が少しずつ姿を消し始めている。その事実がかつてなく鮮明にのしかかってきた。それでも僕には次に何をすればいいのかも、あるいはこの先どんな運命が自分たちに襲いかかってくるのかも、何もわからないままだった。

16

アルツハイマーは盗賊だ。日常から希望を奪い、常識を打ち砕いてしまう。ただこちらを傷つけるそれだけのために、世界そのものが手ぐすねを引いて待ちかまえていたのではないかとさえ思えてくる。大切だった時間もこれから先作れるはずだった思い出の数々も、見境も躊躇《ちゅうちょ》もなく塗り潰していってしまうのだ。

残酷なこの病気と格闘するうち僕らは、父すなわちテッド・マクダーモットという人間が、あたかも二つの違う人生を生きているか、もしくはすでに別々の人間になってしまったかのように思え始めた。夜という時間は以前なら舞台に上がるべく生を享《う》けたテッドが息を吹き返す時だったが、今やそれは僕らが最もその到来を恐れる相手となっていた。

僕と母はどうにかして自分たちだけで事態を乗り切ろうと虚《むな》しく足掻《あが》き続けていたようだ。それは認めざるを得ない。

思い返せば僕たちは目の前の現実から目を背け、昔のテッドという存在に頑《かたく》なにこだわり続けていた。時たま訪れる多少はましだという程度の時間が僕たちに、ひょっとしてまだ父のよい部分の方が悪い面に勝っているのではないかと錯覚させたのだ。

おそらくこれは、父をまだ自分たちの手の届く場所に留《とど》めておきたいという、祈りにも似た気持ちから生まれていたものだった。あるいは父を失う恐怖と言い換えるのが正しいのかもしれない。他人の介在を許してしまえば、父という人間がもう昔の彼ではないと認めることに繫《つな》がりかねなかった。

我が家はずっと大らかで愛情深い家庭だった。自分たちの問題は自分たちで解決してきた。だからということでもないが、たとえ父の弟妹たちが力を結集してくれたとしても、最終的に父の問題は母と僕とで担うしかなかった。

そもそもヒルダとモーリスが世を去って以来、叔父叔母たちには父の姿をじかに目にする機会さえ実は滅多《めった》になかった。そんな状況では、相手がもう自分たちが一緒に育ったテッドではなくなりつつあると聞かされても、想像することさえきっと難しいだろう。だが事実父はすでに、時に彼らのため矢面に立ち、あるいは自分の幸運を分かち合うべくポケットに食べ物を忍ばせて帰ってきた、そういった善き長男などではまるでなかった。

そのうえ実は父はもう、弟妹たちの名前も時に思い出せなくなっていた。僕も極力彼らには本人の最悪の状態を見せないようにしていたのだが、事態が進むにつれ、そうした努力も重荷に感じられてきた。

友人たちはこの終わらない悪夢のような話に辛抱強くつき合ってくれた。それでもあの口撃の程度については、はたしてどこまで理解してくれていたかは疑問が残る。結局僕は誰かに指図してもらいたかったのかもしれない。友人から言われたことはかなりいろいろと試しているのである。

老人ホームに入れてしまえばいいのにと言う友人もいたが、これだけはそういう気持ちになれなかった。たとえ一部であれ父はまだそこに、目の前にいると思いたかったのだろう。それに万が一父が、自分はいわば捨てられるのだとそこだけそんなふうに認識できてしまったら。そう想像するだけで、むしろ僕らの方が罪悪感に押し潰されてしまいそうになる。

家での父はなお罵詈雑言《ばりぞうごん》の雨あられだったが、それでも時に優しさが垣間見《かいまみ》える機会もあった。だからこそ僕らは、それが仮初《かりそ》めだと重々わかっていながら、そんな時間がくれる刹那の安心感に縋《すが》ったのだ。けれどそんな危うさが先行きを不透明なものにしていたのも本当だ。

実際ひどい状況だった。実家に泊まる際には毎回、寝室のドアをスーツケースで押さえておかなければ眠れたものではなかった。もちろん夜中に父が入ってきたりしないためだ。父の行動にはもはや一貫性も因果関係もなかったから、ただ怖かった。

火がついた父は僕を悪し様《あざま》にクソッタレ呼ばわりし、そうでない時間はただ黙り込んで座っていた。目覚めは毎度毎度何かに驚いて無理矢理目を開けるような有様で、母も僕も日々命を削られる思いだった。

「このクソッタレのサイモンめ、お前は偽物だ」

これ以上持ちこたえられない。そういう段階が目の前だった。僕は公共の社会福祉事業の相談窓口に電話をかけてみた。

生憎《あいにく》その時は、現状確認に足を運べるスタッフが週明けにならないと手配できないとのことだった。だからそれまではなんとか本人を宥《なだ》め、非常の際にはすぐ警察に通報するようにというのが彼らからの指示だった。つまり、自分たちの身の安全のために必要なら父の身柄を拘束しろということだった。

月曜を迎えまずは職場に連絡し、家の事情であと少しだけ休ませてほしいと告げた。とにかく母が心配だった。これ以上父と二人きりにしておきたくなかった。

社会福祉士は医師を同行してくることになっていた。午前中のうちに彼らに伝えるべき内容のリストを作ってみた。その日は生憎の雨で、父は例によって何ともわからぬ対象に腹を立て裏の部屋に閉じこもっていた。僕は来客の姿を見落とすことのないよう、窓の外を気にしながら居間で待機した。

歩いてくる二人が見えた途端に家を飛び出し、一旦彼らを植木の陰に引っ張り込んだ。父には僕らが話している場面を見られない方がいいと判断したのだ。そしてその場でリストを取り出し、父の状態とこの週末に起きた細々とした出来事を報告しようとした。

しかし三番目の項目まで来たところで状況がどれほどひどいかに改めて気づき、唇が勝手に震え出した。結局そのまま泣き出していた。いったいなぜこんなことになったのか。それが皆目わからなかった。その先のどの項目も声に出そうとするたび言葉に詰まり、結局はただメモを彼らに手渡すよりなくなった。

「できれば本人に直接記憶力に関する質問をぶつけることは控えていただきたいんです」

情けなくも僕はそう頼んでいた。

「そうするとすぐかっとなってしまうものですから、そこから先僕らはまる一日その状態につき合わなければならないんです」

この週末も父は完全に拒絶モードだった。父の主張は基本、自分はすこぶる順調で、問題があるのは僕らの方だというものだった。妻と息子が自分の金を盗み、嘘《うそ》を吐《つ》いて財布を隠し、耳に入らないところで陰口を言い、あまつさえ毒を盛ろうとまでしているのだぞうだ。僕らに向けて口を開く場面では、出てくるのは例外なくひどい侮蔑か、さもなければ骨をへし折るぞとかまとめて運河に放り込んでやるとかいった恫喝《どうかつ》かのどちらかだった。

いよいよ僕は訪問者たちを家の中へ招じ入れた。

「こんにちはテッドさん。私どもは市の方から家庭訪問に伺いました。あなたと奥様のリンダさんとがお互いにきちんと助け合われていることを確認しにまいったんです」

まず社会福祉士が切り出した。

「幾つかご質問してもよろしいですか？」

だが父はすでに鬼の形相だった。

「好きにしろ。ただし答えるかどうかはこっちの自由だ」

「父さん、お二人は父さんたちの暮らしぶりを確かめに来ただけだよ」

仕方なく僕は割り込んだ。

「俺には悪いところなどない。頭を診てもらわなくちゃならんのはあいつの方だ」

父が吐き捨てた。

そのまま父が自分の揺り椅子から動かずにいる間、母が全員に紅茶を淹《い》れた。医師が健康診断の体《てい》を装い父の膝や脈を確かめた。

「ところでマクダーモットさん、物覚えの方はいかがですかな？」

思わず椅子から転げ落ちそうになった。医師が本人の反応を見るためどうしてもここでこの質問を発しなければならなかったのだと理解できたのは、今ようやくこうやってこの日の経緯を文字に起こし出してからのことになる。

「まったく問題ない」

嚙《か》みつくように父が答えた。そして僕と母を指差しながらつけ加えた。

「あいつらが気にしているのはどうせそこだろう」

けれどその目を見た時だ。実は今進行しているこの状況に父がすっかり体を強張《こわば》らせてしまっていることが不意にわかった。怒りと悲しみと混乱と。そこに浮かんでいたのはそういうものがない交ぜになった光で、見ているのも辛《つら》かった。僕に向けた眼差《まなざ》しには恐怖が色濃く、同時に憤りが見えた。あたかもこう言っているようだった。

「なあ、どうしてこんな仕打ちをする？」

これほど儚《はかな》げな父の姿は初めてだった。今にも僕らを殺さんばかりの表情であったとしてもである。

やがて社会福祉士の女性が父に、よろしければお庭を案内してくださいませんかと切り出した。医師と母が直接話せるようにという配慮だ。

しかし母としては、事態がいかにひどいかを今さっき会ったばかりの相手に率直に言葉にするのはさすがに抵抗があったようだ。なお社交辞令ばかりを並べ、日々の辛さについてはなかなか触れずにいた。父を裏切るような真似《まね》をしたくない気持ちは痛いほどわかった。それでも繰り返し医師に促され、いよいよ母は切り出した。

大きな問題の一つは父が薬を拒み続けていることだった。そこでまず錠剤を飲み薬に変えてもらうことになった。その方が飲ませるのが簡単だからだ。それからこの社会福祉士の女性が毎週水曜に訪問してくれることも決まった。行動が不測に激変したような場合に備えての処置だ。しかしこちらは二週間しか続かなかった。母の方が、彼女の来訪がむしろ日常の妨げとなりそうだと気づいたからだ。

気は重かったがロンドンへ帰って仕事に戻らない訳にはいかなかった。荷物を手に階下へ下りると父が僕にこう言った。

「おい、なんでお前、女物の服なんか着てるんだ？」

耳を疑った。冗談のつもりだろうか？　それともそれほど混乱しているのか。僕が女性の格好をしているだって？　頭はもう飽和状態だった。

何も答えずに、呼んでおいたタクシーに乗り込んだ。ドアを閉めると運転手が振り向いて口を開いた。ひどいインド訛《なま》りだった。

「お客さん、音楽はお好きですかね？」

訊《き》きこそしたが彼はこちらの返事など待たずにＣＤのスイッチを入れた。流れてきたのはアーチーズの『シュガー・シュガー』だった。実在しないバンドの大ヒット曲なんて、いったいどんな皮肉だろうかと思った。しかもブラックバーンの町並みを抜けていく間中、この運転手はお世辞にも上手とは言えない英語で延々歌い通しだった。

後ろに座った僕の目からはいつしか涙が流れ出していた。車が駅に着きトランクから荷物を引っ張り出していると、運転手がまた僕に向いた。

「まずお体を大事にしなさい。どうにもならないなんてことは、意外にないもんですぜ」

疲れ切ったうえで待つ人もいないマンションに戻ると、いかに自分が孤独かが改めて身に染みた。それまでにもアルツハイマー協会の電話番号は何度か確かめてはいたのだが、かけてみる気にまではならずにいた。自分には縁がないものだと思っていた。

友だちに電話して週末の出来事を吐き出してしまいたい気もしたが、これまでにもう数え切れないほどそうしてきたのを思えば、また煩わせるのも気が引けた。全部終わってくれればいいのにと思った。言葉にしてしまえば空恐ろしいが、僕はもう父にいなくなってしまってほしかった。そうすれば日々はましになる。それほど追い詰められていたのだ。

受話器を持ち上げてアルツハイマー協会の番号を押した。出たのは女性だった。

「どうかなさいましたか？」

彼女の声が耳に届いた。

「僕の父親なんです——」

けれどやはり、その先に詰まってしまった。たぶんその時こぼれた涙は、父にゲイであることを糾弾《きゅうだん》された時と同じ種類のものだった。言葉を発しようとすればその都度嗚咽《おえつ》になり、全然話せなかった。どれほどそうしていたかわからない。たぶん十分近くそんな具合だった。あの病気はいよいよ僕をも屈服させたのだ。これ以上できることがあるとは思えない。今自分が何をしているのか、この先どうするべきなのか、その手がかりさえない。こんな状態があとどのくらい続くんだろう。まるで生きながら地獄に落とされたみたいだ。

涙で途切れがちになりながらどうにか回線の先にいる相手に事情を説明した。落ち込んだどころではない声になっていたと思う。

「これ以上やっていける気がしないんだ」

父の罵詈雑言を逐一挙げながらそう吐き出した。相手は口を挟むこともせずただ不満をぶちまけさせてくれた。時折理解を示しながら受話器の先にいてくれた。

「大丈夫ですよ。あなたならできますし、実際やってらっしゃるじゃないですか」

彼女はそうも言ってくれた。

「お父様もきっとお二人を誇りに思われていますよ」

その女性はそれからも、この数年間に僕らに襲いかかった出来事に耳を貸してくれた。そしてその後、今父が経験しているであろう事態を初めてちゃんと僕に説明してくれた。すなわち、父の攻撃性と怒りとは、実は本人の恐怖の表れだというのだ。

正常とは到底言えない日々の中、悪戦苦闘するあまりに僕は、父の立場からものを見るという発想をまるで持てずにいた。観察していたのは本人の行動と自分たちへの影響だけだ。いったいなぜ父があんな言動に出るのかといった点に思いを馳《は》せたことは一瞬たりともなかった。

では何が引き金でなぜあれほどの怒りが起きるのか。父もまた一人きりで怯《おび》えていたのだ。世界が日ごとに未知のものとなっていく恐怖は、実は僕らが体験していたそれと同じほどの激しさで父に迫っているのかもしれないのだ。僕は父の立場に改めて立ちなおし、そこから事態を見つめなおさなければならなかった。

　この時のやりとりには、正直世界が一変した気分にさせられた。気持ちを立てなおせたし、この先もがんばれそうな勇気をもらえた。僕はずっと自分を一人きりだと思い込み途方に暮れていた。しかしそれだって、父が何をどう感じているかには一切関係なかった。本当にこの点は死角になっていた。

　諦めたりなんてするものか。父はきっとまだあの容れ物《いれもの》の中にいるはずだ。僕のことを思い出し上機嫌で過ごす日もあるのだから。このまま消えさせたりはしない。

　その夜遅く母に電話して状況を確かめた。母の声は怒っているようだった。あるいは直前まで泣いていたのかもしれなかった。

　僕が家を出た少し後、昼寝でもしようと母は二階へ上がった。三十分ほど横になってから目を覚ました彼女は、再び階段を下り居間へと戻った。父はまだ同じ椅子にいた。明かりもつけず真っ暗になったその場所で、ハンカチで顔を覆い声を殺して泣いていたのだそうだ。

「テッド、どうかしたの?」

「何が起きているのかわからないんだ」

　父がそう絞り出した。

「自分が人を怒らせていることはわかっている。でもその理由がわからないんだ。なぜ自分が人に悲しい思いをさせるのかがさっぱりなんだ」

　母は近寄って父の体を抱き締めた。

「バカげてるとは自分でもわかってる。そんなはずは絶対にない。だけどな、今さっきお前のお袋さんがここに来て、心配しなくていいからねと言ってくれたんだ。人生にはそんなことだってあるわよってな。だから大丈夫だって。わかってる。そんなことはありえない。あの人は亡くなってるんだから」

　父はもう泣き声だった。

「その後母さんがやってきて、同じことを喋《しゃべ》った。皆がお前の面倒を見てくれるから心配しなくていいって。わかってるさ。二人ともとっくに死んじまってる。こんなの現実である訳もない。でも来てくれたんだ」

　受話器からこぼれる母の声を聞きながら僕もまた泣いていた。ただ胸が締めつけられた。この数年目の前にいた怒れる怪物は、実は誰より怯えていたのだ。その先をこれ以上一人きりで歩かせる訳には絶対にいかない。

　それから半年近くは変化と呼べそうなものはほとんどなかった。土曜の夜には大抵父と母はセントステファンズまで足を延ばし、そこで父はマイクを持った。僕も週末にはよほどのことがない限り帰省した。父は大方怒っていてやはり薄氷を踏む思いではあったが、そんな中に垣間見えてくる彼自身の悲しみは次第に募っていくようだった。

母が洗い物をしていた時のことだ。どうやら父には母の姿がどうしても見つけられなかったらしい。少しして母は寝室で泣いている父を見つけたそうだ。いよいよ本当に母が出ていってしまい、自分は一人きりになったのだと思い込んでいたようだ。

二〇一六年の初春に両親がロンドンへ出てきた。けれど到着した母の顔には疲労が色濃く、なんとか休ませる必要があった。父はいつものしかめっ面で、この週末がどう運ぶのかと思えば自《おの》ずと憂鬱な気持ちになった。

「父さん、少し散歩でもしようか」

母と離れてマンションを出ることに父は多少抵抗したが、この時はなんとか連れ出せた。これで母も多少は平穏な時間を過ごせるだろうと、僕も少なからずほっとした。

木曜の夜だった。あちこちで会社員と思《おぼ》しき人々が仕事終わりの一杯を楽しんでいた。父は饒舌《じょうぜつ》だったが例によって意味のあることは何一つ口にしていなかった。僕は耳を傾けることもほぼやめていた。聞こえてくるほとんどが適当な作り話か、さもなければ脈絡のない独り言だったからだ。

穏やかな春の夕暮れだった。僕は父と一緒にテムズ川沿いを進んでいった。

あまり混んでいない店を見つけたかった。皆に父の状態を理解してもらえるとは思えなかったから、普通のサラリーマンに父が絡みでもしようものなら、またいつかと似たような茶番が繰り返されることは火を見るより明らかだった。

最終的にユニオンジャックという店に入った。テート・モダンの手前のパブだ。席を確保した僕は父を待たせて飲み物を注文しに行った。店員は黒髪を長く伸ばした男性だった。カウンターで飲み物を待っていると、父がいきなり僕の横に顔を出した。

「ずいぶんきれいな髪だねえ」

父が店員に声をかけ、その口調に相手が当惑したのがわかった。

「なんだってお客さん？」

「父さんっ」

僕は父がそれ以上何か続ける前に止めようとした。けれど父はむしろ声を張り上げた。

「問題あるか。彼女はとても素敵じゃないか」

店員はもう明らかに怒っていた。父の態度は相手を口説こうとしているようにしか見えなかった。そういう軽さがもともと持ち味ではあったが、この状況では狂気の沙汰だ。とにかく連れ出そうと思った。しかし父はなお店員に振り向いて、僕を指差しながら大きな笑い声をあげたのだった。

「こいつときたら、お前さんみたいな美人と口をきくのが怖いんだ」

カウンターの男はすっかり口を開けていた。恥ずかしくて顔から火が出そうだった。

「申し訳ない。どうやらあなたを女性だと思い込んでしまってるみたいだ」

慌てて説明したが、これがかえって事態に拍車をかけた。テーブルに戻るべく父を引っ張っていく間も店内は笑いの渦だった。

「ところで、お前さんはどこから来たんだったかな?」

　腰を下ろすなり父が言った。

「ブラックバーンに決まってる」

「いや、そうじゃなくてな——まあいい、で、今はどこに暮らしてる?」

「ロンドンに住んでるよ、父さん。僕らがまさに今いる場所だ」

　そう返事すると父が頷《うなず》いた。

「そいつはいい。実は俺の息子もロンドンにいるんだ。ロンドン橋の近くで暮らしてる。お前さんひょっとして、あいつと知り合いだったりしないかな?」

　近頃は僕が誰なのかすら頻繁に忘れてしまいがちではあったが、こんなふうに初対面の他人を相手にするような口調になられたことはさすがになかった。まさに未知の領域ですぐには言葉が出なかった。父はさらに重ねた。

「なあ、あいつを知らないかな?　みんなサイモンって呼んでるはずだ」

「そうだね、ひょっとすると知ってるかもしれないけど」

　どう答えるのがいいのかわからないまま、たどたどしくそれだけ口にした。

「あいつもブラックバーンの出身だ。お前さんの勤め先はどこだい?」

「バーナードって会社だよ」

「おいおい、冗談だろう？　バーナードに勤めてるだって？　実は俺らの息子のサイモンもロンドンに住んでいるうえに、やっぱり同じバーナードってところで働いているんだ」

　このやりとりがいったいどこへ向かおうとしているかなどわかるはずもなかったが、とにかく乗っかるしかなかった。

「それなら絶対知り合いのはずだ。あいつはな、人様からはちょっと軟弱に思われがちだが、結構周りが見えているんだ」

「どういう意味？」

　そう答えこそしたが頭には軟弱という単語が回っていた。

「そうだなあ、なんというか、普通の男どもとはちと違ってるんだ。俺やお前さんとはあまり似ていない。どうしてそうなったのかは俺にもわからない。だがそういうのはたぶん本人は平気なんだ。多くはないが知り合いはいるし、連中はあいつのことを好きでいてくれている。バーナード博士だかのところで働いててな、プログラマーなんだそうだ。コンピューターってやつだ。俺にも似てるがあれはむしろ母親のリンダに似てる」

　僕の頭はもうめちゃくちゃだった。父の頭の中で蠢《うごめ》いているものがなんであれ、少なくとも今の台詞《せりふ》には幾ばくかの真実がその通りに語られている。

「リンダってどんな人？」

「そうだなあ。行動する前に思い悩むタイプだな。でも気持ちのしっかりしている女だ。

息子にもそういうところがある。俺はむしろ考える前に行動する方なんだがな」

そこで言葉を切った父がビールを一口だけ飲んだ。

「しかしあいつは違う。リンダは自分のやっていることをきちんと全部わかっている。見ているこっちはあれじゃあいつまでも何も決まらないんじゃないかと思うんだが、一旦心が定まりさえすればまっしぐらだ。だから俺は一切あいつに任せてしまうことにしてる。実際妻がいなけりゃ俺は次に何をすればいいのかもわからんよ。頼りにしてる」

「二人はどこで出会ったの？」

「ブラックプールだ。新年のお祝いの時だった。その頃俺はそこで働いていてね、舞台がらみを仕切ってたんだ。回転ドアを開けたら真正面に彼女がいた。この人だと思ったよ」

それ以上言葉が出ず僕はただ座っていた。父自身の口から、妻と息子と過ごしてきた人生について聞かされ続けている間ずっと頬を涙が伝った。父は僕を誇りに思い、そして母を愛していた。そんな言葉を耳にするのも初めてだった。

おそらく父は自分でも何をしているのかわかっていなかったのだと思う。しかし父は今目の前にいた。自分の息子、つまりは僕について事細かに語る父の声は誇らしげだった。

そのうち父が、昔はいつも息子の気を引き締めようとしていたものだと口にした。

「あいつが子供だった頃、あれをしようとかこれをしようとか考えているような場面では、俺は必ず反対のことを言うようにしていたもんだよ」

そう言って笑った父の顔をまじまじと見た。

「どうしてそんなふうにしたのさ？」

「そうでもしなきゃあれが学習しないからだ」

思わず深い息が漏れた。脳裏にはかつてのひどい口論の数々や、あるいは激しく閉められたドアの音が浮かんでいた。父が気難しくいなければならなかった理由などそれまで考えもしなかった。むしろ父には僕のことなど理解できないのだと思っていた。

だが父にはわかっていたのだ。むしろ完璧なほど。しかも、弱点も欠点も数多《あまた》あるというのに父はなお、この星の誰よりも僕のことを誇りに思ってくれていた。それこそが今この瞬間、むしろ僕の方がちゃんと理解すべきことだった。

飲み物が空になったので店を出ることにした。ところがなぜか僕らの席からは、来た時はそんなことなかったのに、貸し切りのためにロープで仕切られた別室を通り抜けなければ表に出られないようなってしまっていた。

「俺が一曲歌ってやるぞっ」

怪訝《けげん》な顔になった人々を押し分けて進むうち、ついに父がそう叫んでしまった。

「ごめんなさいね。でもこれは内輪の集まりなの。お引き取りください」

「わかってます。通らせてもらっているだけです。そうしないと出られないもので」

急いで説明した。

「曲名を言ってくれ、歌ってやる」

だが父の声がそこにかぶさった。

「お引き取りください」

女性の一人が唸《うな》るようにそう重ねた。すると父はその相手の胸元に指を突き立てんばかりになった。

「いいか、ご婦人。曲名を言ってくれるだけでいい。歌ってやるから。ほら」

「内輪の会なの。だから結構なんですってば」

いよいよ相手は怒鳴りつけてきた。

「行くよ、父さん」

僕は父の体に腕を回しながらそう言った。その後も床の荷物とか椅子とかに躓《つまず》いてはいたけれど、最後にはようやく外に出ることも叶《かな》い、再びマンションまで歩いて戻った。母はテレビを観《み》ていた。外出に疲れたのか父は早々に別室へ引き上げた。

「大丈夫だった？」

母が尋ねたので、うん、と応じながら首を縦に動かした。

「何かあったの？　今にも泣きそうな顔してる。あの人がまたひどいこと言った？」

「いや、全然そういうのじゃないんだ」

それだけ答えて父が使った後の風呂場に逃げ込んだ。母の目は正しかった。僕は本当は今にも泣き出しそうだった。この時ほど父を哀れに思ったことはない。

一番忘れてはならないのは、父が本当に消えかけているということだった。それでも僕は、これ以上父にいなくなってほしくはなかった。

17

一六年の三月を迎える頃には、音楽がまた父の日常の一部として取り戻されたように見えていた。週末に帰るたび父は大抵一階の奥の部屋で何かしら鳴らしていた。僕らがプレイヤーを設置した部屋だ。

ある日ドア越しに中を窺《うかが》っていると父が『匕首《マック・ザ・ナイフ》マック』を歌い出した。ところが途中で歌詞がごちゃごちゃになってしまった。どうにか元へ戻そうとするのだが、出てくる単語は脈絡なくあちこちへ飛んでいた。昔ならば歌詞が出てこない時は似た言葉で埋め、途中で詰まってしまうことだけは回避していた。しかしこの日はもう混乱としか言いようのない状態だった。ただ適当な単語を口にしているだけで曲との関係すら稀薄《きはく》で、メロディーに乗せるなど望むべくもなかった。

本当に泣きたくなる瞬間だった。おそらくは近い将来これが普通になり、昔のように父の歌を楽しむことはできなくなってしまう。自《おの》ずと静まり返った我が家のイメージが浮かんだ。父の声も、音楽さえもはやそこには響いていない。若い頃父がすぐ歌いたがることをどこか恥ずかしく思っていたのは本当だが、それでも父の声は家族にとってすべてだった。それこそが父を父たらしめていたものだった。

はたして父は今、歌詞すらもちゃんと出てこなくなった自分の記憶をどう感じているのだろう。いったいどんな気持ちで多くの思い出が染みついているはずのこの曲を懸命にもう一度歌おうとしているのだろう。

この『匕首マック《マック・ザ・ナイフ》』こそ父の歌だった。一時は彼の代名詞にもなっていた。数百どころではない回数歌ってきたはずのその詞さえ、父の頭からはこぼれ落ち始めていた。

可能なうちに父の声を留《とど》めておく手段を講じた方がいい。そう思いついたのはこの時だ。そこで僕は、今年のクリスマスには父をスタジオへ連れていき、ちゃんとしたレコーディングをプレゼントしてあげようと決意した。

十分に時間がある訳ではない。この先も父の歌を手元に残しておくためには極力急がなければならない。調べてみると候補となりそうなスタジオは三つに絞れた。順番に電話して、病気のせいで父が喧嘩《けんか》っ早《ぱや》いどころではない状態であることを説明し、そういった事態への対処まで可能かどうか尋ねてみた。

最初の二つの反応は、そこまでしてやる価値があるのかという感触だった。三軒目の番号を回す頃には僕も、やはり難しそうだなと思い始めていた。最後の電話で出てくれたのは、ブラックバーンにあるシャムロックというスタジオの、シーマスという男性だった。

改めて僕は一から全部説明した。

「昔は父もクラブで歌っていました。今年八十になりますが」

「どんな感じだろう。シナトラとかアル・マルティーノ辺りかな?」

「ええ、そうですそうです、シナトラやアル・マルティーノです。ほかにもいろいろやりますが心酔しているのはシナトラです。ただこれもお話ししておかないとならないんですが、父はアルツハイマーを発症しています。そのせいで些細《ささい》なことにすぐ嚙《か》みつきます。ですからこの収録は非常に厄介な仕事になる可能性が高いんです」

「それは大したことじゃない。心配しなくていいよ。で、日程は大体どの辺りだろう」

候補日を調整して予約を取った。いよいよ思い出を作ることが実現できそうだ。

父が作っていた古いカラオケのテープを多少ロンドンへと持ち帰って編集を加えた。トラックのあちこちを切り取って別の曲にまとめ上げてみたのだ。自分のMDの中身がどの程度の出来なのかは定かでなかったが、父と自分と二人ともが好きな曲たちが次々と現れてくるのはなかなか気持ちのいいものだった。たとえば『ヒア・イン・マイ・ハート』に『アイ・ウォント・センド・ローゼズ』、あるいは『ア・マン・ウィズアウト・ラヴ』といったナンバーだ。次の帰省にはこれを持ち帰って父に聴かせた。父の顔が輝いた。

「全部俺が歌っていたやつばかりだ」

「そうだよ、父さん」

その週末父は延々このディスクを聴いていた。記憶力への不安からも解放され、多少はましな時間を過ごしてくれているようだった。レコーディングのことを想像して少し興奮したのも本当だ。叔父叔母たちもきっと同じ気持ちになってくれるのではないかと思った。長い間父の声は親族の中心にあったのだ。上手《うま》くいけばこの先僕らは聴きたい時にそれを楽しめるようにもなる。

しかし収録の朝に起き出してきた父の状態は最悪だった。このままでは簡単に悪夢のような一日になりそうだった。

「とにかく行ってみましょうよ。いつだって挑戦することだけはできるものよ」

僕を勇気づけるべく母がそう背中を押した。

朝食の席でも父は鬼のような形相のまま、何を言っても舌打ちか、さもなければ首を横に振る程度の反応しか返さなかった。仕方なくこちらもあえて必要以上の言葉はかけずにいた。やはりまた、俺に毒を盛ろうとしてやがるなといったことを言い出して、母が触れたものには手を出そうとしなかった。

着替えがさらに一苦労だった。実際すでにカビ臭くなったズボンを穿《は》き替《か》えてもらえるまでにたっぷり一時間は罵詈雑言《ばりぞうごん》を浴びせられ続けた。着るものに関して喚《わめ》き立《た》てる父を見ていると、自ずと昔舞台前に、見た目を気にして騒いでいた姿を思い出さずにはいられなかった。その男が今や着替えさえほとんどしないのだ。

さらに面倒なことに、父は夜、自分の衣服を枕の下に隠してしまうようになっていた。母はだから洗濯もさせてもらえずにいたのだ。自らアイロンを手にし、父がズボンの折り目をきっちり作っていた日々はすでに遙《はる》か彼方《かなた》だった。今や衣類はすべてボールみたいに丸められ、極力目につかない場所を選んで押し込まれているのだった。

四苦八苦の末どうにか車に乗せるところまでこぎ着けた。父には少し前に、今日は僕の友人の家を訪ね、その人が歌を録音してくれる手筈《てはず》になっているのだと説明しておいた。もっともそれがどんな形で頭に残っているのか確かなことはわからなかった。

「俺はプロの歌手だぞ。ノーギャラで歌ったりなどするものか」

父はそんなことを言い出した。

「あのねえ父さん、今回は僕らの方がお金を払ってもいいくらいなんだよ。好意で機材とか、いろいろと使わせてもらえるんだから」

録音のためこちらから支払いをしていることは本人には教えずにおこうと決めていた。

「知ったことか。ちゃんとギャラは出るんだろうな」

父が吐き捨てた。説明しても無駄だった。こういう状態になっている時は好きに振る舞わせておくのが結局は一番楽なのだ。こちらもすでにそう学習していた。それでもスタジオに到着すると、エンターテイナーのテッドが不意に顔を出してきた。

「こちらがシーマスさんだ。僕の友人で今日父さんの歌を録音してくれる」

「ごきげんよう、旦那《ボンジユール　ムシユウ》」

挨拶した父は心なしか意気込んでいるようでもあった。シーマスは生まれも育ちもブラックバーンで百九十センチ近い身長を誇り、僕らの誰より長身だった。

「では早速始めましょうか。実は塗装の工事が入っている最中でしてね。収録はちょっと物置みたいな場所になりますよ」

ちょっと待て、そんな話は聞いていないぞ。声には出さず考えた。やはり最悪の事態になることは免れられないのかもしれない――。

シーマスに案内され全員で階段を上った。父が揚々と進んでいき、その後ろを青い鞄《かばん》を抱えた母が追いかけた。中には父の古いCDとほかの音源、飲み水にそれから母がプリントアウトした歌詞が数枚入っていた。父が確認しなければならなくなった場合の備えだった。やがて着いたのは、なるほど屋根裏部屋に似た一室だった。どこに向けて歌うか、そしてどのヘッドフォンがどのマイクに繋《つな》がっているかをシーマスが説明した。

「いやいやいや。俺は頭に何かつけたりは絶対しない。髪がグチャグチャになる。なんたってプロの歌手なんだから」

「でも父さん、ヘッドフォンをつけなくちゃ伴奏が聞こえないんだ」

「かまわん。どこで歌えばいいのかはわかる。絶対、これを、頭には、つけない」

「ほら見てみなよ。こうやってつけるんだ。そうすると全部聞こえてくる。とにかくちょっとやってみてよ。簡単だしすぐわかるから」

こんなやりとりを十分あまり続けた後ようやく父はヘッドフォンをつけることを了承した。僕は一旦調整室のコンソールの前に引き上げ、まず一曲かけて父がどう反応するかを見てみたいとシーマスに提案した。最初はボビー・ダーリンの『ビヨンド・ザ・シー』にした。上手く滑り出したようにも見えたのだが、ところがこの時はシーマスが途中で曲を止めてしまった。

「おい、何をした？　音がなくなったぞ？　俺は歌手だ。音楽はいったいどこへいった？」

悪夢が再び舞い降りてきた。

「すまなかったね、テッド。でも何小節か前に戻りたい。録《と》りなおしたい箇所がある」

シーマスがマイクを通してそう告げた。

「おい、こいつらは何をしてる？　俺はプロだ。腰抜けどもに指図される覚えはない！」

ついに父はそう叫んでヘッドフォンを床に叩《たた》きつけてしまった。傍らで待機していた僕は慌てて調整室へ駆け戻った。

「シーマス、やりなおしは無理みたいだ。頭から全部通してその間にできることを探すしかないと思う」

「その通りみたいだな。いや、こいつは俺がしくじった。病気のことをつい忘れちまったよ。まずかった箇所はいつもはこうやって録りなおしているもんでな」

かくしてシーマスがもう一度頭からトライしてくれることになった。

「こっちも準備ＯＫみたいだ」

マイクに向け僕がそう叫ぶと、再び音楽が始まった。

「リンダ、この曲はなんだった？」

「『ビヨンド・ザ・シー』でしょう」

「この曲は我慢ならんな。セントステファンズではビッグ・バンドをバックに演《や》ったもんだ。客が群がってきた」

だが半ば意味不明のこの言葉に、不意に不安が兆した。ひょっとするとこの時間そのものが父には大きな心理的ダメージとなっているのではないか。そんな気がしたのだ。

今の父は二つの世界に引き裂かれて存在しているようなものだった。その一方にどうにかして踏みとどまって、かつては自分のものだった曲の数々を歌おうと足掻《あが》く父の姿に僕はすっかり感情移入していた。そのせいでいつのまにか本人が今味わっているはずの恐怖を我がもののように感じてしまい、そんな不安を呼び起こしたのだろう。

父の恐れの正体はたぶん、自分がどこにも属していないような心許《こころもと》なさだった。あるいは人生がすっかり表裏を入れ替えてしまったような感覚という方が近いのかもしれない。頭の中の父自身はなおスーパースターのままだった。しかし現実には、病が彼の美点の一切を奪い去り、それとは真逆とも言うべき存在へと変えていた。

誰のためにをするのも厭《いと》わなかった、穏やかで自信に満ちた若者はすでにどこにもいなかった。今の自分はただ攻撃的で尊大な怪物でしかない――もちろん本人がどのような把握の仕方をしているかはわからないが、今父が苛《さいな》まれているのはそういうものなのではないか。そんな気がしていた。

「ねえテッド、サイモンはこれをあなたへのクリスマスプレゼントに準備してくれたのよ。だからレコーディングしているの。そうすれば皆にCDを送ることもできるから」

母が助け船を出した。

「わかった。よし、音楽を出せ」

「まずはヘッドフォンをつけるの。そうしないと聞こえないのよ」

「俺はプロだ。こんなもの絶対いらん」

僕は一旦録音用のその部屋を離れもう一度調整室へ赴いてシーマスに頭を下げた。

「申し訳ない。そもそも無理だったのかもしれない。とにかくもう一度ヘッドフォンをつけさせられるかどうかやってみる。確認して大丈夫そうだったら合図する」

そうして父のところへ舞い戻った。

「いいかい父さん。こうやってこの機械をつけると演奏が聞こえるんだ」

「そうなのか?」

「ああそうだよ。疑うなら自分で確かめてみるといい」

「こいつを頭にかぶればバンドが演奏し始めるということだな？」

「まあその通りかな」

「うむ、わかった」

父が再びヘッドフォンをつけた。僕はシーマスが直前のやりとりからきっかけを拾ってくれていることを祈った。一瞬の間があった。

「すごいぞ、リンダ。頭にこいつをつけるとオーケストラのやつらが演奏し始める」

どうやら父の耳に演奏が届いてきたらしい。

「知ってるわよ。私はとっくにつけてみたもの」

母がそう返事をした。

「何？　なんだ今度はこっちが聞こえないぞ。おい、母さんは今なんて言ったんだ？　いや、お前の声も聞こえんな。まあいい、とにかく静かにしろ、俺は今音楽を聴いている」

そこで父は壁へ向きなおって笑顔になりながら叫んだ。

「素晴らしいぞ、諸君。この数年で一番の演奏だ」

そしてそのままマイクへ向け歌い始めた。けれど魔法はすぐに解け、父は再び怒りモードへ入り込み、僕らはまた身を硬くするしかなくなった。恥ずかしさでたまらず、僕はシーマスにどうやら時間を無駄にさせただけのようだと改めて頭を下げに行った。

「いや、悪くはないと思うよ。あれを続けることができれば大丈夫なんだがな」

「そう言ってもらえるのは本当にありがたいよ。ならこうしよう。あともう一回だけチャレンジさせてくれ。それで上手くいかなかったら、もうやめにしよう」

そして屋根裏部屋へと戻ったのだが、父はまだ怒鳴り散らしたままだった。

「父さん、これを頭につけると音楽が聞こえてくるんだよ」

またそこから始めるが父は何も覚えていないようだった。

「本当か？　そいつはすごいな」

「そうよテッド、そしたら『ビヨンド・ザ・シー』が出てくるから、それに合わせて歌えばいいの」

「了解であります、上官殿」

再び音楽が始まった。僕はもうすっかり頭を抱えていた。ここへ通されてすでに一時間近くが過ぎている。つぎ込んだ金がすっかり無駄になるのだと思うと全身から冷や汗が出た。ところがこの時父は最初の一節をきっちり歌ったかと思うと、そのままの調子で次のコーラスもクリアした。回り続ける旧式のオープンリールをにらみつけながら僕は祈った。

「お願いだ、どうか最後まで行ってくれ」

はたして父はやり遂げた。やった。頭に浮かんだ言葉はそれだけだった。間を空けず次の曲が始まった。

「彼が行けるところまでこのまま行く」

シーマスの声が届いてきた。

それからかかった曲をすべて父はものにした。単語が飛んだ箇所もあるにはあったが、まるで往時を取り戻したようだった。

「よし、次はなんだ？」

マイクを通じて父が叫ぶ。舞台に立つべく生まれた男が還《かえ》ってきたのだ。僕も心底喜んだ。どうにか父の歌を留めておくことに成功したのだ。

「よく見てろ、これが一流のプロの仕事だ」

曲の合間に父は繰り返し、肩越しにこちらに向いてそう叫んだ。自分の後ろにバンドがいるとでも思い込んでいるようだった。そのまま休みなしで十五曲ほど収録した。終わっても父は上機嫌で社交辞令さえ飛び出した。

「いや、今日あんたが連れてきたメンバーは素晴らしい連中ばかりだな。お前さんお名前はなんていったかな？　シーマスか、シーマスね。いや、実に素晴らしいオーケストラだった。一度セントステファンズに顔を出してくれ。そうしたらあんた方のためにライブをやるよ。あそこもいい面子《メンツ》を揃《そろ》えるぞ。皆あんたのことが気に入るはずだ――」

一週間あまりが過ぎた後シーマスがこの録音を編集した音源を送ってくれたのだが、出来は悪くなかった。あからさまな間違いも聞こえたが、そういうのをすっかり埋め合わせてくれる何かがあった。これならもう一度収録に挑んでみるのもいいかなとまで考えた。

父の八十の誕生日が近づくにつれその気持ちは募った。

父に残された時間は尽きつつあり、しかも事態はものすごい勢いで悪化している。そんなことは十分にわかっていた。だからこそ父のためにも家族のためにも、最後にもう一つ大きな花火を打ち上げてみたかった。一晩でいいから父を人前で歌わせることはできないものか。つまりはテディ・マック・ショウの再現だ。このアイディアに母は言った。

「相当危なっかしいと思うけどね。まあでも、いつだって挑戦することはできるからね」

しかし親族や友人たちに相談してみると大方懸念の方が勝っていた。

「サイモン、親父《おやじ》さんが病気だってことを忘れちゃいけない。それがむしろ取り返しのつかない重圧になる可能性もある。誕生日のお祝いは食事会でも手配するのが無難だよ」

たぶん彼らの方が正しいのだろう。それもわかっていた。重ねていろいろな相手に相談しながら僕自身も揺れに揺れた。それでも最後には覚悟を決めた。次の機会などもうないかもしれないのだ。

まずはセントステファンズの二階を貸し切りにできる日付を押さえ、次にどういう企画にしようかと首を捻《ひね》った。でもすぐに閃《ひらめ》いた。レコーディングはもうやってあるのだから、アルバムの完成記念パーティーにすればいいのだ。

アルツハイマー協会に初めて電話をかけてからそろそろ一年になろうとしていた。あの夜もらえた勇気は忘れられず、何かこちらからお礼のようなことはできないかと常々考えていた。そこでこの父の誕生パーティーを彼らの募金集めの何らかのきっかけにできないものかと思いついた。父と募金が最初に結びついたのは実はこの時だった。

実のところ僕自身はあれから何度か同じ窓口に電話をしただけだった。でもそれだけで本当に救われたし、少なくとも自分たちが孤立している訳ではなく、また、きっと父を支えていけるだろうとその都度教えられたのだ。

父の言動に対処できるような助言を求め、同協会のサイトの掲示板をあちこち彷徨《さまよ》って過ごした夜は数え切れない。一寸先も見えなかったあの日々、彼らの存在こそが生命線だった。そこで僕は、この夜の実現なり集客なりに力を貸してくれた人々に、もれなく父のCDをプレゼントするのはどうだろうと思いついた。そしていよいよ招待状を発送した。

〈テディ・マック八十回目の誕生日とアルバムの完成を祝して〉

さて大成功となるかそれとも目を覆う大惨事と化すのか。この点は何より本人が当日の夜出かけることをよしとするかどうかにかかっていた。父はなお、土壇場になっていきなり外出などしたくないと言い出すような状態の中で藻掻《もが》いていた。すっかりよそ行きに着替えた母を放り出すことも平気で、重ねて頼み込もうものなら暴力に訴えてくるようにさえなっていた。

さらにはたとえ連れ出せても、多くの場合は結局は行く先々で騒ぎを起こして、すべてを台無しにしてしまった。些細なことが必ず大事になった。本人の物言いが一層どころでなく辛辣になっているせいだ。それでもなお、二人はまだほぼ毎週欠かさずにセントステファンズへ足を運ぶことだけはできていた。だから、行き先が慣れ親しんだ場所ならばひょっとして父も簡単に頷《うなず》くかもしれなかったし、さほど不安に苛まれずに過ごせるのではないかとひそかに期待したのだ。

六月までに父が作っていた伴奏用の音源をさらに掘り起こし、同時に昔本人が好きだった曲のリストの作成にも着手した。まだ最後まで歌えそうかどうかといった基準でそれらを並べてみたのだが、最終的に十五曲が残った。そこで母と僕、そして父本人とで再びシーマスのもとを訪れたのだが、この時は終始上機嫌だった。着くなりすぐ録音を始めることさえできた。

その帰路のことだ。僕らはリブルヴァレーまでのドライブにしゃれ込んだ。車内で僕はついさっき収録が終わったばかりのテープをかけた。父が悩みなど一切忘れたような気楽さで曲に合わせて歌い出す。そんな幸せそうな顔はもう数ヶ月も見ていなかった。

ウィアレイの田舎町に入る頃『クアンド・クアンド・クアンド』が始まった。これもまた父がステージでよく歌っていた曲だ。歌詞も全員頭に入っていたから三人で声を揃えた。

「もう一回だ!」

終わるなり父がそう叫ぶものだから、結局は五回ばかりもノンストップで歌わされた。

丘陵地帯の頂上に着くまで父は歌いっぱなしで、運転席と助手席とに並んでいた僕と母は、まるで人が変わったような父の姿に思わず笑みを交わし合うほどだった。

　この時間を留めておきたくなった。この数ヶ月だって実際ひどいものだったのだ。滅多《めった》にないこんな幸福な瞬間にはそれだけの価値がある。僕らは窓を開け放していた。音楽が大音量で外へこぼれ出していく。六回目の『クアンド――』の真っ最中だった。

　ダッシュボードの上へ置いていた携帯電話の角度を調節し録画ボタンを押した。

「そら今だっ」

　父の声が飛ぶ。僕らに加わるよう促しているのだ。どれほど嬉《うれ》しかったかわからない。サングラスに隠れた僕の目には涙があふれ出していた。あれほど重くのしかかっていた闇の先に、つかの間とはいえこんなに明るい普通の時間があったなんて。ちらりと隣を窺うと母もまったく同じ気持ちでいることがわかった。

「素晴らしかったぞっ」

　曲が終わるなり父が言った。

「ふむ。これをレコーディングするべきだったな」

　次に始まったのは『ビヨンド・ザ・シー』だった。僕らもすでに父と一緒でノリノリだったものだから、少し遠回りして帰ることにした。少しでも長くドライブして歌っていたかった。家にたどり着いた時には父もくたくただったが機嫌も上々だった。たぶん普段の十倍くらいは幸福を噛み締めていたのではないかと思う。

同じ日の夜セントステファンズへも出かけたのだが、父はまるで生まれ変わりでもしたかのようだった。眉を曲げることもなく攻撃性もすっかり影をひそめていた。圧力鍋の蓋が開いて蒸気が抜けたとでもいった感じだ。音楽が穏やかで陽気な父を取り戻してくれていた。そこにいるのはいつも輪の真ん中にいて、喜んで誰の助けにでもなろうとし、誰からも好かれていた昔日のテッドだった。

帰ってきて昼間撮影した映像をフェイスブックに上げてからベッドに入った。実に久しぶりの穏やかな夜で、全員がぐっすり眠ることができたのではないかと思う。翌朝見てみると動画にはすでに四十を超える「いいね」がつけられていた。僕にすればものすごい数だった。

誰かがそんなコメントを残してくれていた。

「楽しそうだね」

午後にはまた父と二人で車に乗り、母に頼まれたパンと牛乳とを買ってきた。陽射《ひざ》しが灼《や》けつくようだったからやはり窓を開け放した。父の古いＣＤも何枚か持ってきた。行き帰りにまた一緒に歌えるかもしれないと考えたからだ。ほかに粘着ゴムも準備した。動画の撮影中に携帯を固定するためだ。こういった時間がいずれ二度と取り戻せないものになることはわかっていたから、できるだけ多くを記録しておきたかった。

プレイヤーにＣＤを入れ再生ボタンを押してから車を出した。前奏と一緒に父の顔色が変わったことがわかった。一曲目は『レット・ゼア・ビー・ラヴ』で、僕らはそのまま目一杯声を張り上げながら一緒に歌った。

コーネリアン通りを過ぎる時にかかっていたのはミュージカル『マイ・フェア・レディ』の『君住む街角』だった。中にこんな一節が登場した。

「この地上にほかにいたい場所などあるものか」

ちょうどこのくだりをメロディーに乗せたところで、だが僕の歌は止まってしまった。まさに今この瞬間、自分自身にもこの地上にほかにいたい場所などないように思えたのだ。

僕は父と一緒に歌っていた。父は幸せそうだった。アルツハイマーのことも、攻撃性も恫喝《どうかつ》も苛立《いらだ》ちも、頭からはすべて消《き》え失《う》せていた。むしろ世界に問題など一切存在しないかにも思われた。やはり歌うことこそが父にとっては本物の歓《よろこ》びなのだ。

ほどなくほかにも同じように感じてくれる人たちがたくさんいることが明らかになった。ネット上の例の動画にどんどんと「いいね」がつき始めたのだ。そこで僕は改めてフェイスブックにページを立ち上げ、アップした動画のそれぞれに寄付金募集サイトのジャストギビングへのリンクを張った。もしそうしたいと思ってくれる人がいた時に、アルツハイマー協会への募金が容易にできるようにするためだ。率直に吐露してしまうと、協会に恩返しできることはもちろんだったが、父の喜んでいる姿をまたこうやって目にできること、そしてその歌声をさらに広めていけるかもしれないという可能性の方に僕はより一層胸を躍らせていた。

人生において父はずっと、あと一歩のところでチャンスをつかみ損ねてきたように感じられた。そしてひょっとするとこれは、父が夢を叶《かな》えられる最後の機会なのかもしれないと考え始めていたのだ。

18

僕はひそかに寄付金の目標額を千ポンド（十五万円相当）に設定した。目指すにはやや大き過ぎる金額だったし達成できるとも考えてはいなかった。むしろこれは本当に正しいことなのかという気持ちがまだ強かった。

父は病人だ。その姿がネット上とはいえ世界中の人々に見られてしまう状況を作ることが本人にとっても最善だとはさすがに言い難い気がした。自分が病を患っている間にこんな事態が進行していたと万が一きちんと理解できたとして、はたして喜ぶものだろうか。この点は重ねて自問した。それでも最後には、父の一番の願いは自分の音楽を多くの人たちと分かち合うことであるはずだと思いなおした。

また映像をアップしてから少し出かけて、戻ってくるともう三十もの「いいね」がつき、友人の二人が寄付までしてくれていた。一時間足らずで五十ポンドが寄せられたのだ。加えて喜ばしかったのは、人々が動画を自分の友人たちへさらに広め出してくれていたことだ。父の音楽が世の中に届き始めた、その手応えにも感じられた。

それから一ヶ月の間、五日に一度の割合で父と自分が歌っている映像を公開し続けてみた。六月の末までにページ全体につけられた「いいね」は百五十に上った。そして『ヴォラーレ』をアップするといきなり五百にまで跳ね上がった。
ここまで来てようやく、自分のやっていることはどうやら間違いではなさそうだと確信が持てた。この時点で寄付の総額は五百ポンドに達しており、しかもそれは友人たちからだけではなく、名前も知らない人々からも寄せられ始めていた。そしてメッセージがやはり世界中から届き出した。

あなたのなさっていることは素晴らしいと思います。おかげで元気になれました。今私は病院で祖母の看病をしています。彼女も認知症に冒されています。あなたのお父様の歌を祖母にも聴かせてあげています。この同じように辛《つら》い時期にあなたがいてくださったことに、とにかくお礼が言いたくてご連絡しました。

息子は自閉症で、あなたのお父様の動画を見るまでは音楽など大っ嫌いでした。あなたはこの七年間ずっと私たちにも見えなかった息子のどこかの鍵を開けてくれたんです。

買い物に出かけていた時のことだ。ちょうど隣に並んだ奥様が『ヴォラーレ』を口ずさんでいたんだよ。目と目で笑い合って、もちろん君のお父さんの話になった。君は多くの人に幸せを運んでくれている。

鬱の一際激しかった日にあなたとお父様の映像を見つけました。とても幸福な気持ちになれました。

これだけは言わせてもらいたい。明晰《めいせき》さなど失《な》くしてしまったかのような不安定な状態でも、お父さんは今必ず君を誇りに思っている。君こそ立派な息子というやつだ。

さらに一ヶ月ほど帰省するたびに父をドライブへ連れ出して一緒に歌い、新しい映像を録画した。最初の『クアンド――』を改めてきちんと撮った時のことは鮮明に覚えている。目的地も同じリブルヴァレーの界隈《かいわい》だった。

暖かい日だったのでまた窓を開け、二人して肺を絞るようにして声を出し続けた。繁華街へ着くと父がこのまま中心部を走りたいと言い出した。そうすれば皆に自分の歌が聞こえるというのだ。たぶん三回か四回はその一画を回ったと思う。

一軒のパブのテラス席に男たちの集団が陣取っていた。四度目に彼らの前を通り過ぎた時にはその全員が声援を送ってくれた。歌いながら父はあちこちに手を振っていた。そんな父の姿を目にするのは数年ぶりだった。明らかに自信に満ちたかつての父が甦《よみがえ》っていた。

目的地の商業施設の駐車場にもぐり込んだところでまた『クアンドー——』が始まった。

車を駐《と》めCDのスイッチを切ろうとしたところで父が叫んだ。

「よし、おしまいだ」

けれど僕はもう少し父と一緒に歌っていたかったのにと名残惜しくも感じていた。買い物が済んだ後もやはり前回と同様家へ帰るべくサニーバウアへのルートを走った訳だが、その間ずっと僕は、生まれて初めて父との間にちゃんとした絆《きずな》を作れたように感じていた。

「次にお前が来るまでには、手持ちの伴奏用テープを全部引っ張り出しておく。そうすればセントステファンズで一緒に舞台に立てるからな」

父はそんなことまで口にした。

その午後遅く、僕は父のカラオケ素材からまた数曲分を引っ張り出した。誕生日に歌ってもらおうと考えている曲を練習してもらうつもりだった。舞台の上で歌詞が出てこなくなってしまうような事態を回避したかったからだ。

「父さん、この辺りの曲を一緒に歌ってみるのはどうかな」

「嫌だ」

だがオーディオの部屋にいた父の返事は即答で、しかも険しかった。

「どうしてさ。今日はずっと一緒に歌ってたじゃないか」

「お断りだ。俺はプロだ。プロはギャラなしではやらん」

「だけど父さん。いるのは僕だけだ。何曲か一緒に通そうっていうだけの話さ」

「俺は、金を払わん、やつの前では、絶対に、歌ったり、しない。なんせプロだからな」

　このつかの間に父はもう歯を剝《む》かんばかりの勢いだった。しかもそれから四十分あまり、自分がどれほどのプロか、それゆえ僕らの存在などまったくの無意味で、自分はもうこれ以上そんな相手と一緒にいることには到底我慢がならないのだと延々まくし立てたのだった。僕としてはパーティーが上手《うま》くいくよう備えておきたいだけだった。その報いが侮辱と言いがかりの山だという訳だ。思わずこう吐き捨てていた。

「くそっ、わかったよ。もう忘れてくれ」

　そのまま音を立てて後ろ手にドアを閉め居間へと戻った。しかしこれこそ大失態だった。僕は是が非でも冷静でいるべきだったのだ。次に父が僕を家から追い出そうとすることなどわかりきっていたから、僕はキーを手にして車を出した。そして手近に見つけた待避所で停《と》まった。そのまま携帯電話を取り出して友人のニックを呼び出すと、彼に向けて当たり散らした。

「なあ、いったい全体どうして僕はあんな男にこれほどの時間とエネルギーを注がなくちゃならないんだ？　返ってくるのは罵詈雑言《ばりぞうごん》ばかりなのに」

「その通りだよ。君は本当にすごいことをやっている。お父さんはただ、自分ではもうどうにもできないだけなんだ。そうだろう？」

　このようにニックはいつも僕を落ち着かせてくれるのだった。戻る前に一応様子を確認しておこうかと家に電話をかけてみると、父が出た。

「サイモンか？　ああ神様、お前でよかった。今どこにいる？　さっきまで変なオカマ野郎が家にいたんだ。どうやら自分が歌えると思ってるらしい。部屋の中を勝手にうろついたうえ、俺にまで指図しようとしてきた。今はいなくなったが、次に顔を見せたら必ずぶちのめしてやるつもりだ」

　背筋が凍りそうだった。いよいよ父が手の届かない場所に行ってしまったかとも思われた。戻ってみると父は今度は母に腹を立てていた。

「こいつが何を企《たくら》んでるかなんてお見通しだ。この女は例のオカマ野郎とデキてるんだ。さっきまでここにいたやつだ。俺は全部わかってる」

「父さん、母さんはそんなこと絶対にしないよ。父さんを愛しているんだから」

「いいや、する。お前はこいつがどんな女かわかってない」

　手がつけられなかった。仕方なく僕は母に車に逃げ込んでいるよう言った。

「あの女がまた家に入ってこようものなら今度こそ窓から放り投げてやる。あいつはしょっちゅう例のオカマ野郎を家に入れやがる。俺はプロだぞ。あんな玉無しにあれこれ指図される謂《い》われはない。ファンだって何千人もいる。ミッドランドじゃ皆行列を作って待っていた。弟や妹の誰にでもいいから訊《き》いてみろ。誰でもちゃんと教えてくれる」

　正直僕もギリギリだった。それでもなんとかお茶を淹《い》れて勧めてみたが、父はなお、もう矛先が誰に向いているのかすら定かではない怒りにとらわれたままだった。

「父さん、言わなくちゃならないことがある」

「なんだ？」

「とにかく座ってくれないか。大事な話だ」

「俺は座ったりせん。いいからあの女を俺の目の届かない場所に追い出してくれ」

「お願いだよ父さん。どうしても言わなくちゃならないことなんだ」

　父はだが、ソファの肘掛けに腰を置くに留《とど》めた。

「いいかい父さん、まずしっかり僕の目を見てほしい。僕は一度だって父さんに嘘《うそ》を言ったことはない。そうだね？」

「そうだ。お前は俺に嘘などつかん。しっかりした子だ」

「そこでだ。ここにいたなんとか野郎のことだ。彼は父さんを怒鳴ったんだよね」

「ああそうだ。またここに現れたらその時こそ顎をかち割ってやる」

「ごめん父さん、そいつは僕だったんだ」

　言いながらも唇は震え、目からは涙があふれていた。

「そんなはずはない。あんな野郎がお前であるはずがない。お前は俺にあんな口の利き方はしない。そんなことはわかりきっている」

「いや、僕だったんだ。本当にごめん。怒鳴ったりなんて絶対にするべきじゃなかった。僕はただ上手くやりたくて、それで腹を立ててしまった」

「いいやサイモン、違うぞ。あの女の企みはわかってる。あいつとあの野郎はデキてるんだ。あいつはいつだって野郎の肩を持ちたがる。俺はプロだぞ。あんなへなちょこに周りをうろつかれる筋合いはない」

「父さん、だからごめんってば。あれは僕なんだよ」

この段階では僕はもう父に跪《ひざまず》かんばかりになっていた。だが父は聞き入れようともしなかった。やがて逃げるようにステレオの部屋に駆け込んだ父が音楽をかけ出した。もう一杯父に紅茶を淹れて持っていってから、改めて玄関を出て母の様子を見に行った。

「多少は落ち着いたかもしれない。でもまだ油断は禁物だ。しばらくは父さんの目に触れない方がよさそうだよ。後で僕がもう一度ドライブに連れていってみるから」

母がずっと泣いていたことは明らかだった。車の中で身を硬くしているよりほか居場所がなかったのだと思えば鳥肌が立った。

「まっすぐ二階に行って。そしたら僕が父さんを連れ出すから」

しかし玄関を開けると父はそこにいた。

「そいつを俺の目の届かないところへ連れていけ。警告したはずだ。さもなければその女はそこの窓を通り抜けなきゃならんことになるぞ」

母は慌てて脇をすり抜け二階へ逃げ込んだ。父は奥の部屋に引き返し、また音楽へと戻っていった。

「父さん、もう一杯くらい紅茶でも飲まない？」

「そいつはいいな、今淹れるのか？」

確かもうお互い、この二時間で五杯目くらいだったのではないかと思う。少しだけ落ち着きを取り戻したところでどうにか父をドライブに誘い出すことに成功した。しかし車のシートに身を沈めるなりまた怒りが迸《ほとばし》り出した。

「なあサイモン、お前なら何が問題かわかるだろう。あの女は結局自分のことばかりだ」

「父さん。母さんは父さんを愛してるんだよ。わかってるはずだ」

なんとかもう少し宥《なだ》めたかったが、この夜の父はひたすら攻撃的になるばかりだった。母への怒りはやむことなど忘れたようで、こっちだってもうそんなのは聞いていたくなかった。どうして父は黙っていられないのだろう。気がつけば嗚咽《おえつ》を抑えられず、仕方なく車を路肩に停めた。

「おい、いったいどうしたサイモン。なんで泣いてる？」

僕は本当に泣きじゃくっていた。涙も鼻水も、あらゆるものが顔からあふれていた。

「サイモンどうした。何があった」

「父さんが母さんに当たってばかりいるからだよ。母さんはなんとか助けになろうとしているだけなのにさ。いつだって父さんのことだけ気にかけてる。愛してるんだ。それなのにこの二時間父さんのしたことと言えば、その母さんを攻撃することだけだ」

「俺はお前の母親に当たったことなど一度もないぞ。あの人は世界で最高の女性だ。俺だって彼女を愛してる。傷つけたりする訳がない」

「父さん、やってるんだよ。父さんはずっと、母さんのことを窓から放り投げてやるとかなんとかって脅し続けてばかりいるんだ」

「そんなことを言った覚えはないぞっ。もし誰かが母さんに手を出そうものなら俺がそいつをぶちのめす。なあサイモン、誰かがお前をいじめたのか？　だったらちゃんと教えろ。俺が片をつけてやる」

まともな会話になりそうな気配などなかった。

「父さん、一つだけ約束してほしいことがある。家に帰っても母さんに食ってかからないでほしいんだ。今はそれだけでいい。それだけ約束してくれないか」

「何をとぼけたことを。俺はリンダに噛《か》みついたりはせん。愛しているからな」

「わかったよ。そうだったね。今のは忘れて」

その後ようやくサニーバウアへ車を戻した。帰ってみると母が紅茶を淹れていた。いつもと変わらない風を装っている。だが僕はすっかり打ちのめされた気分だった。とてもではないが記憶から消し去ることなどできない。しかも父本人は周囲を振り回したことなどきれいさっぱり覚えてはいなかったのだ。

サイトに上げていた映像の幾つかが再生回数で二百を超え出したのがこの時期だ。世界中の人々が父の歌を楽しんでくれているのだと思うと驚くべきことだった。

大学時代の古い友人であるロブとその妻ロイヤ、そして二人の家族が、今暮らしているオーストラリアから遙々《はるばる》イギリスへ遊びにやってきた。日曜日、僕は彼らのところを訪ねる予定にしていた。その朝も新たな動画を一本投稿したのだが、列車に乗り込んだタイミングでメッセージが殺到し始めた。それぞれに目を通し返事を書くことに夢中になり過ぎて、つい乗り越した。結局一時間余分にかかってようやく目的地に到着した。

何かが起き始めている気配があった。それに、寄せられたメッセージには逐一考えさせられた。人々は助言を求め、自分の話を誰かと共有したがっていた。そんな繋《つな》がり方は僕にとっても初めての経験だった。

一方で父の誕生日の計画にも頭を悩ませ続けていた。シーマスから新たに録音できた素材の一式を受け取った後、それらを友人のニックに預けて編集を依頼した。彼は鍵盤奏者で自分で音楽制作もやっていたのだ。

ヴォーカルの全部に耳を通してもらっている間、二人でたぶんリットル単位の紅茶を飲んだのではないかと思う。ニックは感銘を受けていた。

「君の親父《おやじ》さんの声は驚くべきだな。この年でこの高さをきちんと出せるなんて」

彼の手でいよいよマスターと呼ぶべきものができあがり、後はこれをシーマスに送ればディスクに焼いてもらえる手筈《てはず》だった。

アルバムのタイトルは『ソングアミニットマン』に決め、パーティーに間に合うべくジャケットのデザインを終えた。ちなみにこのタイトルは僕が上げたすべての動画にハッシュタグとしてつけてあるものだ。父のアーティスト表記はテディ・マックで行くことにした。幸運にもバトリンズ時代の写真を一枚発見できた。もっともすっかりしわくちゃで、子供の頃の僕がつけたらしき緑色の毛羽のようなものにあちこち覆われていたが、トリミングを施せば十分使えそうだった。

七月十九日の段階で「いいね」の数は七百を超え、寄付金も当初の目標だった千ポンドを突破した。すぐには信じられなかった。誕生パーティーの日付もすでに間近だったのだが、できあがってきたCDはすぐ母に見せてしまった。当日まで我慢できなかったのだ。

どうせ父は母にありがとうとさえ言えないだろう。仮にその気持ちがあっても、父にはもはや自分がいったい何に感謝しているのかすらたぶんよくわからないのだ。しかしアルバムなら母が父のためにやってきたことの十分な報いともなり得るのではないか。そう考えた僕は思案の末、ジャケットに短い献辞を載せることにした。

〝僕たちの礎《いしずえ》、リンダに捧《ささ》ぐ〟

アルバムを渡すと母はまず裏面の曲目リストを確かめた。それから表に引っ繰り返し、そこで深く息をついた。涙をこらえているようだった。

「まあサイモン、バカな子なんだから」

母はそこで走り出し父にも見せに行ったのだった。

「テッド、これ見てよ。あなたのＣＤよ」

しかし父の返事は素っ気なかった。

「ああ、わかったよ」

そしてほとんど目を向けもせず机の上に置いてしまった。

『クアンド・クアンド・クアンド』をフェイスブックに上げたのはパーティーの当日だ。僕自身これが一番のお気に入りだったし、父の誕生日にも相応《ふさわ》しいはずだった。その後は友人のフェリペに手伝ってもらって夜の準備に勤《いそ》しんだ。ところが一旦家へ戻るとすぐによくない気配がわかった。案の定、母はキッチンで泣いていた。

「出かけないって言い出しちゃったの」

階上からは父が物を投げる音が聞こえていた。

「俺は、自分で、何をどこに置いたのかも、ちゃんと、わかってる。やつが、全部、俺のものをつまらんものまで一切合財、動かして、回りやがるんだ。俺はプロだ。つまらん素人につきまとわれるのは我慢ならんっ」

慌てて駆け上がったが父は嵐のような怒りの只中《ただなか》だった。それこそ胃が引っ繰り返りそうな気分だった。どうやら大失敗をやらかしたようだ。今宵《こよい》もまた悪夢のような一夜になってしまうのかもしれない。

父は洋服ダンスから引きずり出したものを次々と引き裂いていた。何を着ることも拒み、自分はプロで、なのにつまらないオカマ連中に取り囲まれていると喚《わめ》き通しなのだ。手のつけようがなかった。

ところが火がついた時と同様父はいきなり大人しくなった。そこでまずフェリペを紹介して気を逸《そ》らすことを試みた。その後はどうにかまともな衣服に着替え髪を整えるよう説得することにも成功した。今日が土曜で、つまりはセントステファンズで舞台のある日で、しかも自分が招待されているのだということをなんとかして思い出させたのが効いたようだ。徐々に落ち着きを取り戻した父が最後にようやく車に収まってくれた。

ずっと息を止めながら見守っていた訳だが、なお次の爆発に対しては身構えていた。会場に着き車を駐めて改めてこれからの予定を説明した。

「誰が来るって？　どうして俺はここにいる？　今夜は俺のパーティーじゃない」

しかし何を言っても父は繰り返しそう答えるだけだった。最後にはフェリペが苦心して言いくるめなんとか店内へと連れ込んで本人の席に座らせた。けれどその場所に所在なげに膝に手を置く父の姿を目にすれば涙を禁じ得なかった。目に怯《おび》えが顕《あら》わだったのだ。辛い思いをさせるつもりなんてなかった。でもそうなってしまった——。

たくさんの人々が舞台に上がって歌を披露した。そしていよいよ父の出番となった。しかし父は一度ならず音楽に乗ることに失敗した。そこで僕もステージに上がって傍らに立ち、一緒に歌うことにした。僕自身は決してそういうタイプではないのだが、今やらなければならないことはわかっていた。

かくして僕らは二人で声を合わせて歌った。これもかつてはなかったことだ。懸命に声を張り上げながら僕は、昔はちょっと引いて聴いていた曲の数々の歌詞を自分がちゃんと覚えていることに改めて気づかされた。僕はこの音楽が好きだったのだ。父も同じであるはずだった。

バースデイケーキが登場しても父はまだ、これが自分の誕生パーティーだとはまるでわからないようだった。大人数の参加者をなんとかまとめ、いよいよ記念撮影の段となった。ところが中央の父がなんだか前のめりになっている。見るとケーキに腕を突っ込んでいた。

「あらあら、ケーキが大変っ」

母がそう叫んだその瞬間、カメラを任せていた店のＤＪがシャッターを切った。

蠟燭《ろうそく》に火が灯《とも》され全員が立ち上がり、父を囲んで『ハッピー・バースデイ』を合唱した。

「泣くんじゃねえぞ、テッド」

誰かが叫んだ。

「泣くだって？　この俺が泣くものか」

父が応酬する。

「あのなあ、俺には七人の弟と六人の妹がいるんだぞ。泣いたりする訳がない」

見回して妹の一人であるジェーン叔母の様子に気がついた。頬に涙が伝っていたのだ。

「あの瞬間、兄の目にプライドが戻ってきたように思えたのよ。今でも思い出すたびに泣きたくなっちゃう」

後からだが彼女はそう教えてくれた。

この夜父は家族のこともしっかり思い出していた。これには僕も驚かされたものだ。終わり間際には、かつてのお隣さんだったジルが、やはり目を潤ませながら僕のそばへやってきた。

「本当に素晴らしいことをしたと思うわ。彼もあなたを誇りに思っているはずよ」

言いながら彼女はまだ目元を拭っていた。どうやら父の物語は人々の胸を打つようだ。しかもそれは、同夜僕らと一緒に時を過ごした面々に限ったことではなかったらしい。

翌日になると父の映像を介して届いた募金の総額が千五百ポンドを超えた。古い友人にアレックスという男がいるのだが、この彼が技術系の最新情報を紹介する『ザ・メモ』というサイトを運営しており、この週に同サイトと自分のフェイスブックとの両方で父の物語を扱ってくれたのだった。

「これはずいぶんと大事になりそうな気配だ」

記事はそう結ばれていたが、僕はまだそんなことは思いもよらずにいた。

その週の残りは空き時間のほとんどを、寄せられたメッセージに返信するのに費やした。文章に目を通していくと、僕らが今経験している事態を理解してくれる人々が実はたくさんいるのだとわかり、そういう多くの見知らぬ誰かから勇気をもらえた気持ちになった。

金曜の勤務を終えた後は二週間ほどの夏期休暇に入る予定にしていた。そのための引き継ぎをしている最中だ。出し抜けに僕の携帯が続けざまに鳴り始めた。

「あらあら、誰かずいぶんと人気者がいるわね」

実際上司がそんなことを口にするほどの勢いだった。

「サイモンが自分のお父さんが歌っている動画をネットに上げているの。それが広まっているんじゃないかしら」

そう言ったのは同僚のエリーだ。

「それほどのことじゃないよ。ほんのちょっと見てもらえてはいるけどね。アルツハイマー協会への寄付金を募っているんだ」

しかしこの時寄付の総額はいきなり一万ポンドを超していたのだ。電話が鳴りやまなくなったのはその通知が続々届いてきたせいだった。もはや普通の事態ではなかった。二十ポンド、十ポンド、五十ポンドといった金額がほんの一瞬で寄せられていた。

数日後、休暇をスペインで過ごすため僕は飛行機に乗っていた。再生回数は増え続け、驚いたアルツハイマー協会の方からいよいよ僕に直接連絡が来るようにもなっていた。

スペインに到着しサイトを確かめるとまた数字が一気に増えていた。それから両親の様子を確認するため実家の電話を鳴らした。ブラックバーンを離れてしまうといつだって、家で二人があの恐ろしい病気と取っ組み合っているのに自分がその場にいないという同じ罪悪感に深く苛《さいな》まれるのだった。

「サイモン、あなたにだって休みは必要よ。お父さんは元気だし私はなんとかできるから。楽しんでらっしゃい。全部を一度頭から追い出してしまうのも大事なことよ」

そう母に背中を押されて僕はやっとこの休暇を決意できたのだ。

しかし翌日は朝九時までベッドから出られなかった。前の夜にいきなり起きた大騒ぎのせいで疲れ切っていたのだ。一連の出来事はまず友人のブラッドからの電話で幕を開けた。

「サイモン、お前、大人気だぞ」

この時ロンドンではBBCやITV、それにスカイといったテレビ局が僕らに取材を申し込むべく連絡先を探し始めていたのだ。事態はまるで生き物のように一人歩きをし始めていた。それでも僕は、どうせ一週間もしないうちに収まるだろうと考えて、ならこの際つかめる機会は全部ものにしてやろうと決意した。

同時に、もし万が一町で人が父に気づいてしまうような事態になったら混乱に一層拍車がかかってしまうのではないかという懸念が起きた。この状況でそんなことになったら母は一人で対処しなければならない。そう考えてまずは休暇をここで切り上げることにした。

飛行機がロンドンに着陸する頃には寄付金は三万ポンドを超えて、ＢＢＣからの連絡も届いた。当日夜の番組のため本人に取材したいというものだった。しかしこればかりは慎重にならざるを得なかった。父の状態には当たり外れがあるのだ。そもそも質問を向けられると、まず無意味な答えを口にし、そのまま長い一人語りへ突入していってしまうようなことがしばしばどころではなく起きるのだ。

それに、テレビという場で父の病気について公にしてしまうことが本当に正しいのかどうかはもう一度考えてみる必要があった。何よりも父を混乱させたくなかった。見知らぬ人々が家に押し寄せてくれば当然不安になるだろう。

だがそういった逡巡《しゅんじゅん》の一切と裏腹に、もし父にこの状況を把握することができたなら、そのまま進めと言うんじゃないかという気がしていた。その感覚は強固だった。

『ＢＢＣノース・ウェスト・トゥナイト』なる同夜の番組の記者は、昼前に僕と前後してブラックバーンに到着した。父は彼らの前で何曲か口ずさみ、短いインタビューを受けた。しかし口から出たのはでたらめばかりだ。自分は大金持ちの家の生まれで、父親はブラックカントリーの工場のうち十までを所有していたというのである。つくづくよく言うものだと思った。

取材映像を夜家のテレビで確かめることはしなかった。自分が映ったりしたら父は間違いなく混乱してしまうと思ったのだ。翌朝にはもう両親は現実に立ち戻っていた。早起きしてバスに乗り、父の誕生日当日用の諸々《もろもろ》を買い込むため繁華街へと出かけていったのだ。だがまたしても父はちゃんとした格好をすることを拒み、そのうえ僕らに着替えを手伝わせることもよしとしなかった。こうして父はまるで子供向けのテレビに出てくる喋《しゃべ》る案山子《かか し》ことウォーゼル・ガミッジのようなボロボロの出で立《いた》ちのまま出ていった。機嫌も悪かった。僕が車を出し二人をバスターミナルまで送り届けた。その先の数日間はふいにした休暇の代わりに自分のための時間を過ごすつもりでいた。

しかしほんの十分後、車をまた動かし始めてすぐだ。母から電話がかかってきた。

「お父さんったら入れ歯をしてないの」

慌てて家まで取って返し、さて父ならどこに隠すだろうかと懸命に頭を捻《ひね》らせた。しかし見つけられず、仕方なくまた母に電話を戻した。

「マットレスみたいなものの下はどう？」

そこで家中のベッドの下を捜索したが運は味方してくれなかった。次には階下に下りソファのクッションを全部取っ払ってみた。するとそこにはシャツやら靴下やら、とにかく様々な父の衣類が隠されていた。その中に紛れてティッシュにくるまれた入れ歯が無事見つかった。急いでまた発着場まで届けに行くと、予定のバスの発車にどうにか間に合った。

なるほど世界は僕らの動画に興味を持ち始めてくれていたかもしれない。しかしアルツハイマーを抱えて暮らしていくということは、周りがどうであれ、日々変わらぬ奮闘の連続でしかないのだ。入れ歯のデリバリーといった諸々だ。

その夜ロンドンへ戻った。次の週には仕事に復帰しなければならなかった。スーパーでピザを買って帰り、テレビを眺めてからベッドに入った。携帯は充電しておいた。

翌朝は八時頃目を覚ました。そしていつもの習慣でまず携帯を取り上げた。それまでは半ば寝ぼけていたのだが、フェイスブックからの通知の数を見た途端に背筋が伸びた。動画に残された「いいね」の数は、千とまでは言わないがそこに手が届かんばかりの勢いで、同様にジャストギビングのページにはやはり百単位の件数の寄付が寄せられていたのだ。そのうえ三百にも迫ろうという友達申請まで見つかった。

「いったいどうなってるんだ？」

思わず声が出た。とにかくまず母に電話をかけた。

「ああよかった。ちょうどあなたに電話しようとしていたところだったのよ。私のフェイスブックに四十人ばかり、全然知らない人から友達申請が来てるんだけど、どうすればいいのかしらと思って」

「どれも受けちゃだめだ」

慌ててそれだけ返事した。母にはたぶん、今どれほどの勢いで動画が拡散しているかなどわからないに違いない。僕だってさっぱりだった。そこでフェイスブックの解析ページに目を通し、事態がなぜこれほど急激に進行し始めたのか、その原因を探ってみた。

まず最新の動画がアメリカのあるニュースサイトで取り上げられた。彼らは僕のページとジャストギビングのサイトの両方にリンクを張ってくれていた。このためほんの一日前に投稿したばかりの映像がもう二千万回の再生回数を記録していた。

僕は口に手を当てたまま呆然《ぼうぜん》とした。胃がどこかへ行ってしまったような気分だった。想像できていた範囲などとっくに超えていた。

動画はさらに拡散し続けた。そしてちょうどフェリペと一緒に昼食をとっていたところへアルツハイマー協会の広報部門から電話がかかってきた。

「こちらに『グッド・モーニング・ブリテン』と『BBCニュース』からそれぞれ取材依頼が来ました。今日明日のどこかであなたにお話をうかがえないかということです。スタジオに来てもらえるなら願ってもないと。それから、カメラを出してお父様を取材することは可能かとも打診されました」

なんてこった。声には出さずに考えた。どうすればいい？

何より両親が心配だった。ブラックバーンにいる二人の身辺にはこんな状況を捌《さば》いてくれそうな人間などいない。結局自分は二人にとんでもない迷惑をかけているのではないか。父の病気と二人の姿を世間に晒《さら》し、余計な問題を作り出してしまっているだけではないのか。そんな気がしてたまらなかった。

「ちょっとだけ待ってもらっていいですか。まずは両親のことをちゃんと考えないとならないんです。父は病気だ。自分のしていることが本当に正しいのかどうか、もう一度しっかり検討する必要がある気がするんです」

電話を切るなり僕は頭を抱え込んだ。クソッタレ。半ばパニックになりそんな言葉まで口から漏れた。向かいに座ったフェリペが笑っていた。事態はもう手に余るようだった。そもそも自分がテレビの生放送で取材を受けるなんて場面はこれまで想像してみたことすらない。固まってしまったらどうすればいい？　それに、このまま行ったら父と母はどうなるのだ。父にはどんな影響が出る？　いったい僕は何をやらかした？

「なあサイモン、そもそも君がなぜこれを始めたのか思い出せよ」

フェリペが言った。

「君の望みは親父さんの歌を皆に聴いてもらうことだったはずだ。それから自分みたいな人々の力になれるように基金を集めたいという、その二つだろう。だから今自分にいったい何ができるのか、それでどれほどの人々を救えるのか。そういうふうに考えるんだ」

これこそこの時の僕が必要としていた一言だった。目を覚ましたような気持ちで、僕はすぐさま協会に電話をかけなおした。

「やります」

その時不意にホームレスと思《おぼ》しき男が目の前にふらふらと現れた。どこからかエアゾールの缶を取り出した彼は、その煙をクスリ代わりにいきなり酔い始めたのだった。

「なあ、君ならいずれきっと彼のことも救えるんじゃないかと思うよ」

フェリペがまた笑った。

どうやら僕も、舞台に上がっていた頃の父が毎晩そうしていたように真上からスポットライトを浴びることになるらしい。けれど内心にはすっかり尻込みしている自分がいた。

19

『グッド・モーニング・ブリテン』の収録スタジオへ足を踏み入れるなり、まるで次元の境を越えてしまったような気持ちになった。現実世界の出来事とはとても思えなかったのだ。マイクとそれから台車のついたカメラとに囲まれ、発作を引き起こしそうな極度の不安をどうにか静めようと足掻《あが》いている間、心臓はバクバクいいっ放しだった。

テレビの生放送に出演するための準備などやりようがない。目の前のテーブルには水の入ったコップが置かれている。それを手に取ろうと思ったのだが、手が震えてままならなかった。仕方なく僕はむしろ身動き一つしないよう努めた。幾つかの質問にもなるほど口を開くことだけはできたが、そこから何が飛び出してくるかはまた別の問題だった。目の端で父と僕が車の中で歌っているあの映像が、後ろのどこかで繰り返し流されていることだけを理解した。

「でもお父様は本当に素晴らしい声の持ち主ですね」

誰かがそんなふうに言っていた。

気がついた時にはもう僕は表通りに一人で立っていた。いったい何がどうなったのか。そこへ着信音が鳴り、見るとニックからだった。

「なかなかいい映りっぷりだったぞ、サイモン。落ち着いて見えた」

「冗談だろう。今ちょうど使えなくて放り出されたんだろうと考えていたところだよ」

そのまま徒歩でマンションに帰り、上司に電話して午後の時間は自宅での作業にさせてもらってかまわないかと訊《き》いてみた。快く承諾してもらえたのだが、結局僕は何一つ集中できなかった。フェイスブックにはなお百単位でメッセージが寄せられ、ジャストギビングには寄付金が洪水のように押し寄せていた。総額はその朝いよいよ五万ポンドを超えた。

昼前には再びアルツハイマー協会から電話が来た。BBCがさらに追加で取材したいのだそうで、今度は朝のラジオに出てもらえるかということだった。僕はもう一度会社に電話し明日も少し遅れての出社にさせてほしいと頼んだ。

「もちろんかまわないわよ。どんどんやりなさい。こんなことは二度とないんだから」

夕方の四時までには世界中の様々なニュース番組からの取材依頼が舞い込んできた。雑誌の『タイム』にピープルTV、アメリカのやはりテレビ番組の『トゥデイ・ショウ』。ITVにチャンネル5にドイツのRTL。テムズTVが残していったメッセージはとあるレギュラー番組のことで僕に相談したい内容があるというものだった。電話をかけなおしてみるとその番組とは、あのポール・ポッツを生んだ『英国才能発掘《ブリテンズ・ゴット・タレント》』で、是非父に参加して歌ってほしいというものだった。

だがそんなことは不可能だった。父を生放送の番組に出演させるなどとんでもない。本人の行動はすでに常識の届く範囲を超えており、次にどんな振る舞いに及ぶかを予測することなど誰にも叶《かな》わないのである。

加えて僕は父を、絶対に単なる見世物にはしたくなかった。同番組であれば当然、アルツハイマーに冒されながらなお歌える男とでもいった扱いになってしまう。普通の状態なら父が客席を圧倒するだろうこともまた間違いはなかったが、そうさせたい気持ちにもならなかった。この先何がどう運ぼうとまずは父の尊厳を最優先にしようと決意したのはこの時だ。

五時にはアメリカのトーク番組『エレンの部屋』からメールが届いた。次の放映期間のための出演者の予備調査をしているのだという。僕はニックに電話をかけた。

「次は『エレンの部屋』らしい」

「おい、からかってるのか?」

「今まであの番組の担当者と電話してた」

「くそ、サイモン、本気ですごいことになってるな」

検索をかけてみるとビデオが世界中のニュースサイトで紹介されていることがわかった。ポーランドにフランスにドイツにスペイン。アルゼンチンに日本に韓国、そしてオーストラリアとブラジル。しかも映像が各地で観《み》られているばかりではなく、メッセージも同様にありとあらゆる場所から届き始めていた。

中でも印象的だったのはフィリピンに住む女性からのものだ。彼女は未婚の母で、同時に認知症を患ってしまった母親の面倒も一人で見ているのだという。母親はほとんどの時間ベッドに縛りつけておかなければならないような状態らしい。平易な文章がただ、そういった状況では本当にしばしば気持ちが沈み込んでしまうということを淡々と綴《つづ》っていた。

僕は数千キロという距離を隔てたその彼女へと思いを馳《は》せた。毎日仕事に出かけやはり毎日母親の世話をし、そして病気のことを考えて時に憂鬱にもなるのだろう。だがそんなある日、仕事から帰ってきて母親の様子を確かめ、家族に食事を与え、そこで彼女は父が歌っている映像を見つけたのだ。そしてたぶん、たとえほんの一瞬だけだとしても、ああ、自分は一人じゃないんだと思えたのかもしれない。

その夜もほとんど眠れなかった。ベッドにもぐり込む前に確かめた段階で一日の募金額が一万七千ポンドを記録していた。累計は七万ポンドになった。ただ信じられなかった。

翌朝は六時に車が迎えにやってきて僕をBBC本社へと運んでいった。快晴の空が青く、路上にはまだ車もほとんど出てきていなかった。リージェント通りを抜けオックスフォード広場を過ぎると、ほどなくBBCの正面に立つ教会の姿が見えてきた。移動の間ずっと僕は、父が今自分の背中を押しているように感じていた。頭の中に父がいてこう言っている気がした。

「いいかサイモン、顔をまっすぐに上げろ。恐れるな。少なくとも連中にそれを悟らせないようにするんだ」

その午前中だけでBBCの各ローカル局向けに、総計十五か十六の取材をこなさなければならない予定になっていた。目まぐるしいとはこういうことだろう。

ようやく一段落したところでプロデューサーが一人の女性を伴って現れた。五十代に入ったばかりという印象の彼女は事務の部署に勤務しているとのことだった。紹介が済むなり相手が僕の手をきつく握り締めながらこう言った。

「あなたにお礼を言いたくて連れてきてもらったんです。おわかりではないかもしれないけれど、あなたは今、同じ状況に苦しんでいるほかの家族に大きな希望を与えてくださってるの。彼らの分の感謝も伝えなくちゃと思ったものですから」

どう答えればいいのかわからなかった。今改めてこの時のことを思い出してみても、現実だった気があまりしない。彼女が語りかけていたのは本当にこの僕だったのだろうか。

その日は映像が一気に拡散して以降初めてちゃんと出社できた一日でもあった。社へ着くなりまず受付のバーニーが叫んだ。

「あなたとお父さんの映像観たわ。感動したっ」

そして彼女は親指を立ててみせた。さらに階段を駆け上がっているとよく知らない誰かから呼び止められた。

「ええと、君がサイモンか？　さっき皆で君たちのビデオを観させてもらった――」

席に着くとフロアに盛大な拍手が湧き起こり、体がすくむほどだった。同じ部署の人間は皆事態の進行にすっかり興奮していた。しかも腰を落ち着けるなりまた携帯が鳴り始めた。今度はＢＢＣラジオの４チャンネルで、昼食時に取材はできないかとのことだった。その後はスカイＴＶのニュース番組が生中継のカメラを出したいのだがと言ってきた。

打ち合わせ用の部屋を一つ押さえ、まずはＢＢＣのインタビューをそこでこなした。そしてそのままスカイの中継車が来るのを待った。やがて会社の裏に彼らの車が着いた。父のことと募金の動きについて訊かれるものだと考えてその心構えをしていたのだが、求められたのは我が英国の認知症対策の現状についての見解だった。しかもずいぶん長く喋《しゃべ》らなければならず、一気に責任ある立場に立たされたような気分になった。同時にようやくこの時僕は、どうやらこれは人生のすべてが引っ繰り返りかねない事態なのだと初めて認識したのだった。

仕事を終え家に帰るとその日届いたメッセージを確認した。中に一件どうしても見過ごせないものが見つかった。

僕は今デッカレコードからこれを書いている。ページにあったGメールアドレスにも

連絡を入れたんだが、確実にしたかったからこちらにも入れておくことにするよ。君たちご家族と君のお父上の物語には感動した。同時になんとなくだが、僕らはひょっとして一つの目的を共有できるんじゃないかと思って、今君に連絡を取っている。単刀直入に言えば、慈善目的にお父上のシングルなりアルバムなりを制作すれば、成功する可能性は極めて高いんじゃないかと思うんだ。よければこの話を一緒に検討してもらえないだろうか。時間があるところで連絡をもらえるととても嬉《うれ》しい。

アレックス・ヴァン・インゲン

これだ。これこそ、父さんの最大のチャンスだ。

僕はすぐさま文面のスクリーンショットを取ってニックに送った。彼はすぐ折り返し電話をくれた。

「驚くべき事態だな。君が最初に言っていたことを思い出したよ。ほら、まずアルツハイマーに苦しむ人々への基金を集めたい、そしてできればお父さんの歌声をたくさんの人に届けたいと言ってたじゃないか。レコード会社なんてまさにその通りの展開だろう」

僕はすぐさま父の病状を説明すべく、アレックス・ヴァン・インゲンなる人物に電話をかけてみた。

「やあどうも。連絡をもらえて嬉しいよ。お父様はお元気かな？」

僕は自分たち家族が通り抜けてきた一切を話した。

「うんわかった。ただ、今この段階ではまだ僕の思いつきレベルの話に過ぎないことは理解してほしい。まずは君たちがアルツハイマー協会のための、いわば慈善目的のレコードを作ることに多少でも興味を持っているかどうかを確かめたかったんだ。実は以前うちでは軍人の妻合唱団ってのをやったことがあってね。これが結構上手《うま》くいったんだ。君とお父様で似たようなことができないかと考えてるところでね」

こうして僕らはまず次の火曜にグロブナーホテルで会うことになった。興奮で体が震えていた。もし本当になればそれこそ夢のまた夢の実現みたいなものだろう。長い長い、呆《あき》れるほど長い歳月を経て登場する父のデビューシングルだ。

翌日には合衆国のピープルTVとカナダのCTVニュースというそれぞれの番組から取材を受けた。どちらも生放送だった。しかしそういった状況で喋ることへの不安さえもう消えていた。我ながら信じられない変化だった。

以前の僕であれば、たとえ職場の小規模の会議でも人前で喋ると考えただけで慄《おのの》いていたものだった。それが今や、地球を横切った先の人々に向け話すという事態にもまばたき一つしないのだ。これも率直に言ってしまうが、十五くらいの頃に失《な》くしてしまった自分への自信というものをようやく取り戻せた気分でもあった。何があろうとくよくよするまいと決めていた。何せこれは父の最後のチャンスかもしれないのだから。

その晩僕はホロトロピックブレスワークという瞑想法《めいそう》のワークショップに顔を出した。この一年すっかり落ち込んでいた僕を見た友人が、一回やってみた方がいいと勧めてくれたのだ。こうした類に首を突っ込んだことはなかったから慎重になっていたのは本当だ。それでもとにかく正気を保っていられるための何かが必要だった。

最初の一対一の面談を終えたところですっかり引き込まれていた。そのままグループの実践となったのだが、そこで味わった幽体離脱に似たとしか表現できない体験の中、ほとんど消えかけていた昔の記憶が次々姿を見せてきた。バカバカしく聞こえるだろうが、たぶん意識というものが日常とは違った地平に達していたのだと思う。そうとしか言いようがない。

教えられた呼吸法を試すとまず愛犬のマックが姿を見せて傍らに座った。まるで、大丈夫だから心配するなと伝えるために顔を出してくれたかのようだった。我知らず唇が震えたが、同時にきっと、ここから先に進める準備ができたのだなと理解した。

同じ呼吸法を続けていくと今度は祖父の葬儀の場面にたどり着いた。僕は二十四に戻り、祖父がグラディスと暮らしていた家で彼の揺り椅子に座っていた。再び経験するその時間の中、僕は祖父の棺《ひつぎ》が到着するのを待っていた。そして二階に上がってトイレに飛び込んだ方がいいんじゃないかと考えた。そうすれば泣いている場面を誰かに見られることもないからだ。

もう何年も思い出すことすらできていなかった記憶が、今あたかも自分がその場にいるかのように再生されているのだと段々わかってきた。次の場所はまだ子供だった頃のクリスマスのシダー通りだった。祖父母が一緒だ。ちょうどその日家は水害に見舞われ、絨《じゅう》毯《たん》という絨毯が表の通りへ運び出されて干してあった。父と母が口論していた。剝《む》き出《だ》しになった床の上で母がすすり泣いていた。父が拡声器を手にし、歌ってくると言って表通りへ出かけていった。

父に連れられてブラックプールを訪れた場面も現れた。この時は母がいなかった。祖父と並んで車の後部座席に座っていたあの日も追体験した。祖母への余命三ヶ月の宣告に祖父が泣いていた。とにかくそんな一切が、まるで映画でも観ているかのように脳裏に甦《よみがえ》ってきた。

その後は一緒に瞑想に入ったメンバーで、それぞれ自分に何が起きたかを報告し合った。そこにはすでに強い絆《きずな》があるように思われた。いうなればそれは、長い歳月をかけきつく強《こわ》張《ば》っていた様々な感情が一気に解放されたようなものだった。そうとしか表現しようがない。並行して起きているあの現実とも相《あい》俟《ま》って、なんだか世界が一斉に正気を失い始めたかのようにも感じられた。

再びブラックバーンに両親の顔を見に行った。二人は事態の進行とは関係なしに淡々と日常を送っていた。しかし状況は刻一刻と姿を変えていたから、さすがに母には、この一連の出来事がいよいよ一大事になりつつあると耳に入れておくことにした。

　実家のネット環境が十分に機能していなかったことはむしろ幸運だった。二人はなお、木曜日にはバスで繁華街へと繰り出し、買い物の後は地区センターにあるマフィンズカフェでお昼を食べることを習慣にできていた。ここのウェイトレスのリズは両親をいつも気にかけてくれていた。父の状態によってどう対処するのが一番いいのかまで心得ていてくれた。そんな具合に二人が彼らの小さな世界に身を留《とど》めている一方で、外側の世界ではあらゆる場所で数限りない人々が父の歌う映像に熱狂していているらしいと考えてみると、もはやすべてがまともではないようだった。

　土曜の夜には僕も両親に付き添ってセントステファンズに足を運んだ。マイクを持つべく父が舞台へ上がった時、司会者が父を介したアルツハイマー協会への募金が十万ポンドに達したことに触れた。だがその単語が出てきた途端僕は思わず縮み上がり、手振りで彼にそれ以上はダメだと合図を送った。父の反応を想像すれば不安でたまらなかったのだ。

　父はなお、自分の病気に関しては目を背けようとし続けていた。のみならず、大抵の場合その話題は大惨事の引き金となってしまうのだ。幸いにもこの時は歌の準備に夢中で、本人はまるで気づかなかった。父が『クアンド・クアンド・クアンド』を歌い始めると会場には大喝采が起きた。その夜のスターは父だった。

　翌日曜日にジャストギビングのページを確かめてみると本当に十万ポンドを超えていた。

ただ目が丸くなった。ドライブの最中これを報告すると後部座席にいた母が泣き出した。しかし父にはやはり、一切が理解の外だった。

「おい、母さんはなんで泣いている？　どうしたんだリンダ」

「大丈夫よ。ただ驚いただけ」

慌ててそう答えた母はティッシュで目元を拭っていた。

その夜ロンドンへ戻るとさらに非現実的な出来事が待ち受けていた。列車を降りた僕が構内を歩いていた時だ。向かいからやってきた二十代半ばの若者が、すれ違いざまいきなりこちらを呼び止めたのだ。

「あんた親父《おやじ》さんと一緒に歌ってる人だよな？」

そんなふうに顔だけでわかられてしまうことなどもちろん初めてだ。

「ああ、そうだよ」

「握手してもらっていいかな。俺、あのビデオ観るのやめられないんだ」

縮こまる寸前だった。しかも通り過ぎていく人々にも何が起きているのかしっかりわかっているらしく、時折振り向いては笑みを浮かべてみせるのだった。それでも最高の一瞬はまだその先にあった。

いよいよ約束の場所へデッカのアレックスに会いに出かけた。僕は緊張の塊のような状態だった。彼は細身で背が高く、とても礼儀正しくしかも信じられないほど饒舌《じょうぜつ》だった。

まるでブラックバーンの男たちのようだと思った。

父が歌えるであろう曲の話をひとしきりした後、最後には以下の合意にたどり着いた。アレックスの上司がOKしたら父はシングルを一枚デッカレコードからリリースする。その印税はアルツハイマー協会と僕の両親とで分配されることにする。

最後にアレックスはこうつけ足して僕の不安を軽減してくれた。

「心配は無用だよ。こう見えて僕は多くのアーティストと仕事をしてきている。だから、彼らがどういう人種かも十分よくわかっているんだ。皆アルツハイマーにかかってすらいないんだけれどね」

さらに彼はバックには生バンドを準備するつもりだと言った。喜びに思わず神を仰いだ。ブラックバーンで父のCDを作った時も、本当にやりたかったのはそれだったのだ。

マンションに戻った時にはただ有頂天だった。どうかアレックスが上司にうんと言わせてくれますようにと祈っていた。両親にもすぐ電話して率直に全部を話して聞かせたのだが、興奮していた僕はどうやらまくし立て過ぎたらしい。

「母さん僕だ。今日デッカの人間に会った。父さんと契約してくれる」

「まあ、それはすごいわね。でも折り返しにさせてもらってもいいかしら。ちょうど今二人でプディングを食べているところなの」

「そいつはごめん。ならそうして」

考えてみればこれもすぐには信じがたい話だ。間違いなくこの数年で最もワクワクするニュースであるはずなのに、プディングを食べているから今話せないと言われたのだから。

金曜日になり再びアレックスに電話をかけてみた。状況が気になったのだ。しかし彼の上司は忙しく、まだ企画書にきちんと目を通す時間を持てていないらしいとのことだった。

「どうやら通らなそうだ。そんな気がするんだよ。父や病気のことを考えれば、わざわざそんな苦労なんてしたくないと考えるのが当然だと思うしね」

僕はニックに愚痴をこぼした。

「まあ待ってみなってサイモン。向こうだって一晩で決断できましたっていう内容ではないんだからさ」

携帯にアレックスから電話がかかってきたのは仕事中だった。

「この金曜にご両親をロンドンへ呼ぶことは可能だろうか。レコーディングの場所と時間が確保できそうなんだ」

本当はその場で立ち上がり、やったあと叫び出したいほどだった。しかし代わりに僕は声を押し殺し、最高だ、とまず応じた。

「すぐに折り返します。正直すぐにでもはいと言いたいくらいなんですけれど、まずは二人に確かめてみないと」

電話を切った当座はまだ誰にも言わずに仕事を続けようと考えていた。しばらく経《た》ってから階段を下り建物の裏手へ行って、そこから母に電話した。

「母さん、話が決まったよ。印税の半分はアルツハイマー協会に行き、残りの半分は父さんと母さんに支払われる」

涙がこぼれそうだった。舞い上がっていたことも本当だが、その背後には拭えない悲しみがひそんでいた。こうやってすべてが動いていく中、父本人だけはおそらく事態を理解できないのだ。なんて皮肉だろう。そんなことを思っているうち父が電話口に出た。

「レコード会社が父さんと契約してくれることになった」

「おお、そうか」

「そうさ。この週末にロンドンに来てバンドの前で歌ってほしいって言ってる」

「素晴らしいな、サイモン。そいつは実にすごいぞ。なあしかし、いったい全体どういう意味だ？　ひょっとしてレコードとか契約とか、お前そんなことを言っているのか？」

しばらくはちゃんと説明しようと頑張ったがやはり徒労に終わった。席に戻った僕は同僚のロビンとエリーにそっと社内メールを送った。

「父がデッカレコードと契約することになった」

二人が同時に顔を上げ、ロビンが席へ駆け寄ってきた。

「サイモン、すごいじゃない」

「まだ誰にも言わないで。歌を入れるのはこれからなんだから」

「わかったわ、約束する。だけどサイモン、あたし頭がどうかしちゃいそう」

　エリーもまた事態の非現実ぶりに笑いが止まらない様子だった。

「どうかしたのか？」

　たまりかねたほかの誰かがそう訊いてきた。そのまま昼までにもう、同じフロアの全員が父とデッカとの契約について知る運びとなっていた。

　両親は直行バスでやってきた。夏もすっかり真っ盛りだった。迎えに着くと二人はすでにターミナルの表で待っていた。うだるような暑さだというのに父は冬用のコートだった。しかもサイズはぶかぶかだ。

　近くに見つけたレストランに連れていき食事を取った。父はすこぶる好調で、これなら明日は上手くいきそうだと自信が持てるほどだった。

　けれど翌日居間に現れた父の顔に、そう甘くはないなと認識を改めざるを得なくなった。目を覚ました父はすっかり機嫌を損ねていた。家から離れるとこうなることはしばしばで、目の色が沈み時に瞳孔が大きく見えるようなことまであった。前夜の賑《にぎ》やかさは消《き》え失《う》せ、きっかけさえあれば今にも爆発しそうな気配だった。

　ああお願いです神様。今日だけは見逃してください。胸のうちで僕はそう十字を切った。

「父さん、大丈夫？」

「もちろんだ。俺はいつだって平気だしこの先もそうだ」

父が吐き捨てた。予想に違《たが》わず大変な一日になりそうだ。

「よく眠れた？」

「何？　ああ、まあな。ところでトイレはどこだ。この間抜けな建物はどこに何があるのかもさっぱりわからん」

「こっちだよ、父さん」

連れていくと父は思い切り音を立ててドアを閉めた。災厄の日の予兆のようだった。

本人の好きな幾つかの曲の伴奏素材をかければ気分が立てなおせるんじゃないかと思い試してみた。すると父は『クアンド・クアンド・クアンド』でテープに合わせて歌い始めた。声の調子は万全だったがかすかに緊張が兆してもいた。

レコーディングの行われるエンジェルスタジオまではタクシーで移動した。父は後部座席で喋り詰めだった。落ち着いてくれたのかなとも思った。

「正直緊張してる」

僕が言うと、私もよ、と母が返事した。

「どういうことだ？　誰かがお前らに何かしたのか？」

このやりとりに耳を留めた父が割り込んできた。何でもないよと慌てて応じた。

エンジェルスタジオは元は教会だったものを改装した建物だ。

「ええと、デッカレコードの手配で今日レコーディングをする予定の者ですが」

まず受付にいた男性にそう声をかけた。

「承知しております。そちらの階段を下りたところにあるメインスタジオです」

教えられた短い階段を恐る恐る下りていくと目の前に巨大な防音扉が現れた。それを押し開けたところで僕は思わず息をのんだ。内部は広く、しかも三十人に迫ろうかというミュージシャンがすでにスタンバイを終えていた。弦楽器にトランペット、ギタリストに、とにかくそういった一切だ。一瞬目を疑った。

「あらまあ、なんてこと」

母が感極まった声で言い、僕も首を縦に動かした。

「僕もさすがにここまでとは思ってなかったよ」

その一方で父はこともなげに僕らを急《せ》かした。

「ほら、とっとと行くぞ。皆俺を待ってるんだからな」

どうやらまた自意識が首をもたげてきたようだ。ああ神様、どうにか僕たちが今日という日を無事乗り切れますように。そう祈っているところへアレックスが近づいてきた。

「やあ」

興奮のあまり思わず僕は彼のことを必要以上に抱き締めてしまった。けれどすぐ、ちょっとどころでなくやり過ぎたかなと気まずく思った。

「バンドはせいぜい五人くらいだと思ってたんです。こんなのは想像していなかった。すみません、すっかり舞い上がってしまいました」

慌ててそれだけ言い訳した。

「そうだっけ？　てっきりメールしたつもりでいたよ。ええと、ここにいるのはガイ・バーカー・ビッグ・バンドのメンバーだ。我が国で最高クラスのミュージシャンだよ」

それから僕はアレックスを母と父に紹介した。そして彼がオーケストラの全体を見渡せるブースに僕らを案内してくれた。しかしこの辺りで父の癇癪《かんしゃく》がちらちら顔を覗《のぞ》かせ出しているのがわかった。表情が険しくなっていた。

「父さん、紅茶を飲む？」

「ああ。こういう場所でちゃんとした飲み物をいただくのは悪くない」

ああ、神様。僕は調整室で三人分の紅茶を淹《い》れながらそこにいたスタッフに話しかけ、父の気分が変わりつつあるようだとさりげなく警告を出した。録音ブースに戻ろうとしたところ、後ろから一緒にバンドリーダーのガイ・バーカーその人が入ってきた。彼は父と母に自ら自己紹介までしてくれたのだが、父の方は興味なさげだった。

なんだか腹が立ってきた。今ここにいる大勢の人々が皆、今日の成功を祈りそのために頑張ろうとしてくれているのに、ただ一人我関せずとでもいった態度を決め込んでいるのが誰あろう父本人なのだ。もし今起きていることが父にきちんと理解できたなら。またそう考えずにはいられなかった。

「父さん、ここにいる人たちは皆父さんのレコードを作る手伝いをしに来てくださってる。表で彼らが演奏するから、父さんがそれに合わせてマイクに向けきっちり歌ってくれさえすればレコーディングができるんだ」

「指図するな。俺が何年こういうことをやってきたと思っている。世界で最高クラスのプロとだって一緒にやった」

「わかってるさ。だけどまずこのヘッドフォンをつけてくれないか。そうすれば演奏が始まったら父さんにもわかる」

「嫌だ。そんなものはつけたりせん」

ああまったく。ヘッドフォン騒ぎがまた再現されようとしているらしい。

本当に今日この一日だけでいいんです。なんとか順調に進ませてください。そう祈る僕の傍らで父は鬼のような顔つきになっていた。

サウンドエンジニアの一人がマイクの調節にブースへ現れた。マイクはスタンドに設置されていた。

「おいおい、そんなものに向かって歌うなんてできんぞ。本気でそこで歌えと言うのか?」

そこで父は怒りともつかぬ笑みを浮かべた。この表情が出てくる時は爆発する寸前であることが多かった。

「いいかよく聞け。俺は英国最高のミュージシャンたちともやってきたんだ」

「だから父さん、そのマイクに向けて歌ってくれさえすればいい。そうすれば父さんの声を録音できる」

そんなやりとりを写真とそれからビデオカメラとの両方が撮影していた。悪夢とはまさにこのことだ。僕はカメラマンに振り向いた。

「頼むからこういうのは撮らないでください。父は今にも爆発しそうなんだ」

そしてブースとスタジオとを仕切ったスライドドアを開けガイに叫んだ。

「何か演奏してみてくれませんか。気分が変わるかもしれない」

「何がいいと思う？」

「何ができます？」

「たとえば『ビヨンド・ザ・シー』とかかな」

「それがいい」

いきなりバンドが演奏を始め、その途端僕は思わずのけぞった。これほど大規模な編成のバンドの音を間近で聴いたことなどもちろんなかった。すごかった。

「おい、この音はどこから来てる？　素晴らしいじゃないか」

父が言った。この時にはもうヘッドフォンをつけさせることは断念していた。代わりといってはなんだが、伴奏の基本的なラインさえ届けばそれに合わせて歌えるはずだと賭けたのだ。理想的な方法ではないが今できる最善の策だった。

「父さん、そのマイクに歌って。そしたら収録できるから」

「俺はプロだぞ。何千という店で歌ってきた」

「知ってるよ。でも僕らは父さんの歌を今日録音したいんだ」

心底やきもきさせられた。なんとか今日だけはやり遂げてほしいのに。たぶん本当に最後のチャンスなのだから。

ようやく父が最初の一節を曲に乗せることに成功した。ところがちょうどそのタイミングでブラスとフルートが飛び込んでくる編曲になっていた。それまで慣れ親しんできたのは大抵ピアニストとドラマー二人きりによる伴奏だったものだから、父はこれにすっかり驚いてしまった。

「おいおい、こんなふぬけた連中とは一緒にやれん」

そう言うなり父はついにマイクの前から離れた。今の暴言はヘッドフォン経由でオーケストラの全員に聞こえてしまっていたはずだ。演奏を続ける彼らが互いに顔を見合わせたこともわかった。父はいつもの癇癪をすっかり爆発させている。立つ瀬がなかった。

「俺はずっとプロ中のプロたちと演《や》ってきた。こんな腰抜けどもは初めてだ」

いよいよ演奏が止まり、慌てて僕は録音ブースを飛び出した。

「本当に申し訳ありません。数分待っていただくことはできますか？」

それだけどうにか口にしたが、父はなお自分の居場所でぷりぷりと怒ったままだった。
一旦休憩を挟んだ後、今度は父をバンドと同じスタジオに入れてみた。それでも父はやはりトランペットが飛び込んでくる箇所で毎回止まり、メンバーに悪態を吐《つ》きまくった。胃が締めつけられる思いだった。もう少しで長年の夢が実現するのだ。ほかの機会であれば、バンドに当たり散らそうが何をしようがかまわない。しかし今日だけは抑えてほしかった。

母と僕の心労は計り知れなかった。驚かずそのまま行けそうな場所を探して何度も立ち位置を変えさせた。父は基本ずっと観客が前にいる状態に慣れてきたはずだから、むしろ何もない場所に向かって声を出すことが居心地悪いのではないかと考えたのだ。

部屋の一番奥でベースプレイヤーの隣に立たせてもみた。この時は僕も横に立ったのだが、ベーシストもまた父が途中で投げ出さず最後まで歌い終えてくれることを必死に願っている様子が克明に伝わってきた。しかしこの試みもまた成功には至らなかった。

最終的に僕らは父をガイ・バーカーその人の横、つまりはオーケストラの真正面に立たせてみた。この場所はどうやらお気に召したらしい。バンドの面々を観客だと思ったのかもしれない。そのせいかこの場所からなら彼らに対して丁重に振る舞うこともできていた。ようやく調子が出てきたようだ。

ここから数曲を、父は通しで歌うことに成功した。『クアンド・クアンド・クアンド』

に『ユー・メイク・ミー・フィール・ソー・ヤング』、『ビヨンド・ザ・シー』に『レット・ゼア・ビー・ラヴ』といった辺りだ。そこまで来てお昼休みということになり、また午後に改めて集合する予定となった。

母と僕は正直もうくたくただった。父を連れ三人で手近なパブへと入り昼食を頼んだ。もう何千回も説明したというのに父はやはり、自分が今何をしているのかもまるで理解できてはいなかった。はたして僕のしたことは正しかったのか。またその疑問が首をもたげてきたところで、ふと父がこう呟《つぶや》いた。

「あのバンドは夢のようだな。プロ中のプロだ」

本当に訳がわからなかった。ほんの一分前まで自分がどこにいるのかもわかっていなかったはずなのに、今は一緒にいたバンドの話をしているのだ。

ちょうど僕らが食べ終わろうかというタイミングでガイ・バーカーと複数のメンバーたちが同じ店に入ってきた。僕はカウンターに陣取った彼らのところへ挨拶に行った。

「先ほどは本当に申し訳ありませんでした。普通の時ならあれほど無礼な態度は取らないんですけれど」

「お気になさらないでください。むしろ予想よりよほど順調に進んでますよ」

その返事に思わずのけぞりそうになった。

「本当ですか?」

するとと彼は僕をそっと脇へと引っ張って囁《ささや》いた。

「うちのメンバーは全員この仕事を最後までやり遂げます。今日のギャラだって皆放棄してるんです。あなたのやったことを本当に素晴らしいと思っているからだ。一人残らずあの映像を拝見してます。あれはとにかく素晴らしかった」

彼はそうも教えてくれたのだった。

そこで両親も連れてきて彼らと一緒の写真を撮った。

「この若者たちは最高のミュージシャンだ、信じられないほど素晴らしい」

父は上機嫌な笑顔で店中にそうメンバーを紹介していた。

午後スタジオへと戻った僕らは何曲かの仕上げを行った。ヘッドフォンをかぶることこそ今なお拒み続けてはいたが、それでも本人は状況を楽しんでいるようだった。一方でほかの全員がくたくたであったことも事実だが。

「どうやら大丈夫かな。ほかに何もなければ今日はおしまいにできそうだね」

これはアレックスだ。しかし一つだけまだ手をつけていない曲があった。母と僕にとってはそれこそ父のレコードに欠かせないものだった。

「ちょっと待ってください。父がいつも歌う曲がもう一つあるんです。『ヒア・イン・マイ・ハート』なんですけれど」

「ならそいつをやろう」

演奏が始まり父が高らかに歌い出した。音楽のまっただ中だというのに、針が落ちる音さえ聞こえてきそうなほどの静けさが降りた。ガラスの向こうの調整室ではアレックスとエンジニアが感極まった表情で顔を見合わせていた。

「いやはやテッド。こいつがクライマックスって訳か。まいったね」

終わった後マイクからそんなアレックスの声が届いた。

父は甦ったのだ。

20

素晴らしい一日ではあったが家へ戻ってきた時には母も僕も疲れ切っていた。気づけば父はまた自分の世界に閉じこもり始めていて、例の攻撃性が首をもたげてきそうな気配もあったものだから、その日は切り上げることにしてそれぞれにベッドへ入った。

翌日は僕も両親と一緒にウェンズベリー行きの列車に乗り込んだ。ちょうど従兄弟《いとこ》の奥さんのメアリーが四十歳の誕生日を迎えていて、三人でお祝いに顔を出すことにしていたのだ。

しかし会場に着くなり父はファンの数人につかまり一人にしてもらうことも難しくなった。喜んでいるようでもあったが雲行きが怪しかったのも本当だ。やがて僕が従兄弟と喋《しゃべ》っているところへ慌てた様子の母が駆けてきた。

「サイモン、ちょっと手を貸して」

最初は飲み物を運ぶのでも手伝ってほしいのかと思った。ところがついていった先では、父がコリン叔父に今にも殴りかからんばかりになっていた。

「どうしたっていうのさ、父さん」

「ふん、こういう場合のルールは知ってる。やるなら表でやれって言うんだろ？」

言いながら父は自分の弟に拳を突き出してみせるのだった。コリン叔父は必死で宥《なだ》めようとしてくれていたが、父の方は憤りを募らせるばかりだった。僕と母はどうにか父を表に連れ出し車の中へ押し込んだ。

「行こうか、父さん。もう帰る頃合いだよね。家でお茶でも飲もう」

父を座らせながら僕は言った。そして見届けに来ていた叔父に振り向いた。

「こんな様子を見せる羽目になってごめんね」

そして叔父を抱き締めた。一瞬相手が泣き出すのではないかと思った。

「くだらねえこと言うな。俺の兄貴だ、なんとかできる」

それだけ叔父が口にした。このつかの間に父は笑顔になっていて、動き出した車の中から手を振ってさえいた。何事もなかったような様子だ。

このコリン叔父とそれから叔母のブレンダとが、父が認知症を発症して以来僕らの大きな支えとなってくれていた二人だった。時間を作ってはブラックバーンまで足を運び、両親の様子を見に来てくれていたのだ。母にしてみれば、こういう状態の父との暮らしはむしろ孤独感を募らせるばかりだったから、二人の来訪は狂騒の日々にもたらされるつかの間の安息のようなものだったのだ。

二人は父がどんな状態であれ常に辛抱強く接してくれた。父がどうしてこの夜弟を相手に喧嘩《けんか》をふっかける気になったのかは、幾ら考えてもわからなかった。叔父こそがいつも父を気にかけてくれていた存在だったはずなのだ。

月曜日にまたアレックスから電話があった。

「今週の金曜なんだが、ご両親のご都合はいかがかな。アビーロードスタジオまで来られないものだろうか。マスタリングをその日そこでやる予定になってね、できるなら立ち会ってもらって、ついでに多少宣伝用の写真も撮りたいなと思ってるんだ」

電話が彼からだとわかった時点では、収録に不備がありもう一度父をスタジオに入れなければならないと言われるのではないかとはらはらしていた。だから後は仕上げに入るだけだと教えられた時にはちょっとだけ驚いた。

水曜日には打ち合わせに呼ばれた。メンバーはアルツハイマー協会の広報チームにデッカレコードの宣伝スタッフといった顔触れだ。場所はデッカの本社で、先日録音された曲のラフミックスを試聴し、同時に参加者に父の物語を共有してもらうという段取りだった。

まずはどの曲をシングルにするかという議論になった。最終的には『ユー・メイク・ミー・フィール・ソー・ヤング』か『クアンド・クアンド・クアンド』かに絞られた。

僕としては、最初のシングルが『クアンドーーー』になることには違和感があった。色物に見えてしまう気がしたのだ。幸いなことにこの点にはほかの出席者たちも同意してくれて、かくしてA面は『ユー・メイク・ミー・フィール・ソー・ヤング』に決まり、『クアンド・クアンド・クアンド』の方はカップリング曲の扱いで落ち着いた。

宣伝担当者は可能な限り早く父と契約したことを公にしたいと言った。そうすれば予約をより誘導できるからだ。物事は着実に動き始めていた。

打ち合わせが終わった後、表通りの端まで歩いたところですぐさま母に電話をかけた。興奮ですっかり取っ散らかっていたことは否めない。いよいよ父が大手レコード会社からCDを出すのだ。現実離れも甚《はなは》だしい。

木曜の夜再び両親が出てきた。迎えに行ったその足で近くのレバノン料理店に入った。これもいつものパターンとなりつつあった。

そして金曜日がやってきた。自らレコーディングした音源に合わせて歌いながらのドライブで、父にロンドン市内を見せて回るというのはいいアイディアなんじゃないかと思えたものだから、僕は車を手配し、ラッシュアワーが一段落する十時頃家を出発した。どこをどう回ってもらうという計画もなかったのだけれど、僕らには音楽があったし、両親はただ窓の外を眺めているだけで十分楽しそうだった。

ところがバッキンガム宮殿に近づいたところでいきなり父が『クアンド・クアンド・クアンド』を熱唱し始めた。宮殿の真正面を過ぎる際には、隣の車線にいたタクシーの運転手が気づいたらしく、指差しながら口だけでこう言った。

「なあ、ひょっとして彼か？」

笑顔で頷《うなず》いた僕はそのまま父のコーラスに加わった。

セントジェームズ公園の横を抜けている時に軽い渋滞にはまった。だが折悪《おりあ》しくそこでまた『クアンドー――』が始まってしまった。やばい、と思ったが遅かった。

午前中ずっと窓を開けてドライブしていたのに僕は、こんな具合に身動きも取れなくなってしまうような場面ではあまり注目は集めたくないな、などと虫のいいことを考えていたのだ。しかも周囲は観光客で一杯だった。

いずれにせよ手遅れだった。父はすでに最大音量で、それどころかもうこの時には窓から身を乗り出している状態だったのだ。まさに我が世の春といった風情と言えなくもない。僕は席に身を沈め正面を見据えた。誰も彼もがこちらを見ていた。

「あらまあ、皆さんが私たちの写真を撮ってるわ」

居心地の悪さといったらなかったのだが、同時に少なからずこそばゆい気持ちになったことも認めなければならない。今や路上で父の歌に耳を傾けている人々は二十人を超えていた。車がわずかながら進んだところで曲は『ユー・メイク・ミー・フィール・ソー・ヤング』に変わった。父はこれにも飛び乗った。きっとサーカス団員の家族かくらいには思われていたのではないかと思う。

ようやく車がまともに進み出した。この時僕の側の窓の先には信号待ちの観光客の一団ができていた。通り過ぎていく間際、中の一人の声がこう追いかけてきた。

「いよ、ソングアミニットマン！」

母は目を丸くした。

「あの人たち、この人のことを知っているんだわ。信じられない」

昼食を終えた後改めてタクシーを拾ってアビーロードへ向かった。父は何のためどこに向かっているのかもさっぱりの様子だったが、機嫌は上々でむしろ興奮気味だった。

受付ではアレックスが出迎えてくれた。二人のカメラマンとほかにもう一人、ビデオカメラのクルーが一緒だ。入り口の階段のところで、この日できあがってきたシングルのジャケット写真のポーズを真似《まね》たスナップを何枚か撮影した。

その後はビートルズのアルバムジャケットで有名なあの横断歩道へ連れていかれた。願わくば今度はそちらの真似もさせようということだったが、こちらは些《いささ》か無謀だったようだ。通りを通行する車にしてみれば当然そんなのは知ったことではなかったから、クラクションを鳴らされるばかりか、とっとと渡れといった罵声まで浴びる始末だった。

そのうえ父にはなぜ横断歩道の途中で立ち止まる必要があるのかまるっきり理解できなかった。それどころか交通整理か何かのつもりか、ほかの通行人たちの手伝いまで始めたのだ。小柄な老婦人を見つけた時には腕を組んで一緒に渡ってあげもした。どちらが助けが必要かを思えばもうめちゃくちゃである。

いよいよスタジオでマスタリングに立ち会った後は、パブへ移動して軽い食事を取った。一番奥に席を決め注文を済ませたのだが、ほどなく父が居心地悪そうな気配を見せ始めた。たぶん自分の席が角で、同じ店で食事をするほかの客の姿が目に入ってこないせいだった。この日の父はスターで、聴衆は必要不可欠だったらしい。さてどうすべきかなと迷ううち、ふと真正面にいた男性客と目が合った。

「ひょっとして彼か?」

そう訊《き》かれたので僕は思わず笑顔になった。

「はい、本人です」

「知ってるぞっ」

いきなりはしゃいだ相手が一緒のテーブルにいた面々に向けて続けた。

「おい、ソングアミニットマンだ。本人がここにいる」

そして携帯を取り出した彼は、父の動画を連れに見せ始めたのだった。これには父も気づいたようで、そのテーブルに向かっていったかと思うと、まるで子供に話しかけるような口調でその輪に入っていった。

「やあ僕たち、お名前はなんて言うのかな?」

もちろんそこにいたのは全員が大人だ。父の頭の中でいったい何が起きているかなど僕にはもう見当もつかなかった。やがて父はさらにバンドがそこにいるとまで言い出した。

幻覚でも始まってしまったかのようだった。

食事を終えた後はマンションに戻った。いい一日だったと言っていい。しかし翌日の午前中のことだ。僕が所用で少し出かけて二十分ばかり経《た》ったところで携帯にメッセージが残されていることに気がついた。

「大至急帰ってきて。父さんが家を出たがってるの」

ああまったく。こういう時のために僕がいるのに。慌てて部屋に戻ると、父が家中のドアというドアを叩《たた》き回っていた。部屋から出たいのだろう。母は泣きながら寝室に避難していた。

「いったい何が起きたの？」

「わからないわ。突然怒り出しちゃったの」

返事はそれだけだった。

「ここから出せ。俺をあの女から遠ざけろっ。もう我慢ならん！」

「わかったよ父さん。どこに行こうか？」

「ウェンズベリーだ」

「どうしてさ？　僕らはロンドンにいて、僕はもう少し一緒に過ごしたいんだけどな」

父がこちらに突進してくる。顔が怒りで真っ赤だった。

「あのなあ、ウェンズベリーには俺を待ってる女たちが千人単位でいるんだ。コーラで歌う俺を観《み》るため列を作って待っている。だから戻らなくちゃならない」

「待ってよ父さん、僕らがいるのはロンドンでここは僕のマンションだ」

「どこだろうと知ったことか。とにかくここから出せ、バスに乗らなくちゃならんのだ」

「わかったよ。だから一旦落ち着いて。連れていってあげるから」

「俺に近づくなっ。顎を叩き割ってやる」

だからこういう場面のために僕がいるのだ。とにかく父を表に出し、数歩分ばかり距離を置いて父の後ろにつき従った。

「近づくなよ、警告したぞ。さもなきゃ顎だ」

「わかってるってば。とにかく散歩してどこかでコーヒーでも飲もう」

「お前どうして俺の後をついてくる？　戻ってあの女といつもやってることをやればいい。俺はウェンズベリーに帰る」

「父さん。ここはロンドンなんだってば」

「そうなのか。だったらなおさらだ。帰らなくちゃならん。なんたってあそこには俺を待っている何千人もの女たちがいる。ここはつまらん」

そこで父は駆け出した。

「ねえ父さん待ちなよ。僕だよ、サイモンだ。あんたの息子だ」

「誰だろうと知ったことか。それ以上近寄ると両脚が無事じゃ済まないぞ」

何も通じなかった。仕方なくそれまでより少し距離を空けたうえで好きなように走り回らせておくことにした。父はどちらに行けばいいのかからして悪戦苦闘していた。ほどなく表通りをこちらへと戻ってき始める。しかし怒りは解けておらず、ぶつぶつと独りごとを言い続けたままだ。

両親は午後にはブラックバーンへ帰る予定になっていた。それまでに多少でも落ち着いてくれなかったらと思えば背筋が凍えた。

すっかり怒りにとらわれている父が行く先も居場所もわからず右往左往している様を見ているのは相当辛《つら》かった。父が今僕を何者だと思っているにせよ、憎しみの対象でしかないことも明らかだった。母も同じだ。まるで怒りそのものが服を着て動いているかのようだ。しばらくの間は距離を取ったままでいた。父はボロウの繁華街を駆け抜け、市場を目指す観光客たちや興味なさげなロンドンっ子らとすれ違ってはその都度前を塞ぐなと悪態を吐き、そういった場面では僕は慌てて近づいて相手に謝った。

いよいよもう一度父に追いつき、改めてわかってもらおうと試みた。

「父さん、バスを探しているの？」

「そうだ」

「ねえ、一旦僕の家に帰ってお茶を一杯飲むのはどうかな。そうすればその後で僕がちゃんと連れていってあげるから」

「ならそうするか。しかしな、絶対にあの女を俺の目に入れるなよ」

とにかく連れて帰って言葉通りお茶を一杯飲ませてみると、また父の中で何かが切り替わったようだった。

「なんだか母さんは気分が優れんようだな。すっかりまいってる。何がなんだかさっぱりだ。俺はあいつを喜ばせたいだけなんだがな」

「確かに調子はよくなさそうだね」

「お前もそう思うか？」

「自分で様子を見てくれれば？」

戻った後も母は僕の寝室に身を隠したままでいた。泣き腫らした目を真っ赤にしていた。このロンドン行きのため一番のお洒落《しゃれ》をしてきていたのだが、それでもただ打ちひしがれているようにしか見えなかった。こちらもまた目にするのが一際辛い光景だ。

「行ってきなよ。紅茶を飲むかどうか訊いてきて」

「そうしよう」

父がソファから腰を持ち上げ寝室へと向かった。

「おい、お前いったいどうした？」

そう尋ねる声も続いて聞こえた。僕は手も口も出さず二人に任せてみることにした。父がさっきよりよほど落ち着いてくれていることがわかっていたからだ。発作のような激怒はすでに姿を消していた。今の父はただ母が大丈夫なのかどうかを確かめたいだけだろう。二人は当座穏やかなやりとりを交わしていたようだった。頃合いを見計らい僕も様子を見に行った。

「二人とも大丈夫?」

父が背中から母に両腕を回し、二人は僕のベッドの上で丸くなっていた。

「で、二人とも紅茶はどうしようか?」

「ここに持ってきてくれ、サイモン。ところでケーキはあったかな」

どうやら無事収まってくれたようだ。けれど胸を撫《な》で下《お》ろしてしまう訳にはいかなかった。僕自身、うんざりし疲れ切っていたのだ。特にあの攻撃性と怒鳴り声に関してはもう本当に勘弁してほしかった。

まともな神経の持ち主であればこんな茶番みたいな浮き沈みにどこまでも我慢できるはずはない。そう思えば今の自分がきちんと手にしているものなど、ストレス以外には見つからない気がした。誰かと分かち合えるようなものなどなおさらだった。

フェイスブックを開いてしばらくの間、ミコノス島やイビサ島といった場所で休日を過ごす知人たちの写真を虚《むな》しく眺めた。そこでは誰もが人生を楽しんでいた。僕だけが一人きりに思えて、みじめさばかりが募っていった。

居間のソファに座り真正面の壁を見据えた。やはりそこには何もなかった。

午後になり二人が帰宅の準備を始めた。そのうちに母が顔を出した。

「どうかした？」

「何もないよ」

そう訊かれたけれど僕は、携帯を手に、フェイスブックの更新情報を次々と指先で送りながら顔も上げずに返事していた。

「どうしたのよ。今にも泣き出しそうな顔してる」

「本当に何でもないさ。疲れただけだよ。昨日は大騒ぎだったから」

「いいから言いなさい。何があったの？」

「――もううんざりなんだ」

気がつくと両手で頭を抱え込んでいた。母が隣に座った。

「どうしたの？　何がそんなに気に障ったの？」

「全部だよ」

「どういうこと？」

「だから全部なんだ。今の僕らを見なよ。いや、今の僕を、だな。もう四十になるのに独り身だ。つまりそういうことだよ。まともな神経の持ち主がこんなものに関わりたがるなんて思うかい？」

「何言ってるの。あなたにはいつだって神様がついていてくださるんだから。それに、まだ全然若いわよ。ユーモアのセンスもあるし見た目だって悪くない。それどころか自分のマンションまで持ってるじゃないの」

僕を元気づけるべく母はそう、懸命にいいことを探し出そうとしてくれた。

「だけどそんなものは誰も欲しがっちゃくれないよ。正気の人間なら誰一人こんな僕と関わりたいとは考えないさ」

すべてが崩れ落ちていく気分だった。頭がおかしくでもならない限り、この先この僕が、人生のパートナーと言える相手を両親に紹介できるといった場面は訪れることはないだろう。たぶんこの時僕が知りたかった答えは、自分にもいずれ運命の人と呼べる相手が見つかるのだろうかといったことだった。正気を保つことすら難しいこんな毎日を送るのがどういうものかを理解し、そのうえでなお、どんな苦しい時もそばにいると言ってくれるような人だ。

しかしそんな相手はいない。

タクシーを手配した。そうして二人はビクトリア駅のバス発着所へと消えた。

家の状況が深刻さを増していたから職場へはすでに辞表を出してあった。しばらくはブラックバーンに戻り、近くでアルバイトでもしながら母を手伝って父の面倒を見ていくつもりだった。この時はそこから先の自分の人生が、さらに劇的以上の変貌を見せようとは夢にも思っていなかった。

職場での最後の週はさすがに消耗した。引き継ぎの書類も仕上げなければならなかったし、ソングアミニットと名づけたフェイスブックのページに届くメッセージに返信もしなければならなかった。この頃もなおコメントやメールは毎日百単位で寄せられていたのだ。さらには、同じ週の金曜日にレコード会社が予定している公式発表に間に合うように、フェイスブックとは別にちゃんとした父のサイトを立ち上げておきたいと考えていた。

接続状況のあまりよくないネット環境に悩まされながら毎晩遅くまで起きてこのサイトの仕上げに足掻《あが》いた。くたくただったが続けるしかないこともわかっていた。父にとっては最初で最後のチャンスなのだ。

ある夜ちょっとした問題を解決すべく、サイトの管理者とオンラインのチャットでやりとりする機会があった。しかし対応してくれた相手が誰であれ話題はいきなりストップし、動画は全部見たしすごく素敵だったと告げられるのだった。

木曜日は事務所へ顔を出す最後の日だった。チームを組んでいた仲間たちにもお別れを言わなければならない。この頃にはもう、父がCDを出すことはビル中に知れ渡っていた。

この週にはまた、社内から様々な人が僕を訪ねてきた。そうして自分たちもやはり、認知症の身内を抱え似たような思いを味わってきたことを明かしていった。一緒に働いていたはずの彼らが皆、それぞれの家庭で起きている事態についてはこれまでおくびにも出していなかったこと、それが今、その話を僕にしようと決意してくれたのだという事実を思うと、自分なんかでいいのだろうかという気ばかりが募り、かえって申し訳ないような気持ちになった。

いよいよ皆に別れを告げて正面玄関を出た。すると上方から窓を叩く音が聞こえた。チームの全員が携帯をこちらに向けシャッターを切りながら手を振っていた。

「ねえ、あなたってひょっとして有名な方なの？」

すぐ前で車を降りた女性が首を捻《ひね》りながらそう訊いてきた。

「全然です。有名なのは父なんです」

それだけ応じて僕はその場を後にした。これで最後なんだなと思いながら地下鉄の駅へと向かっている途中、レコード会社の宣伝担当者から電話がかかってきた。

「サイモン、申し訳ないんだが『タイム』の簡単な取材を受けてほしいんだ。それもなるべく早く。大きな記事ではないんだが、どうしても君のコメントが欲しいそうだ」

「問題ありません」

「ありがとう。準備はもう全部整っている。告知の資料も発信済みだ。ところでサイトの方の調子はどうだい？」

「なんとかなりそうです。今夜遅くには稼働させられると思います」

つい嘘《うそ》が口をついていた。プロバイダーとの問題がまだかなり残っていたし、それどころか正式な名称の通達も未処理だった。

「何か手伝えることがあったら遠慮なく言ってくれ。でもまあ、なんとかなるものだよ」

「ありがとう」

夜の七時半頃その『タイム』からの電話インタビューを受けたのだが、これが予想よりずいぶんと長くかかってしまった。サイトを仕上げちゃんと稼働させられるかどうか、多少雲行きが怪しくなった。

深夜になってもまだ作業にかかりきりだった。コピーを更新しユーチューブのビデオにタグをつけ、すべてのリンクがちゃんと機能していることを確かめた。デッカからはまだCDがどこで購入可能になるのかの詳細を教えてもらっていなかった。いよいよベッドに入ろうとしたところで、いきなりメッセージが立て続けに舞い込み出した。

「レコーディング契約獲得おめでとうございます！　どこで買えますか？」

皆口々にそう言っていた。

ニュースはもう人々の目に触れているようだった。検索をかけてみると『デイリーメイル』がすでにこの一報を扱っていた。しかし僕にできることは当面ない。デッカが朝一で購入情報をここに繋《つな》いでくれることを祈るだけだ。

その夜はほとんど眠れなかった。何度も目を覚まして携帯をチェックした。父がレコード会社と契約したという情報はすでに一人歩きを始めていて、サイトにはメッセージが洪水のようにあふれていた。

七時にベッドを抜けシャワーを浴びた。出てみると、友人のロブからのメッセージが届いていた。

「サイモン、BBC中お前だらけだぞ！」

しかし落ち込んでいた僕は返信もしなかった。八時半にはデッカから電話がきた。

「公開直後から十分過ぎる反響を得ています。今日は取材への対応は可能ですか？　もしやっていただけるならすでに二件ほど準備を進めているのですが」

「問題ありません」

「ありがとうございます。さほど時間は取らせないはずです。それぞれ長くて五分くらいだろうと思います」

マンションを出る段になると今度はニックからメッセージが届いた。

「サイモン、今日は新聞を見たか？」

「まだだよ」

「早く見ないと。とにかく『タイム』を手に入れろ」

慌てて表通りの売店まで走って、一部買い求めた。とはいえどうせCDの小さな告知くらいだろうと思っていた。ところが一面をめくると、そこに現れたのは三面全面を埋めている父の物語だった。

「嘘だろう⁉」

思わず声が出た。信じられなかった。あのタイムのまるまる一ページだなんて。

マンションへ帰ると門のところでチャンネル5の取材班が待ちかまえていた。彼らが帰ったと思ったらすぐ、今度はBBCのニュース番組のスタッフが現れた。この準備を待つ間に電話でLBCとラジオ5からのインタビューを受けた。まるでインタビュー専用のベルトコンベアにでも載せられていたかのようだ。嬉《うれ》しくもあったが同時に消耗もした。熱でも出たのか上唇には大きな発疹《ほっしん》ができつつあった。

デッカからやってきた人間が現場の整理を手伝ってくれていたのだが、彼もまたこんなふうに言っていた。

「こんなことは僕も初めてですよ。前代未聞ってやつですね」

昼前にカナダの朝の番組が僕の自宅から生中継をすることになった。その後はITVの看板キャスター、ニナ・ナナーによるインタビューだ。さらにスカイニュースが続いた。

五時頃には車に乗せられチャンネル5のスタジオまで連れていかれた。ほかにもさらに二件のラジオインタビューが予定されていた。この頃になるともう、目の前にいるのがどこの誰なのかすらすっかりわからなくなっていた。目まぐるしいとはこういうことを言うのだろう。

それでも僕はやり遂げなければならなかった。父が成功を手に入れる最後のチャンスだ。ならば一つでもやり残すようなことはしたくなかった。絶対に。

けれどスタジオに到着した途端に激しい吐き気に襲われた。思い返せばこの一週間きちんとした食事も口にしていなかったし、夜は連日情報解禁に間に合わせるべくサイトと取っ組み合っていた。たぶんそのせいだ。

出演者用の控え室に通されると司会者と複数の番組制作スタッフがいた。コーヒーをもらったが、体からは嫌な汗がにじみ出してきた。具合が悪くなる予兆のようなやつだ。たまらず僕は一旦中座しトイレに駆け込んだ。洗面台にかがみ込んだがコーヒーしか出てこなかった。はたしてこの状態でちゃんとやれるのか。

控え室へ戻り改めて自分でコーヒーを淹《い》れた。今度はスプーン四杯分の砂糖を入れた。誰も彼もがサイトのソングアミニットとそれから父のことを尋ねてきた。だけど僕はもうすっかり目眩《めまい》に襲われている状態だった。次の瞬間スタジオへ通された。喋ったのはほんの一瞬だ。生放送がどうにか終わった。

その夜ブラックバーン行きの列車に乗った。十時のニュースは見損ねた。帰ってみると両親はまだ起きていて、居間でお茶を飲んでいた。

「ニュースは観たの?」

「いいえ、どれも観るのはやめておいたわ」

答えたのは母だ。僕も胸を撫で下ろした。自分の顔がいきなりあちこちのテレビに映っているような事態を本人が目にすることはたぶん好ましくないなと考えていたからだ。今でさえ父は十分混乱しているのだ。より一層右往左往させるようなことにならないかと、その点はずっと気がかりだった。

今日一日の出来事を母に教えようとしたのだが、一連の取材がどれほど狂騒的であったかは上手《うま》くは伝わらなかったようだ。二人は午後はまたブラックバーンの町まで買い物に出かけ、いつものマフィンズカフェで昼食を食べてきたらしかった。

ベッドに入る前にパソコンを開け、ＩＴＶのニュース映像を探してみた。

僕らがそこにいた。この一連の出来事がどのように幕を開けたのかの物語だ。車の中で歌う僕と父。アビーロードスタジオ探訪。なぜ僕がアルツハイマー協会への募金を呼びかけることを決めたのか。二分間にまとめられた映像が全国へ発信されていた。口を閉ざして座ったまま僕は目だけを大きく見開いていた。

「父は本当にいなくなってしまった訳ではありません。まだそこにいます。まだ僕の父親なんです。内側のどこかには今もちゃんとあの父がいる。ただごちゃごちゃになっているだけなんです――」

ここまで起きた一連の出来事と、そしてたぶん父本人がその一切を理解してはいないという残酷な事実へまた思いを馳《は》せた。誇りと罪悪感とが一緒になって押し寄せた。このすべては父の物語だというのに、父は語り手の場所にいられないのだ。取材を受けるべきは僕ではなかった。まるで詐欺師に身を落としたような気分だった。

ユーチューブを探すとチャンネル5のニュース映像が見つかった。

「齢《よわい》八十のテッド・マクダーモットが車の中で歌っている映像が投稿されると、これがたちまちネット上で大きな話題を呼びました。アルツハイマーに冒されているテッドは、我が子サイモンのことさえほとんどわからなくなってしまっています。それでも彼は自分の好きだった名曲の歌詞を忘れることはないのです」

レポーターがそう言った。映像が再び父が歌っている姿へと変わる。アビーロードでデビュー曲となった『ユー・メイク・ミー・フィール・ソー・ヤング』を歌う父。リブルヴァレーをドライブしながら僕と一緒に歌う父。

ふと思いつき一階の奥の部屋へ行ってみた。母とプレイヤーを据えなおしたあの部屋だ。そうやって父のレコードが詰まった箱に囲まれた。いつの間にか頬を涙が伝っていた。パソコンの中ではまだ映像が続いていて、なんだか映画でも観ているみたいだった。

「父が少しでも幸せを感じてくれればいい。それだけなんです。一緒にドライブに出て辺りを見回しているうちにふと、父がまだ笑えていることに気がついた。なんて言えばいいのか、父は喜んでいたんです。それが何より大事なことだった」

画面の中の僕がレポーターに向けてそう言っていた。そして相手が話を締めた。

「彼はずっと歌手になることを夢見てきました。記憶は失われかけているのかもしれません。しかしテッド・マクダーモットはついに己のゴールへとたどり着いたのです」

そんなのただの悲劇じゃないか。そう思うとすすり泣きは止まらなかった。歓《よろこ》びと、そして悲しみとの両方の涙。頬を伝っていたのはそれだった。そのまま僕はこの数ヶ月の出来事を思い起こしその場にじっと座っていた。

はたして何人が買ってくれるのだろう。だけどそんなことはどうでもいい。たとえ一枚しか売れなくても、とにかく父はついに成し遂げた。自分の夢を叶《かな》えたのだ――。

パソコンの電源を落として僕は、ベッドの中へもぐり込んだ。

エピローグ

「お父様は今お元気なの？」

登壇した僕にキャロル・ヴォーダマンが尋ねた。

「ええ、おかげさまで」

それだけ手短に答えた。

実際はこの日までの二週間もまた決して芳《かんば》しいものではなかった。むしろ十月頭に僕がブラックバーンへ戻って以降、父の攻撃性はまた新たな段階へ進んでしまったかのようだった。サマータイムが終わって宵闇の訪れが早くなったせいか、父は時折夜通し起きていて、衣装ダンスや引き出しから中身を引っ張り出しては音を立ててドアを開け閉めし、落ち着かなくあちこちの灯《あか》りをつけたり消したりするのだった。心労の絶えない日々で、可哀想な母はこれまで同様辟易《へきえき》していた。

父と僕がこの英国栄誉賞《ブライド・オブ・ブリテン・アワーズ》にノミネートされたことを教えられたのは九月が始まったばかりの頃だった。だが当時はちょうどマンションを引き払う準備やらこちらへの引っ越しやらで極めて慌ただしく、今日こうして授賞式の会場であるロンドンのグロブナー・ハウスに敷かれた赤い絨毯《レッド・カーペット》を歩くその瞬間まで、実感はまったく湧かないままでいた。気がつくと記者にカメラマン、それから数多くの有名人やファンの群れに囲まれていたという訳だ。すぐには現実の出来事と思えなかった。

だが式を控えた数日間、父の状態はすこぶる悪かった。母も僕も何日もきちんと眠れていなかった。出発の朝に父にロンドンへ行ってくるねと伝えると、父は僕のスーツケースを玄関へ放り投げこう言い放ちさえした。

「どこへでも消えちまえ。貴様の顔などもう見たくもない。ついでにあの女も一緒に連れていってしまえ」

この一言に母が狼狽《うろた》えたものだから、これ以上機嫌を損ねないよう表でタクシーを呼んで、僕はそこでそのまま待っていることにするからと急いで母に耳打ちした。そして当日用のスーツを持ち、ほかの荷物と一緒に玄関前の短い階段でじっと車が来るのを待った。

晩秋の、それもとりわけ凍えそうな日だった。年に一度きりの、しかもテレビ放映さえあるイベントに招待されたことをこんな形で祝うなんて、とてもではないがありえない。

列車に乗り込んでぼんやりと窓の外を眺めながら、どうして父は今朝あれほどの憎悪を顕《あら》わにしたのだろうと考えた。父のためにはるばる出かけて賞までもらってこようとしているのだと思えば割りに合わない。自《おの》ずと腹も立ってきた。

その時不意に電話が鳴った。母からだ。

「サイモン、お父さんがあなたと話したがっているんだけど、今いいかしら」

僕は重い腰を持ち上げ、ちゃんと話せるようにとデッキ部分に移動した。

「サイモンか？」

「父さん、大丈夫なの？」

「サイモン、お前いったいどこに行っちまうつもりなんだ？」

「ロンドンだよ。どうかしたの？」

「そいつはすごいな。いや、母さんがな、お前がいなくなるみたいなことを言うもんだから、つい心配になったんだ」

「うん、だから列車に乗っているんだってば」

するとと父は神経質そうな笑い声を立てた。

「いや、お前のことをほかの誰かみたいに考えていたもんでな。だからその、お前だとわからなかったんだ」

父の声は引《ひ》き攣《つ》るようだった。僕は急いで空いている方の耳を指の一本で塞ぎ一言も聞き漏らすまいとした。父が苛立《いらだ》っていることも伝わっていた。

「どうもな、俺の頭はどうかしちまったみたいなんだ。時々訳がわからなくなる。俺はお前に腹を立てたりなんてしていないぞ。ただお前が――だから、お前がほかの誰かみたいに思い込んでしまうんだ」

耳に入ってきた言葉がすぐには信じられなかった。父が自分から、自分のどこかがおかしいみたいだという自覚を見せたのは、本当にこれが初めてだった。

「父さん、わかってるから。何も心配しなくていいんだよ」

「俺も母さんもお前のことを心底誇りに思っている。お前が一番で、俺たちは二人ともお前のことが大好きなんだ」

その一言を聞かされた途端、涙が止まらなくなった。返事もできなかった。ほんの一時間前には僕をクズ呼ばわりし追い出そうとしていたのだ。その父が今、僕のことを誇りに思うと言っている。感情はまるでジェットコースターにでも乗せられているみたいに激しく上下左右に揺さぶられていた。

「父さん、僕だって父さんのことを誇りに思ってる。それにもちろん大好きだ」

「わかってるさ。おい、切るなよ。母さんに代わる」

母が電話口に出た。

「あなたが出ていってしまってから落ち着かなくて泣き通しだったの」

「ああごめん、二人のことが心配だ」

「大丈夫よ。いいから週末を楽しんでらっしゃい。ほかの皆さんにもよろしくね」

この日までに父と僕が集めた募金の総額は十三万ポンドに達していた。それらはそのまま積み立てられ、いずれは僕たちのような境遇の家族に対する支援の手段の一つとして新たな電話相談窓口を設立する、その基金に充てられることになっていた。

今や父をショッピングモールなどへ連れていけば誰も彼もがすぐわかる。父もまた人と話すのは大好きだから、放っておけば何十年でも喋《しゃべ》り続けそうな勢いになる。確か六人か七人ばかりが父に声をかけてくれたそんなある日のことだ。家に帰ろうという段になって駐車場から車を出したところで、父が僕を見ながら言った。

「いや、俺が人気者だとは知っていたが、これほどまでとは自分でも思っていなかった」

まさしく百万長者にでもなった気分だった。そしてまた、父がここまでに起きた出来事をちゃんと理解することができたらいいのにな、と考えた。

父のデビュー曲はiＴｕｎｅｓのチャートで、瞬間的にではあるが最高位三位を記録した。そして僕らは父のアルバム作成のためクラウド・ファンディングを立ち上げることにした。一口十二ポンド九十九セントを投資してもらえれば、計画が実現した暁にはＣＤ一枚を進呈しようというものだ。

幸いアルバムの制作はそのままデッカの主導で進行し、フル編成のオーケストラが父のために改めてバックトラックを録音してくれた。しかもこれがまた素晴らしい響きだった。本当にまだ夢を見ているような気分だった。ほんの数ヶ月前までは光の一片も見つからない暗闇の只中《ただなか》にいたことを思えばなおさらだった。

テレビなどの取材に関し、はたして父にどこまでやらせていいものかという点はなお悩みの種だった。けれど父はどうやらこの英国栄誉賞の中継は観《み》てくれていたらしい。興奮しながら母にこう言ったそうだ。

「なあ、あれはサイモンじゃないか?」

もっとも十分後にはきれいさっぱり忘れていたらしいのだが。

それでも、今でも時々父は僕のことを母に向けて、彼こそが自分を英国筆頭歌手《ブリテンズ・ナンバー・ワン・シンガー》にしてくれた人物だと紹介したりもする。ちなみにこの称号は本当に父に対して女王陛下から授与されたものだ。

ラジオの『クレア・ティール・ショウ』でレコードがかけられた時は思い切って本人に自分の歌がオンエアされるのを聴かせてみた。番組はこれまでの物語を紹介しながら父自身のお気に入りのトラックを幾つか紹介してくれるという構成だった。この夜のことは忘れられない。母が紅茶を準備して、僕らは揃《そろ》って居間に腰を落ち着けていた。父は僕の隣にいた。番組に耳を傾けていた父がやがて事態をはっきり理解した。

「なあ、こいつは俺だ。この番組は俺のことを話してる。こいつは俺なんだ!」

我知らず体が火照り出していた。

「こいつはロンドンに行かなくちゃならないな」

父がそう、胸を張って宣言した。

ほどなく父は、ロンドンまで行ってオーケストラと一緒に歌ったことを皆に話すようになった。しかし中身は混乱を極めている。ロンドンでバスを降りた自分は、そこから右に曲がって何段かの階段を下り、その壁にあった機械に向かって歌ったというのだ。すると数字が表示され、そこから大金が出てきたといった話になってしまっている。

「ただ歌っただけなんだがな」

父の説明はそんな具合だ。いや、本当にそんなことがあったらいいのになと思わないでもないけれど。まあもちろん、オーケストラと一緒に録音したこととＡＴＭか何かを操作した記憶がごっちゃになっているのだろう。

「なあサイモン、今度ロンドンに行った時には是が非でもまたあの機械を探し出してもらわないとならんぞ」

父はそう言い続けている。

僕らのもとにはまだ世界中から幾千ものメッセージが届く。アドバイスをくれたりあるいは自らの体験談を寄せてくれたり、もちろん単純に、ただこちらの様子を尋ねてくるだけのものもある。これらの人々がそれぞれ自分たちの時間の幾ばくかを、ただ僕らと連絡を取るためだけに割いてくれているのだなと思えばまったく恐縮してしまう。

しかしこの幾千というのは本当に千単位なのだ。だから、全員に返事することは現実的に不可能だった。それでも、この惑星の様々な場所を横切って届けられたこれらの物語こそが、僕らのいた牢獄《ろうごく》の壁を見事に打ち壊してくれたことは間違いない。ほんの数年前まで僕らはその中に閉じ込められ、孤独を噛《か》み締《し》めていたのだ。

もちろん片手ほどの数ではあるが批判めいた内容も時に寄せられてくる。僕らが父を搾取しているというものだ。

「息子の君が自分の売名のためにやっていることだろう」

わかってもらいたいと思うことは正直ある。もし父に音楽がなかったら、もし歌えなかったら、たぶん父はまだ暗い場所にいたままだった。音楽こそが父の情熱であり、今なお本人がどうにか日々を生きていくそのよすがなのだ。

自分がアルバムを出したことや、あるいはなぜ人々が自分と一緒に写真を撮りたがるのかなんてことを父が完全に理解できる日は、この先も訪れないのかもしれない。だが父がそういった時間を喜んでいることもまた間違いはない。

そして僕らにとっては、それこそが一番肝心だった。一日中椅子に座ってテレビを観続けるか、同じ時間をレコードに費やし、一緒に合わせて歌っては、さて次の舞台では何を歌おうかなどと考えながら過ごしてもらうか。もし選択肢がその二つだとしたら、どちらを選ぶかは明白だろう。

病気の状態は今も日々猫の目のように変化する。それでもどうやら今は小康状態にあると言えそうだ。攻撃的になる時間が減り、代わりに笑い声が増えた。特に母に対しては驚くほど気を遣うようになった。頭の中はとっ散らかったままなのだが、穏やかにはなったのだ。

時には僕や母のことがわからない日もある。だがそういった時でも自分と関わりのある人間であることには理解を見せ、僕らが父に対するのと同じほど、こちらを気にもかけてくれる。けれど父の中では本物のサイモンは今もロンドンで暮らしているらしく、隣に座った父がこう訊《き》いてくることもある。

「それで、君のご両親は今どちらに暮らしておられるんだったかな?」

仕方なく僕はこう答える。

「あなたが僕の父親なんだけどね」

するとこんな返事が返ってくるのだ。

「そんなことはわかっているさ。だけど、だから、君の父親はどなたかな?」

行き先などあるはずもない会話だが、時に数時間もそんなやりとりが続く。それでも父はしばしばこうも口にする。

「君の父親はきっと君のことを誇りに思っているだろうな。君が俺とリンダをどれほど助けてくれているかを思えばね」

世界中のお金というお金を積まれても、この一言の方が僕にはよほど価値がある。

この本を書かせてもらえたことも天から授かった贈り物だと思っている。おかげで僕は父に関する多くを知ることができた。もしあのまま父という人が誰にも気づかれないうちに姿を消してしまっていたら、きっと僕は父がどういう人間だったのか、どんな土地で生まれ、そして本当は僕らのことをいったいどう思っていたのかといったこともまるっきり知らないままだっただろう。だから書けただけで満足だ。僕自身も父に似て、お金とか世の評判といったものにはあまり興味を掻《か》き立《た》てられないタイプなのだ。

「肝心なのはなあ、サイモン、お前が幸せかどうかってことだ」

父ならそう言うに違いない。僕という男はテムズ川沿いにデザイナーズマンションを持っている訳でもないし、最高級車を転がしてもいなければ贅沢《ぜいたく》なヨット旅行なんてものもしたことはない。けれど時にこの星で一番の富を手にしているのではないかと思うことがある。父親を乗せて近場をドライブしながら一緒に歌うことが、最終的にあらゆる意味で生活を一変させてくれることになるなんて、いったいどこの誰に想像ができただろう。

この一切の間、友人たちこそが僕に力を与えてくれた存在だった。正気ではいられなかったあの状況のことを、時に涙声にまでなりながらどれほどの時間彼らに聞いてもらったか。皆はそんな僕を受け止めてくれたのだ。

母のリンダは事態をどうにかぎりぎりで繋《つな》ぎ止《と》めてきたすべての原動力だ。母は常に誰よりも父を気にかけていた。もし母の存在がなければどうなっていたのか見当もつかない。時々いったいどうすればここまでできるのだろうと不思議に思う。だが母はやってのけた。

そしてまた、アルツハイマー協会からの支援について紹介することなしにこの本を締めくくることはできない。特に窓口で電話を受けてくれた、名前も定かではない一人の女性については改めてきちんと触れておきたい。人生がばらばらに崩れ落ち、手元には何も残らないのではないかといった気分に落ち込んでしまったそのたびに、彼女の言葉が僕を奮い起こし、その先へと進んでいく勇気をくれた。この感謝は生涯消えることはない。

最後に読み終えてくれた皆さんへ。

あるいは孤独に苛《さいな》まれ、自分がただ沈んでいくだけに思えてしまうような日が時に襲いかかってくることもあるだろう。でも真実はそうではない。たとえ今この瞬間はもう無理だとしか思えなかったとしても、いずれは必ず通り抜けられるのだ。

かつて誰かがこんなふうに言った。

「試練というものは克服できる者を選んで訪れる」

だからあなたは、そういった選ばれた一人なのだ。いつか今という時間を振り返った時、たとえそれがどれほど辛《つら》かったとしても、実はその時期こそが同時に自らの栄光の日々でもあったのだと気づくだろう。

あなたはやり遂げたのだ。ふらつきながらもどうにか歩き終えたのだ。たとえば様々なルールを時にちょっとだけ自分に都合よく解釈するような場面がもしあったとしても、その暗いトンネルをついにはくぐり抜けたのだ。

完璧な人生など存在しない。それはインスタグラムに載せられた、加工を施した美しい小川の風景や、あるいはフォトショップが切り取った息をのむ日没の景色のようなものでは決してない。そんなものは忘れた方がいい。人生でなどあるはずがない。

人生とは挑戦だ。恐れることはない。あえて受《う》け容《い》れようではないか。

確かに見栄えよくはないかもしれない。でも間違いなく本物だ。

そして、そのように受け容れることこそがいずれはあなたを、未知なる素晴らしい旅路へと導いてくれるのかもしれないのだ。

謝辞

本書は以下に挙げる、本文中で扱われた事実なり経緯なりに血肉を与えてくれた人々の助けなしには決して完成することはなかった。

まずは叔父叔母たち。クリス、ジョイス、メアリー、そしてコリンとブレンダ。フレッドとエドナ、ゲリーとジル、ジェーンとトニー、ジョンとマーガレット、ジョイスとポール、カレンとリチャード、マリリンとデレク、モーリスとメイといった方々だ。

スターライナーズに関してはとりわけベン・ビアーズに多くを負っている。

アイリスとジャネットには非常に率直にたくさんのことを打ち明けていただいた。華麗なるバトリンズツアーの物語についてはバズことバリー・ベネットに楽しく教えてもらった。ワーディーことブライアンとそれからゲイルにも同時期の父の思い出を聞かせていただいた。

それからブラックバーンの芸能界の人々がいる。アンディ・マッケンジー、コリン・ヒルトン、アーニー・ライディング、ローズ・ブースマン。これらの方々にはいわば舞台裏の世界を教授してもらった。ジェフにジルにハリーも同様だ。

トム・ルイスとアレックス・ヴァン・インゲン、それにガイ・バーカーには認知症に冒された父に機会を与えてくれたことに特に感謝を表したい。

宣伝期間のあの狂騒を助けてくださったアルツハイマー協会にも改めて謝意を表する。そしてウェブサイト経由で父のアルバムに出資、あるいは購入をしてくださった数百という方々にも。ジャストギビングのページはまだ稼働しているので、参照していただけると嬉《うれ》しい。

それからハーパーコリンズの面々。とにかく全部書きなさい、と言ってくれた素敵なメアリー。どうもありがとう。あともう少しだからと励ましてくれた素敵なカーリーと、それからもちろんレイチェルも。上手《うま》くいっていなかったらごめんなさい。そしてリサ。皆のおかげでこの本がついに現実になった。

誰のことかは皆それぞれわかってくれると思うが、もちろんそれから友人たちに、ソファとビールと数々のいいねと、そして一緒に嘆いてくれたことに特別な感謝を捧《ささ》げる。

そしてこの数年毎日のように襲いかかってきた何もかもに耐え抜き、そのうえなおいつも笑おうとし続けていた母にも重ねて礼を言いたい。

最後に我が父テディ・マックへ。言うまでもなくあなたが昔、まだ幼かった頃の僕に聞かせてくれたすべてがこの本の骨格となっている。

「お前は喧嘩するには見た目が良すぎるからな。むしろ作家にでもなりそうだな」

あなたはこんなことを僕の大好きだった本に走り書きしてもいたんだけれど、覚えていないよね。あの時の言葉が現実になったね、ねえ父さん。

*本書は、二〇一八年十二月に小社より単行本として刊行した作品を文庫化したものです。

訳者紹介　浅倉卓弥

1966年、札幌生まれ。作家・翻訳家。東京大学文学部卒業。2002年『四日間の奇蹟』にて第1回『このミステリーがすごい!』大賞（金賞）を受賞、同作は映画化もされ、ミリオンセラーに。他の著作に『君の名残を』（宝島社）など。訳書にヘイグ『ミッドナイト・ライブラリー』（ハーパーコリンズ・ジャパン）、ヒッグス『ザ・ビートルズ vs ジェームズ・ボンド』（Pヴァイン）などがある。

ハーパーBOOKS

父《ちち》と僕《ぼく》の終《お》わらない歌《うた》

2025年2月25日発行　第1刷
2025年5月30日発行　第3刷

著　者　サイモン・マクダーモット
訳　者　浅倉卓弥《あさくらたくや》
発行人　鈴木幸辰
発行所　株式会社ハーパーコリンズ・ジャパン
東京都千代田区大手町1-5-1
04-2951-2000（注文）
0570-008091（読者サービス係）
印刷・製本　中央精版印刷株式会社

ISBN978-4-596-72521-9